KB274594

자승자박
촌부 新무협 판타지 소설

자승자박 1

촌부 新무협 판타지 소설

초판 1쇄 찍은 날 § 2006년 11월 3일
초판 1쇄 펴낸 날 § 2006년 11월 13일

지은이 § 촌부
펴낸이 § 서경석

편집장 § 문혜영
편집책임 § 이재권
편집 § 서지현 · 심재영

펴낸곳 § 도서출판 청어람
등록번호 § 제1081-1-89호
등록일자 § 1999. 5. 31
어람번호 § 제2-1051호

주소 § 경기도 부천시 원미구 심곡1동 350-1 남성B/D 3F (우) 420-011
전화 § 032-656-4452 팩스 § 032-656-4453
http://www.chungeoram.com
E-mail § eoram99@chollian.net

ISBN 89-251-0386-9 04810
ISBN 89-251-0385-0 (세트)

자승자박

Fantastic Oriental Heroes

自繩自縛

1

촌부 新무협 판타지 소설

도서출판 청어람

| 목차 |

序

해가 저물어가는 산의 모습은 아름다웠다.

따스한 주홍빛에 물든 나무들, 부서지는 햇살을 따라 반짝이는 아름다운 시냇물, 흰 날개를 자랑하며 공중을 노니는 새들과 귀를 쫑긋거리며 주위를 둘러보는 산짐승까지.

산의 아름다움은 일노일소(一老一少)를 현혹시키기에 모자람이 없었다.

"진정으로 은거에 드시려는 겝니까?"

노인이 옆의 청년에게 말했다. 새파랗게 어린 청년에게 존대하는 노인의 표정에는 조금의 어색함도 보이지 않았다.

"그러하다."

청년의 얼굴에는 아무런 감정도 없었다. 그저 무심히 노을을 바라보고 있을 뿐이었다.

"…재고하실 요량은 없으신지요."

노인이 우울한 목소리로 중얼거렸다.

"없느니라."

"하오나……."

"그만."

청년의 냉정한 대답에 노인이 침울한 얼굴로 입을 다물었다.

잠시 두 노소(老少) 사이로 침묵의 바람이 불었다.

고요한 풍광을 즐기던 청년이 흘끗 노인을 바라보았다. 아무 감정 없던 얼굴 속에서 회한이 떠올랐다.

그것은 홀로 남은 제자에 대한 걱정이기도 했다.

잠시 노인을 바라보던 청년이 입을 떼었다.

"네가 내 곁에 온 것이 얼마나 됐지?"

"벌써 반백 년이 넘었지요, 사부를 뫼신 지."

주름진 눈이 아련하게 과거를 더듬었다.

아주 작은 소년이었을 때 사부를 만났다. 사부는 자신을 제자로 삼아 감당치 못할 은혜를 베푸셨고, 마침내 지존(至尊)의 자리마저 물려주셨다.

"후회하지 않느냐?"

"……."

청년의 말에 과거를 더듬던 노인의 눈이 흔들렸다.

"후회하지 않느냐고 물었다."

'진심이신가…….'

노인은 청년의 심사를 가늠하려는지 주의 깊게 그를 살폈다.

"문호에 든 이후 단 한 번도 후회한 적이 없습니다!"

"하핫!"

청년이 소리 내어 웃었다.

"고맙구나."

진정으로 기뻐하는 듯한 청년의 모습에 노인의 주름진 눈가가 축축해졌다.

이제 헤어져야 하리라. 이제 더 이상 사부를 뵈올 수 없으리라. 파천(破天)이라는 광오한 별호도, 그만큼 강력했던 무공도 더 이상 볼 수 없으리라.

"이만 가보아라."

청년이 귀찮다는 듯 손사래를 쳤다. 그러나 노인은 쉽게 물러나지 못했다. 마지막 아쉬움 때문이었다. 사부께서는 진정 은거에 드시려는가! 천하를 상대로 한 복수를 눈앞에 둔 바로 이때에!

"복수의 끝을 보지 않고 은거에 드시려는 겁니까?"

"더 말하게 하지 마라."

청년이 무뚝뚝하게 말했다. 그 모습 속에는 조금의 미련도 없었다.

마침내 노인이 체념한 듯 뒤로 물러나 중얼거렸다.

“하오시면 제자는…….”

노인이 말을 잇지 못하고 침을 꿀꺽 삼켰다. 그는 곧 입을 다물고는 땅에 엎드렸다.

배례(拜禮)를 취하는 것이다.

한 번, 두 번, 세 번…….

아홉 번의 절을 하는 노인의 주름진 눈가가 젖어들었다.

“제자는 이만 물러나오리다. 강녕하시옵소서.”

노을에 시선을 둔 청년에게서는 대답이 없었다.

노인은 청년의 뒷모습을, 노을 속으로 사라지는 듯한 그 모습을 마지막으로 눈에 담았다.

어느새 마지막 빛을 뿌리던 노을이 어스름 속으로 사라졌다.

달이 떠올라 어둠을 밝히다가 동쪽에서 나타난 태양에게 자리를 양보했다.

천공을 빠르게 질주한 태양은 이내 서산 너머로 모습을 감추었다.

몇 번의 일출과 몇 번의 일몰을 본 것일까.

청년은 아무것도 알 수 없다고 생각하며 눈을 감았다.

부스럭—

수풀 사이로 들쥐 한 마리가 풀벌레 사냥 하는 소리가 들려왔다. 들쥐는 탐욕스럽게 풀벌레를 삼켰고, 때문에 올빼미가 덤벼드는 소리를 듣지 못했다.

찌익!

들쥐는 풀벌레를 입에 문 채 올빼미에게 잡히고 말았다. 잠시 버둥거리던 들쥐는 올빼미의 부리에 목덜미를 쪼이곤 움직임을 멈추었다.

'생명이 지는구나.'

들쥐의 처참한 모습에 옛 기억이 떠올랐다.

자신을 살리려 대신 죽었던 누이, 칼에 꿰이고도 걱정스레 자신을 바라보던 어머니, 그것도 칼이랍시고 식칼을 휘두르던 아버지.

오랜 세월이 지난 일이었지만 마치 어제 벌어진 일인 양 선명했다.

억지로 기억을 삼키자 또 다른 기억이 떠올랐다.

아무것도 모르던 눈, 순진한 눈, 이미 죽어버린 어미에게서 태어나 눈물을 먹고 자랐던 아이, 목숨을 잃을 때까지 웃음 짓던 착한 아이.

청년은 눈을 감았다. 천하제일의 무공을 얻었고 천하제일의 권력도 얻었지만 자신에게 남은 것은 하나도 없다.

그의 모든 것이었던 복수도 이제는 지나간 기억일 뿐이다.

'하핫, 모두 무용(無用)하구나. 진정으로 무용하구나.'

보지 못할 복수이기 때문일까, 아니면 늙었기 때문일까?

모든 것이 부질없게 느껴졌다.

눈을 감은 청년은 상념 속으로 침잠되어 갔다. 오랫동안 괴롭혀 오던 무론이 머릿속을 파고들었다.

　보이지 않으니 느끼는 것이 없고[不視則無感], 느끼지 못하니
그것은 존재하지 않는다[不感卽無存].

　‘어차피 내가 알 수 없는 것인데 존재하든 아니든 무슨 관
계가 있겠는가?

　깨달음이었다.
　작은 깨달음은 곧 다른 깨달음을 불러왔다. 청년의 머릿속
에 숨어 있던 천무진경(天武眞經)이 한올한올 풀려 나갔다.

　있으나 없고 없으나 있다. 마음이 있으면 존재하지 않아도 존
재하고 마음이 없으면 존재해도 존재하지 않는다.

　‘사실 마음 자체도 허상이나 다름없구나.’
　“아!”
　청년의 입에서 부지불식간에 탄성이 터져 나왔다. 어찌 모
든 것을 놓아버린 이때에 깨달음의 순간이 찾아온단 말인가!

　모든 것은 없다[虛無]. 그러나 없음으로 있다[有生於無].

도가에서 말하는 이치와도 같은 것이다. 무위(無爲)로 가는 길목에는 미칠 듯한 허무와 허무를 넘어서는 유(有)가 존재하고 있었다.

청년은 깨달음의 한가운데에서 탄식을 내뱉었다.

"그렇구나! 본래 없는 것을 나는 왜 기억에 담아놓고 있었을까!"

청년은 천천히 눈을 감았다. 눈을 감자 세상이 사라졌다.

'그래, 세상을 잊는구나.'

마음을 바라보자 한 가닥 남아 있던 미망이 사라졌다.

'슬픔을 잊는구나.'

그리고 마음 한구석에 자리한 복수심을 바라보자,

'한(恨)은… 분노는……'

잊을까? 잊어야 할까?

자신이 아니면 기억해 줄 이 하나 없는 그들을?

자신을 위해 목숨을 버렸던 그들을 잊어야만 한단 말인가!

청년의 눈에서 눈물 한 방울이 비어져 나왔다. 깨달음 속에서 잊기 싫었던, 아니, 잊지 말아야 할 것들이 잊혀지고 있었다.

'한도 분노도 잊는구나……'

어느새 모든 것이 사라져 갔다.

'나를 잊는구나……'

자신을 지탱하던 원동력. 자신이 사랑했던, 이제는 세상에 없는 이들. 그들에 대한 정(情)으로 살아왔고, 그 정 덕에 세

상에게 복수할 수 있었다. 그것을 잊는다는 것은 바로 자신을
잊는 것에 다름 아니다.

그는 한줄기 눈물을 또르르 흘렸다.

'그래, 나를 잊는구나.'

그 순간 거대한 깨달음의 환희가 찾아왔다.

청년의 몸이 둥실 떠올랐다. 공중에 뜬 청년의 몸에서 옅은
바람이 불어왔다. 부드럽게 팔락이는 옷자락 사이로 그는 평
온하게 웃고 있었다.

깨달음의 웃음이었다.

"하핫."

그래, 잊자.

"하하핫!"

잊어야 한다.

"하하하핫!"

모든 것을 잊어야 진정한 깨달음이 찾아오리라.

"하하하하핫!"

그런데……

"하하… 하… 하… 하?"

내가 누구더라?

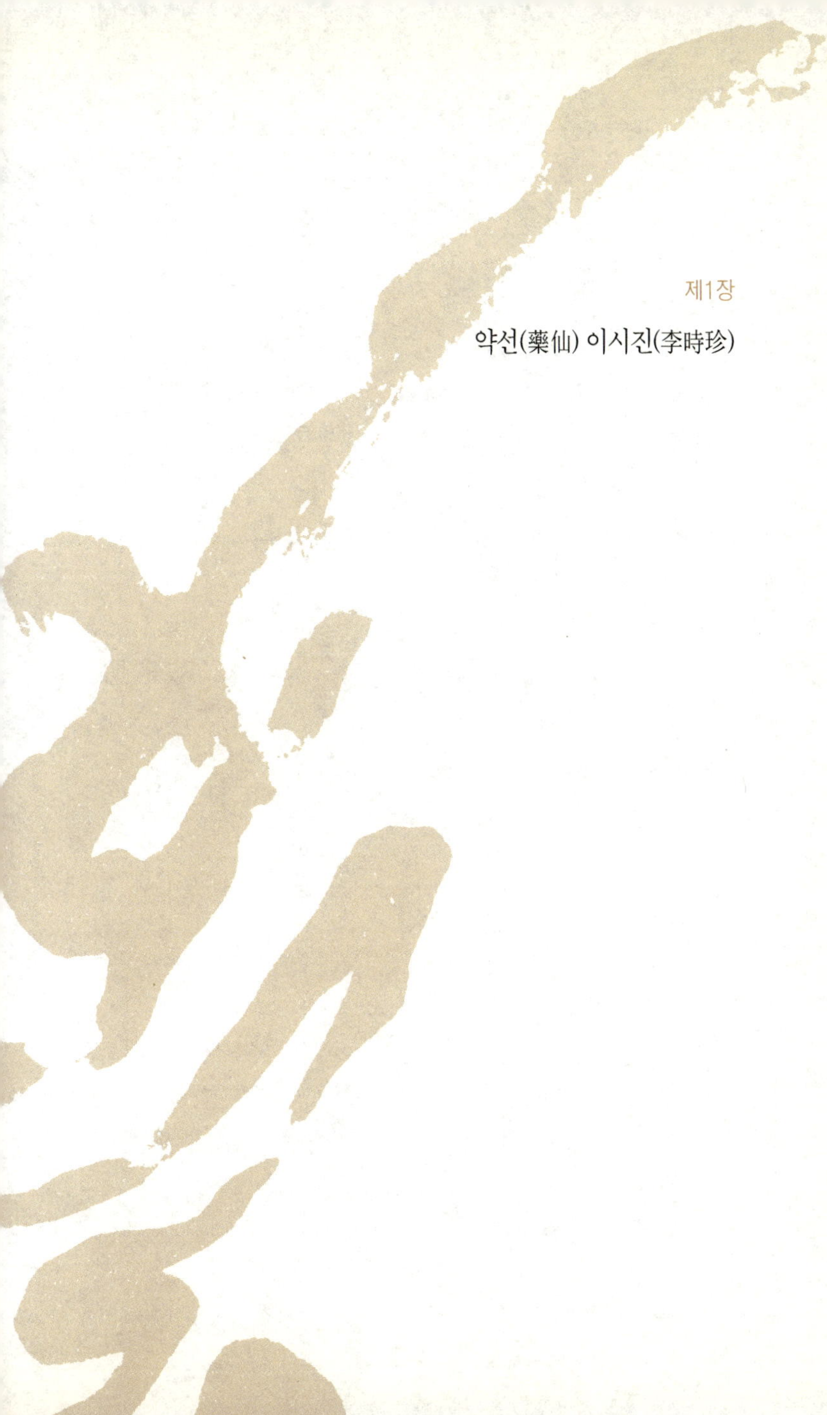

제1장

약선(藥仙) 이시진(李時珍)

만력(萬曆) 칠년.

신종(神宗) 치세의 불길한 미래를 상징하는 것일까!

만력의 연호를 사용한 지 칠 년째 되던 해, 호남성에 역병이 돌았다. 역병에 걸린 자들은 마치 나병에 걸린 것마냥 사지가 떨어져 목숨을 잃게 되었는데, 역병이 휩쓴 고을이 수십 개가 넘건만 생존자는 손에 꼽을 만큼 적었다.

호남성 영흥(永興)의 무령산(巫鈴山)에 사는 장삼(張三)의 아들 역시 역병의 잔인한 손길을 피해가지 못했다.

근처를 지나던 약초꾼 노인이 없었다면 장삼의 아들은 목숨을 잃고 말았으리라.

"하늘님, 하늘님, 우리 아들만은 좀 살려줍쇼."

장삼은 하늘을 향해 빌고 빌며 코를 훌쩍거렸다.

"흐흑, 훌쩍."

아들 생각만 하면 눈물이 흘러나온다. 소매로 눈을 쓱쓱 닦은 장삼은 맑은 밤하늘을 바라보았다.

'조상님, 조상님, 부디 우리 인호만은 좀 살려주시옵소서.'

장삼은 하늘을 올려다보며 빌고 또 빌었다. 하늘이 무심치 않다면 반드시 응답해 줄 것이다.

"허어."

귓가로 들려오는 약초꾼 노인의 한숨 소리가 왠지 불길하게 느껴진다.

'불쌍한 내 아들.'

장삼은 울먹거리며 아들이 누워 있는 모옥을 바라보았다.

장삼의 모옥은 후줄근했다.

나무와 흙을 아무렇게나 발라 다듬은 바닥은 울퉁불퉁했고, 벽이랍시고 세워놓은 판자는 약한 바람에도 삐걱거렸다.

중앙의 이부자리에는 한 소년이 식은땀을 흘리며 누워 있었다.

"아버지……."

사기가 깃들어 시퍼레진 소년이 몸을 뒤척였다.

“으흠.”

소년의 앞에 앉아 있던 신선 같은 노의원이 침통에서 세침(細針)을 꺼내었다.

역병이 머금은 화기를 몰아내려면 길을 터야 할 것.

노의원은 소년의 목에 있는 화개혈(華蓋穴)에 세침을 가져다 꽂았다.

꿈틀—

소년의 몸이 꿈틀거리자 노의원이 안쓰러운 얼굴로 중얼거렸다.

“허어, 역병의 기세가 제법이로구나. 화기가 끊이질 않아.”

노의원은 이번엔 장침을 꺼내었다. 그리고 그것을 소년의 천돌혈(天突穴) 옆으로 가져가 천천히 꽂았다. 성대를 피해 찌르는 것이다.

“큭!”

소년의 입에서 신음 소리가 터져 나왔다. 소년은 몸을 바르르 떨며 경련하더니 이내 기침을 시작했다.

“쿨럭! 쿨럭!”

소년의 입에서 검붉은 피가 토해졌다. 새카만 피가 소년의 허름한 마의에 달라붙었다.

“후우—”

검게 물든 피를 바라보던 노의원이 눈을 지그시 감고는 길게 심호흡을 했다.

두 시진에 걸친 시술이 끝나간다. 화기를 다스려 토하게 하는 데 성공한 것이다.

이제 약을 써서 그동안 깃든 사기(死氣)만 다스리면 된다.

"끝났나?"

노의원이 조심스럽게 중얼거리며 아이의 맥을 짚었다. 맥이 약하긴 하나 규칙적으로 돌아가는 것을 보니 진짜 끝났나 보다.

"허헛. 다행이로구나."

노의원이 너털웃음을 터뜨릴 때였다. 치료를 할 때는 신선 같던 노인의 기도가 단숨에 바뀌었다. 치료가 끝나자 마치 시골 촌로마냥 푸근하게 변한 것이다.

언뜻 보면 풍 맞은 노인네 같기도 하다.

"이보게나, 장가(張哥)!"

밖에서 서성이던 장삼이 부들부들 떨리는 목소리로 답했다.

"의, 의원님, 끝난 겁니까요? 제 아들은 살았습니까? 주, 죽은 것은 아니지요?"

"들어오게나. 자네 아들은 무사하니."

덜컹―

노의원의 말이 끝나기가 무섭게 장삼이 문을 열어젖혔다. 방 한가운데 누워 있던 아들을 본 장삼이 통곡하듯 외쳤다.

"아이고, 인호야!"

장삼은 아들의 몸 이곳저곳을 어루만졌다.

"호오!"

노의원은 감동에 젖은 눈으로 장삼의 행동을 지켜보았다.

아이가 걸린 병은 보통 사람이라면 만지는 것조차 꺼리는 전염병인데도 장삼은 거리낌없이 아들의 몸을 주무르고 있었다.

노의원은 콧날이 시큰해지는지 코를 훌쩍였다.

"훌쩍, 이제 안전할 걸세. 몸을 깨끗이 하고 쥐와 이가 아이의 몸에 접근하지 못하게 하면 머지않아 자리를 털고 일어날 게야."

"네? 네!"

장삼은 황급히 아이에게서 떨어졌다. 몸이 더럽기 짝이 없으니 다음부터는 좀 씻고 아이를 만져야겠다.

"저, 정말로… 우리 인호는 괜찮은 게지요?"

장삼이 걱정스레 노의원에게 말했다. 훌쩍거리던 노의원이 그 시선을 느끼고는 얼른 허리를 세웠다.

그리고 최대한 근엄한 척을 하려 애썼다.

"물론일세. 본 의원은 거짓말을 한 적이 없다네."

다시 신선처럼 변한 노의원이 준엄하게 고개를 끄덕였다. 장삼은 다시 아이를 돌아보았다.

과연 숨소리가 고르고 평안하다. 예전과 비교해 보니 확실히 나은 것이 느껴진다.

"과연 신의십니다요!"

아들을 훑어보던 장삼이 넙죽 엎드려 이마를 땅에 부딪쳤다.

"감사할 따름입니다, 의원님! 참말로 감사합니다요!"

"허헛, 과례는 거두시게."

노의원은 멋쩍은 듯 시선을 돌렸다. 하지만 그 눈을 보니 진정으로 멋쩍은 게 아닌가 보다. 노의원의 눈은 방 구석구석을 훑고 있었다.

"흐음."

구석에 개켜진 마의를 발견한 두 눈이 반짝였다.

노의원의 얼굴에 화색이 떠올랐다.

"……."

한참 동안 머리를 땅에 부딪치던 장삼이 행동을 멈추었다. 갑자기 불길한 기운을 느낀 탓이었다.

생각해 보니 의원님께 드릴 치료비가 없다. 집에는 구리 부스러기 몇 개가 있을 뿐이다.

노의원도 같은 생각을 했는지 근엄한 얼굴로 길게 헛기침을 내뱉었다.

"험! 험!"

얼굴이 새파랗게 변한 장삼이 침을 꿀꺽 삼켰다. 그리고 더듬더듬 입을 열었다.

"저기… 그런데 말입니다. 아이의 치료비는……."

"험! 험! 험!"

노의원의 헛기침이 더더욱 심해졌다. 이제 명백히 그 의도가 드러난 셈이다. 노의원은 치료의 대가를 바라고 있었다.

장삼은 눈을 질끈 감았다. 그런 장삼의 귓가에 노의원의 목소리가 들려왔다.

"보, 본 의원은… 치료비를 받지 않은 적이 없… 다네."

노인의 목소리는 대단히 긴장한 듯했다.

"예? 뭐라굽쇼?"

"아니, 방금은 실수일세. 본 의원은 치료비를 받지 않은 적이 없다네. 본 의원에게 치료를 받은 자는 반드시 치료비를 내야 하지. 이것은 본 의원이 지키고 있는 유일한 서원이라네."

장삼은 일단 머리를 조아렸다.

"예, 예. 그렇습죠, 그렇습죠. 제가 어떻게든 돈을 마련하여 드릴 테니 조금만 기다려 주십쇼. 그런데……."

돈에 눈이 먼 의원이나 가질 법한 서원이다. 악덕 의원들이 어떻게 돈을 갈취하는지 잘 알고 있던 장삼은 식은땀이 흐르는 것을 느꼈다.

"그, 그런데 얼마 정도입니까요?"

노의원은 애처로운 장삼의 얼굴에서 시선을 떼었다. 그리고 민망해하는 얼굴로 벽을 노려보았다.

한참이 지나서야 노의원이 입을 열었다.

"오, 옷 한 벌."

고작 옷 한 벌?

장삼의 얼굴이 멍해졌다.

하지만 조금 더 시간이 지나자 얼굴이 형편없이 구겨진다. 노의원이 바라는 것이 고가의 비단 금의라고 짐작한 것이다.

장삼은 눈을 질끈 감고 긴장된 목소리로 입을 열었다.

"소인에게는 비단 금의를 맞출 만한 옷이 없습니다요, 어르신."

"마, 마의면 된다네."

장삼의 머릿속이 다시 하얗게 변했다. 마의? 고작 마의면 된단 말인가?

장삼은 진담인지 농인지 이해하지 못한 채 노의원을 바라보았다.

장삼의 눈치를 몰래몰래 살피던 노의원의 얼굴이 새파랗게 질렸다.

'어이쿠! 옷 한 벌 얻어 입기도 힘들게 생겼구나!'

노의원이 입고 있는 옷은 해지고 메져 옷으로써의 가치가 없었다. 일반인이 입는 옷이라기보다 저 개방도나 입을 법한 옷이다.

하지만 이 촌부는 아무래도 옷을 주기가 싫은가 보다.

"자, 자네가 입고 있는 것 정도면 되네."

장삼의 얼굴에 화색이 돌았다.

자신이 입고 있는 정도의 마의라면 자신의 형편으로도 어려울 것이 없다.

단 한 벌의 마의로도 충분하다고 하니 과연 청수한 얼굴에 맞게 청렴한 분이신가 보다.

그야말로 가난한 사람을 돌보는 의선(醫仙)이 아니신가!

"지, 진정… 마의면 됩니까요?"

장삼은 감동에 젖어 울먹이며 노의원을 바라보았다.

"으음."

하지만 노의원은 그 시선을 보고 그만 착각을 하고 말았다.

'예사 놈이 아니구나! 입던 옷 한 벌만 좀 얻어가자는데 눈물까지 보이다니!'

상대는 보통의 촌부가 아니다. 저놈은 지독한 짠돌이 촌부다.

잠시 뭔가를 생각하던 노의원은 방향을 바꾸어 동정심을 유발해 보기로 했다.

노의원은 최대한 애처로운 표정을 지었다.

"그, 그러니까… 하의만이라도 괜찮네. 아니, 하의보다는 상의가 낫겠구먼. 한 벌이 비싸다면 상의만이라도 괜찮네."

이제 노의원의 목소리는 거의 구걸하는 듯했다. 표정을 보니 울상도 이런 울상이 없다.

"드, 드리지요. 마의라면 한 벌 드릴 수 있습니다요. 그, 그런데 그걸로 충분하신지……."

"좋구면!"

노의원은 자신이 원하는 것을 얻어냈다는 것을 깨달았다. 잠시 기쁨에 수염을 바르르 떨던 노의원이 다시 머뭇거렸다.

"저기, 그런데 말일세."

"예, 어르신. 말씀하십쇼."

장삼이 넙죽 고개를 숙였다.

"호, 혹시 감자 몇 알도 좀 얻을 수 있겠나?"

당연히 드려야지.

장삼은 선선히 고개를 끄덕였다. 그리고는 뭔가 수상쩍다는 눈으로 노의원을 주시했다. 혹시 뭔가를 더 요구할지도 모른다.

"물론입죠. 한데 정말 그걸로 충분한지……."

"충분하고말고! 정말 고맙네!"

노의원이 호들갑을 떨었다. 그는 기쁨에 젖은 얼굴로 장삼의 손을 잡고 흔들었다.

"고맙네! 사실 본 의원은 끼니를 때운 지 몹시 오래되었다네! 산에서만 다니다 보니 먹을 것이 만만치가 않았어!"

물론 산행을 주로 하는 노의원이니만큼 아예 굶지는 않았다. 군데군데 숨어 있는 칡뿌리나 나물 같은 것을 캐어 먹었지만 그것으로 충분한 요기가 될 리 없다.

"지, 지금 당장이라도 조금 올릴깝쇼?"

노의원은 감동에 몸을 떨며 격렬하게 고개를 끄덕거렸다.

"그래 주면 고맙지!"

"그, 그럼 잠시만 기다리십쇼."

장삼은 머리를 꾸벅 숙여 보이고는 방을 나섰다. 그리고는 뭔가가 꺼림칙한지 고개를 갸웃갸웃했다.

"이상하다……?"

아이를 저만큼이라도 낫게 한 걸 보면 분명히 대단한 노인네 같긴 하다. 그런데 왠지 모르게 추레하다.

"분명 대단해 보이는데……."

장삼은 중얼중얼거리며 부엌으로 들어섰다.

그의 짐작은 정확했다.

신선 같은 노의원은 바로 약선의제(藥仙醫帝).

그는 무림을 싫어하는 무림인, 부귀를 싫어해 스스로 가난을 선택한 기인(奇人)으로, 그 의술만으로 강호오제(江湖五帝) 중 일인의 자리에 오른 약선 이시진(李時珍)이었다.

*　　　　*　　　　*

약선이 곧 먹게 될 감자에 대한 기대로 어깨춤을 추고 있을 무렵이었다.

장삼의 모옥이 자리한 무령산(巫鈴山)의 기슭에서는 한 청년이 누워 하늘을 바라보고 있었다.

“…….”

그는 하늘을 언제부터 보았는지 몰랐다. 아니, 언제가 뭔지도 몰랐다.

청년은 그저 백치처럼 멍하니 있을 뿐이었다.

‘저건 뭐지?’

아무리 생각해 봐도 알 수가 없다. 청년은 하늘을 바라보며 두 눈을 끔뻑이기만 했다.

한동안 누워 있던 청년은 고개를 갸웃거리다 마침내 몸을 일으켰다.

생각은 그에게 몸을 일으키라 말하고 있었다.

“음?”

청년은 땅을 짚은 손에서 어떤 감각이 느껴지는 것을 발견하고는 시선을 내렸다.

손가락이 보였다. 청년은 순진하게 그것을 꼼지락거려 보았다.

‘이게 뭐지?’

손가락이 뭔지는 몰랐지만 자신의 뜻에 따라 움직이는 것이 신기하다.

청년은 손가락을 바라보며 고개를 갸웃했다.

“으윽!”

갑자기 머릿속에 거센 물결이 몰아닥쳤다. 한 가지 기억과 동시에 끔찍한 두통이 찾아온 것이다. 청년은 관자놀이를 누르며 괴로워했다.

두통은 찾아왔던 것만큼이나 빠르게 사라져 갔다.

'이, 이것은 내 것. 내 뜻대로 움직이는 것. 나.'

두통이 사라지자 기억이 확고해졌다.

한 번 더 손가락을 꼼지락거린 청년이 이번엔 주위를 둘러보았다. 커다란 나무가 보였다.

'저게 뭐지?'

울창하게 땅을 감싸고 있는 것.

"으으……."

청년은 두통과 함께 그것이 살아 있다는 것을 기억해 냈다. 그것은 땅에 뿌리를 품고 하늘로 자라는 것. 푸르고 넓적한 것을 드리우는 것.

그 위에 있는 것은 뭐지?

'하늘을 날 수 있는 것.'

청년이 발견한 것은 새였다.

"아……!"

청년은 세상에 갓 태어난 아기처럼 세상의 모습을 한 가지, 두 가지씩 인지해 가고 있었다.

자신을 둘러싼 자연을 신기하게 둘러보던 청년은 문득 뭔가를 마시고 싶은 욕구를 느꼈다.

"킁! 킁킁!"

청년이 코를 찡긋거렸다. 어디선가 본능을 자극하는 냄새가 난다.

청년은 자리에서 일어서지도 않은 채 꿈틀꿈틀 기어서 냄새가 나는 쪽으로 다가갔다.

머지않아 청년은 물가에 다다를 수 있었다.

"아… 아……."

청년은 더듬더듬 목소리를 내며 물가를 바라보았다. 그리고는 깜짝 놀라 몸을 뒤로 뺐다.

"아앗!"

누군가가 물속에서 자신을 바라보고 있다.

깜짝 놀라 머뭇거리던 청년이 다시 조심스레 물가로 다가갔다.

변함없이 물속에 누군가 있다.

손가락을 들어 물가를 쿡 찔러보자 청년의 그림자가 이지러졌다.

"헉!"

청년은 당황한 듯 손을 뒤로 뺐다. 흔들리던 물결이 천천히 가라앉았다.

그는 이번엔 웅덩이가 아닌 자신의 얼굴을 만져 보았다.

'저 속에 있는 것은 누구지?

물속에 있는 누군가가 자신과 똑같이 행동한다.

청년은 다시 두통이 찾아오는 것을 느꼈다.

"으으윽!"

신음을 내뱉은 청년은 이를 악물고는 머리를 감싸 쥐었다. 두통과 함께 한 가지 인지가 찾아왔다.

'이건… 바로 나.'

빠르게 두통이 사라지자 청년은 다시 물가를 바라보았다. 겁먹을 필요 없다. 물에는 비친 것이 바로 자신의 그림자다.

그는 입을 물가에 처박고는 꿀꺽꿀꺽 물을 삼켰다.

약선 이시진은 찐 감자를 들고 희희낙락 웃었다. 감자는 노릇노릇한 연기를 뿜어대고 있다. 맛있어 보인다.

"고맙구먼. 잘 먹겠네."

"예, 어르신."

장삼은 푸근한 미소를 지었다. 아들을 고쳐 준 고마운 의원님이니 모든 것을 드려도 아깝지 않다.

실제로 장삼은 모든 것을 준 것이나 다름없었다.

"그런데 자네는 안 먹나?"

입을 크게 벌리고 감자를 베어 물려던 이시진이 의아한 듯 눈썹을 들어올렸다. 장삼은 씁쓸한 미소를 지으며 손을 흔들었다.

"아닙니다요. 저는 됐습니다."

"아무리 봐도 허기져 보이는데?"

약선의 이름은 땅따먹기 해서 얻은 것이 아니다. 장삼의 안색을 보고도 허기를 짐작하지 못한다면 약선이라는 이름을 달 자격이 없을 것이다.

"괜찮습니다요."

장삼이 우울해진 얼굴로 말했다.

사실 감자는 조금 더 남아 있다. 하지만 그것은 으깨어 죽을 만들어 아들에게 줄 참이다. 장삼은 나중에 나물 따위로 속을 채울 심산이었다.

"허어!"

약선의 눈에 그런 장삼의 마음이 보였다. 괜히 눈시울이 붉어질 것 같아 약선은 감자 한 개만 쥐어 들고는 그릇을 내쳤다.

"에이, 이거 내다 버리게. 한 알도 다 먹기 벅찬 사람에게 뭘 이리 많이 쪄온 게야."

"예?"

장삼은 의아한 얼굴로 약선을 바라보았다.

약선은 수염을 부들거렸다. 사실 몹시 아깝다. 그 역시 사흘을 굶다시피 했던 것이다.

그는 눈물이 날 것 같은 심정을 참으며 외쳤다.

"버리든지 자네가 먹어버리든지 하라고 했네!"

청년의 귓가에 아련한 소리가 들려왔다. 웅얼웅얼거리는 소리였지만 왠지 관심이 간다.

청년은 최대한 소리를 들어보기 위해 애썼다.

"버리든지 자네가 먹어버리든지 하라고 했네!"

불퉁한 목소리가 들려왔다.

청년과 장삼의 모옥이 오십여 장 이상 떨어진 것을 생각하면 깜짝 놀랄 일이었지만 청년은 그것이 당연한 줄 알고는 고개를 들었다.

'환하다.'

청년은 멀리서 환한 불빛이 빛나고 있는 것을 발견했다. 저것은 뜨겁지만 밝은 것. 가까이 있으면 다치지만 멀리서 보면 좋은 것.

'저곳으로 가자.'

어쩌면 저곳에 무엇인가가 있을지도 모른다. 왠지 모를 낯익음을 느꼈던 청년이 천천히 몸을 일으켰다. 균형을 잡지 못해 기우뚱기우뚱거렸지만 마침내 제대로 설 수 있었다.

청년은 만족한 듯 자신의 다리를 바라보았다. 몸을 제대로 일으킨 것이 신기하다.

"아… 아……."

청년은 이번에는 오른발을 들어보았다. 처음으로 걸음을 떼보는 것이다.

이번에도 성공했다.

청년은 한 발을 앞으로 내딛고는 신기하다는 듯 입술을 오물거렸다. 기억이 모두 사라진 청년은 모든 것이 신기했다.

세상에 태어난 보기 드문 신생아(新生兒).

청년의 입장을 한마디로 축약한다면 바로 그것이 되리라.

'저곳으로 가자.'

청년이 불빛 쪽으로 발을 뗴었다. 불길 가까이 가야 한다는 생각밖에 없었다.

그 생각이 청년의 몸을 지배했다.

"음?"

청년은 다리에서 느껴지는 기운에 의아한 듯 신음을 내뱉었다. 뭔가 이상하다. 다시 한 번 움직여 보자.

청년은 다시 한 발자국을 뗴었다. 발은 땅에 닿자마자 거칠게 튕겨났다.

그것은 청년의 몸 역시 마찬가지였다.

"으하으허아흐아악!"

굳건하게 딛고 있던 땅이 사라지고 거센 바람이 느껴지자 청년은 처절한 비명을 질렀다.

쾅—!

거대한 굉음과 함께 흙먼지가 피어올랐다.

장삼에게 감자를 양보하고 방을 나섰던 약선 이시진이 처절한 비명을 터뜨렸다.

"으아악!"

"아이쿠, 하늘님! 저는 죄가 없습니다요!"

감자를 다시 권하러 나왔던 장삼 역시 놀라긴 마찬가지

였다.

겁에 질린 장삼은 재빨리 엎드려 깊숙이 절했다. 뭘 잘못했는지는 모르겠지만 드디어 조상님이 크게 노하셨나 보다.

굉음이 사라지고 흙먼지가 가실 때까지 장삼의 엎드린 자세는 바뀌지 않았다.

흙먼지가 사라지자 거대한 구덩이가 보였다.

"으아아! 으아아… 아… 아……."

이시진의 비명이 점점 사그라들었다. 흙먼지와 함께 공포가 조금씩 사라진다.

마침내 비명을 멈춘 이시진이 천천히 구덩이로 다가갔다.

"으음……."

많이 다쳤을 것만 같은 청년이 널브러져 있다. 이시진은 눈살을 찌푸리고는 혼잣말을 주워섬겼다.

"이건 또 뭐지?"

땅에 엎드렸던 장삼이 빼꼼히 고개를 들었다. 그리고는 이시진의 혼잣말에 성심성의껏 대꾸했다.

"모르는뎁쇼?"

"하늘에서 떨어진 사람이라……."

이시진은 흰 수염을 쓰다듬으며 생각에 잠겼다. 보통 사람이 하늘에서 떨어질 일은 없다. 보통 사람이 아니라면 모르지만 말이다.

"무림인 같구먼."

이시진이 걱정스런 얼굴로 구덩이 속을 바라보았다. 제아무리 무림인이라지만 하늘로 족히 이십여 장은 떠오른 듯하니 아무래도 많이 다쳤을 것이다.

과연 구덩이 속에 있던 청년은 꿈틀거리기만 할 뿐이었다.

"많이 다쳤겠군. 꺼내세."

이시진이 장삼을 향해 말했다.

"아, 예."

장삼은 꺼림칙한 얼굴로 구덩이를 살폈다. 하늘에서 갑자기 떨어진 것을 보니 마귀가 아닌가 싶다.

병자를 보고 그냥 지나친 적이 없는 약선이 터벅터벅 구덩이 속으로 걸어갈 때였다.

"으헉?!"

구덩이 속에 떨어졌던 사내가 벌떡 몸을 일으켰다. 아무런 상처도 입지 않은 듯한 자연스러운 몸놀림이었다.

청년은 비명 소리를 듣고는 멍하니 이시진을 바라보았다.

"까, 깜짝 놀랐잖소."

이시진이 긴장한 몸을 억지로 펴며 말했다.

하늘에서 떨어진 청년이 눈을 끔뻑거리며 고개를 갸웃했다. 도대체 뭐라고 하는 걸까?

이시진이 가슴을 쓸어내리며 말을 이어나갔다.

"기척도 없이 일어날 줄은 몰랐소이다."

하마터면 간 떨어질 뻔했다. 약선은 가슴을 쓸어내리며 말을 이어나갔다.

"그, 그런데 괜찮소?"

"……."

이시진의 얼굴을 보던 청년은 머릿속이 복잡해졌다.

도대체 뭐라고 하는 거지? 상대의 목소리를 알아들을 수가 없다.

그가 아는 것은 손가락이 자기 몸이라는 것, 그리고 그것을 마음대로 움직일 수 있다는 것 정도다.

청년은 멍하니 약선을 바라보기만 했다.

"정말… 괜찮은 거요? 저 높은 곳에서 떨어졌는데?"

이시진이 의구심 가득한 목소리로 입을 열었다.

설사 무림인이라고 치더라도 하늘에 이십여 장 이상 떠오르는 것은 불가능하다. 만약 올랐다고 쳐도 무방비하게 떨어지면 커다란 외상과 함께 내상을 입게 된다.

"무공이 뛰어나신가 보구려."

이시진이 허탈한 듯 중얼거렸다.

설마 스스로 뛰어오른 건 아니겠지? 만약 그렇다면 무공이 뛰어난 정도가 아니라 아예 하늘의 경지에 닿았다고 해야 옳으리라.

"아… 아……."

청년은 두 눈을 끔뻑이기만 했다. 단 한 문장도 알아듣지 못한 것이다.

"이, 이보시오?"

약선이 재차 청년을 불렀을 때였다.

청년은 귓가에 들려오는 목소리가 뭐라고 하는지 알 수 있을 것 같다고 생각했다. 그저 소리일 뿐이던 것이 조금씩조금씩 다른 것으로 변하고 있었다.

"으윽."

그리고 그와 동시에 머리가 터져 버릴 것만 같은 두통이 밀려들어 왔다.

되살려야 하는 기억의 양이 조금 전과는 비교가 되지 않을 정도로 많았기 때문일까?

고통 역시 상상을 초월할 정도로 컸다.

청년은 이를 악물며 머리를 감싸 쥐었다.

"으아아아아악!"

"으허억!"

아무래도 미친놈인가 보다.

헛바람을 잔뜩 집어삼킨 이시진이 저도 모르게 뒷걸음질 쳤다. 머리를 부여잡은 미친놈―약선은 거의 확신하고 있었다―이 몸까지 뒤틀며 괴로워한다.

"으아아아아악!"

말을 다시 기억하는 과정은 끔찍했다.

청년은 머리를 부여잡고 무릎을 털썩 꿇었다. 극심한 고통에 입가는 바들바들 떨렸고 눈동자는 크게 부릅떠졌다.

이것은 말[言].

말은 사람들이 서로 의사를 소통하기 위해 만든 것. 각각의 뜻을 가지고 있는 수많은 글자들을 소리 내어 말하는 것.

말에는 무엇이 있지? 꽃[花], 바위[石], 하늘[天], 사람[人], 새[鳥], 손가락[指]……

"으아아아아아악!"

수많은 단어가 청년의 머릿속에서 떠오르고 또 사라졌다. 그리고 서서히 조합되기 시작했다.

머리가 터져 버릴 것만 같은 고통 속에서 청년은 말이 태어나는 과정을 바라보았다.

단어들이 섞여 문장을 만든다. 몇 개의 단어로 상상할 수 없을 만큼 많은 수의 문장을 만들 수 있고, 그것으로 대화를 할 수 있다.

그것은 고통을 잊을 만큼 신비로웠다.

실제로 고통이 조금씩 사라지고 있기도 했다.

"헉, 허억!"

비명을 지르던 청년이 거칠게 숨을 몰아쉬며 입을 다물었다.

청년의 비명이 사라지자 이시진이 의아한 얼굴로 청년을 훑어보았다.

조금 시간이 지나니 숨소리마저 고르게 변했다.

"왜 그러시는 게요?"

이시진이 최대한 안전하다고 생각되는 데까지 물러난 채
로 질문했다.

허리를 꼿꼿이 편 청년은 입술을 오물거리며 혀를 움직여
보았다. 한동안 그러기를 반복하던 청년이 마침내 소리를 내
었다.

"아웅……."

혀의 움직임이 부드럽지 않자 청년은 말을 멈추었다. 그리
고는 입술을 우물우물거리며 말하는 시늉을 해보더니 다시
입을 떼었다.

"나은……."

이번엔 발음이 제법 정확해졌다.

이시진은 청년이 뭐라고 말하는지 짐작해 보기 위해 머리
를 굴렸다. 그리고 청년이 '나는' 이라고 말한 것 같다고 생각
했다.

"나는?"

청년이 다시 말을 이어나갔다.

"괘앤… 찬타……."

" '나는 괜찮다' 라고 한 거요?"

약선이 되물어보았다. 청년은 무심코 고개를 절레절레 저
었다. 생각에 깊이 빠졌기 때문이다.

그래서 약선은 정답을 맞혀놓고도 고민해야 했다.

"그럼 뭐라고 한 거요?"

청년이 홀로 중얼거렸다.

"괘, 괘앤⋯ 차안타?"

괜찮다. 괜찮은 게 뭐지? 아프지 않거나 상태에 이상이 없는 것. 아픈 것은 뭐지?

청년의 머릿속에서 떠오른 개념은 꼬리에 꼬리를 물고 또 다른 개념으로 화했다.

아픈 것은 몸이 괴롭고 힘든 것. 몸이 뭐지? 몸은 살아 있는 것. 살아 있는 것은 뭐지? 나처럼 움직일 수 있는 것. 나는 뭐지?

내가 누구지?

"아⋯⋯!"

청년은 머릿속이 하얗게 변하는 것을 느꼈다.

말을 떠올릴 때와는 또 다른 기분이었다. 그것은 그저 끔찍한 고통일 뿐이었다.

하지만 지금은 아무런 반응도 없다.

기억의 작은 실마리조차 찾지 못한 청년이 고개를 갸웃했다.

내가 누구지?

청년의 머릿속에서 끊임없는 질문과 해답이 튀어나왔다. 대부분의 질문은 답을 찾아낼 수 있었지만 이번만큼은 답을 찾을 수 없었다.

"내가아⋯ 누구우지?"

청년은 멍한 눈으로 이시진을 바라보았다. 그 눈에는 걷잡을 수 없는 혼란과 그 혼란으로 인한 슬픔이 동시에 깃들어 있었다.

그 애처로운 눈을 보면 누구든 대답해 주지 않고는 배기지 못하리라.

하지만 약선은 그가 누군지 몰랐다.

"나, 나도 모르는데?"

이시진이 최대한 위로하는 듯한 표정을 지으려 애쓰며 대답해 주었다.

청년이 불만 가득한 얼굴로 반문했다.

"왜 모라?"

이 자식이!

약선은 입 밖으로 튀어나오는 욕을 수습하기 위해 이를 악물었다.

장삼은 청년이 요괴일지도 모른다고 생각했다. 사람이 하늘에서 떨어질 리가 없으니. 하지만 실없는 놈이기도 했다.

'왜 모라? 라니.

하마터면 장삼은 웃음을 터뜨릴 뻔했다.

"하, 한 번도 본 적 없는 사내를 알 리가 없지 않나."

이시진은 분노한 표정을 애써 감추며 청년에게 말했다.

"으음."

청년은 불만스러운 얼굴로 고개를 돌렸다.

이시진은 그 행동이 마치 '멍청한 녀석'이라고 말하는 것 같다고 생각했다.

하지만 청년은 집을 발견하고 신기해하고 있을 뿐이었다.

'저게 뭐지?

네모 모양이고 안정적으로 땅 위에 서 있는 것. 저것은 집. 그것도 작은 집. 아주 작은 집.

"일단 치료부터 해야겠네. 다친 곳은 보이지 않지만 혹시 모르니 말일세."

이시진이 중얼거렸다. 처음엔 공대를 했지만 청년의 나이가 어리니―버르장머리를 보니―하대를 해도 무방할 듯하다.

말을 마친 이시진이 모옥의 작은 방으로 걸음을 옮겼다.

"……."

청년은 이시진의 행동을 이해하지 못해 가만히 서 있기만 했다.

"뭐 하나, 들어오지 않고?"

"드러가?"

청년이 혼잣말을 주워섬겼다. 잠시 들어간다는 것이 무엇인지 생각하던 청년은 곧 답을 찾았는지 고개를 끄덕였다.

"좋다아. 드러가지이."

"험! 험!"

이시진은 헛기침을 내뱉으며 방으로 걸어 들어갔다. 장삼과 청년 역시 이시진을 따라 방으로 들어왔다.

청년은 방에 들어선 이시진이 자리에 앉자 같이 자리에 앉았다. 그리고 이시진이 무엇을 하는지 자세히 관찰하기 시작했다.

먼저 자신의 손목을 쥔다. 그리고는 얼굴색을 붉으락푸르락하게 바꾸더니 손목을 놓는다.

"말도 안 돼."

뭐라고 중얼거린 그는 다시 손목을 쥐었다. 그리고는 좌절한 듯 수염을 바들바들 떨기 시작했다.

"내가 인생 헛살았구나. 맥도 잡히질 않으니……."

그는 손목을 놓고 자신을 곰곰이 바라보며 생각에 빠져들었다. 한참을 그렇게 지루하게 앉아 있던 그가 방법을 찾았다는 듯 호쾌하게 웃었다.

"으하하하! 안 되면 되게 하라는 말이 있지! 나는 강제로 맥을 틔울 수 있다네!"

그는 조그마한 나무 상자에서 가늘고 뾰족한 것을 꺼냈다. 그리고 자신을 찔렀다.

"무어 하는 거야아."

불만스러운 얼굴로 말해보았지만 그는 더욱 불만스러운 얼굴을 한 채 자신을 무시했다.

"빌어먹을! 금강불괴도 아니고 뭔 피부가 이리 딱딱해! 다시 대!"

그는 다시 침을 쿡 찔러보았다. 안 들어간다.

이번엔 침을 쿡쿡쿡 여러 번 찔러보았다. 여전히 안 들어간다.

아무리 열심히 찔러도 마음대로 되지 않자 그의 얼굴이 새빨개졌다.

"내가 침을 못 꽂으면 사람이 아니다."

그는 약이 오른 표정으로 자신을 노려보며 이마에 핏발을 세웠다. 그리고 있는 힘껏 뾰족한 것을 찌르려 했다.

"오! 들어가는 것 같아!"

안 들어갔다. 뾰족한 것이 들어간 것처럼 느껴진 까닭은 그것이 휘어졌기 때문이다.

곧 그는 뾰족한 것을 부러뜨리고는 파편에 찔린 손을 부여잡고 고래고래 비명을 질렀다.

"으아앗! 따갑다! 따가워!"

그는 대단히 괴로워하며 억울한 표정으로 긴 천을 꺼내었다. 그리고 손가락을 조심스럽게 싸맸다.

"무얼 하는 거야아, 멍청한 노옴."

감히 자신을 함부로 다루다니. 슬슬 화가 날 지경에 이른 청년이 불쾌하게 중얼거렸다.

하지만 분노한 이시진은 그 말을 듣지 못했다.

"신기한 몸을 가졌구먼, 자네. 침이 부러질 줄은 몰랐네그려."

“침?”

“그래, 부러진 침 말일세.”

청년은 고개를 갸웃했다. 잠시 생각해 보니 침이 뭔지 알 것 같다. 침은 옷을 꿰맬 때 쓰는 도구. 그런데 저 사람은 왜 그런 걸로 나를 찔렀지?

“…….”

약선은 입을 다물었다. 그리고는 수염을 부들거리며 청년을 노려보았다.

청년은 왠지 모를 어색함을 느꼈다. 하지만 이시진의 시선을 피하지는 않았다. 그저 똑바로 주시할 뿐이었다. 약선의 시선은 끈질기리만치 청년의 얼굴을 살폈다.

가시방석 같은 침묵을 견디다 못한 청년이 입을 열었다.

“왜 그러언 누운으로 보느은 건가?”

“자네는 누군가?”

이시진이 몸을 곧게 세운 채 청년에게 질문했다. 말이 막힌 청년은 고개를 저었다.

“모오른다아.”

“으음.”

약선의 입에서 긴 한숨이 튀어나왔다. 이 녀석, 신기한 몸을 가지고 있다. 의원 생활 육십 년 동안 맥을 잡을 수 없는 경우를 만난 것은 처음이다.

“무공을 배운 적이 있던가?”

게다가 몸의 강도가 말도 안 되게 단단하다. 강제로 맥을 틔워보려 찔러본 바늘이 부러져 버렸다.

그래서 약선은 다른 누구도 아닌 자신의 손을 치료해야 했다. 게다가 바늘도 새로 구입해야 할 판이다. 돈도 없는데.

청년은 또다시 고개를 저었다.

"모오른다아."

어떤 질문에도 '모오른다아' 로 대답하는 청년에게서 답답함을 느낀 이시진이 고개를 저었다. 질문을 하는 것보다 아는 것이 무엇인지 들어보는 것이 낫겠다.

"자네, 아는 것이 있기는 한가?"

"있다아."

"말해보게."

청년이 자랑스러워하는 기색이 역력한 얼굴로 말했다.

"이거언 손가라악, 그리고 이건 지입, 나느은 사아람. 아! 너도오 사아람."

'네가 사람이란 건 처음 알았지? 라고 말하는 듯한 얼굴에 이시진은 이를 악물었다. 하지만 아무것도 모르는 사람에게 화를 낼 수는 없는 노릇이다.

"흐음."

아무래도 기억을 모두 잃은 듯하다. 이자가 무림인이라면 그 이유도 짐작할 수 있을 것 같다.

"주화입마인가?"

주화입마에 빠져들어 이지를 상실했고, 또한 전신 세맥이 닫혔다면 이해가 되긴 한다.

하지만 임맥과 독맥이 잡히지 않는다. 주화입마에 들어 마기가 골수에 치밀었든, 아니면 맥에 손상을 입었든 잡히기는 해야 하는 것이다.

"것… 참."

약선은 수염을 긁적거렸다. 수염의 부드러운 결을 파고드는 천의 느낌이 생경하다.

침이 들어가지 않는 육신이라…….

"으흠."

저 청년은 금강불괴에 가까운 육신을 지니고 있다.

"이름… 은 기억나나?"

약선은 의구심 섞인 눈으로 청년을 바라보았다.

주화입마에 들었는데도 불구하고 금강불괴의 몸을 유지하고 있다면 주화입마에 들지 않았을 때의 그의 무공은 얼마나 뛰어났겠는가!

강호오제는 이름도 들이밀지 못할 만큼 대단한 무공의 소유자였을 것이다.

어쩌면 무림의 전대 기인일지도 모른다.

"모오른다아."

"아쉽구먼."

이름을 모른다니……. 참 애석하게 됐다. 금강불괴에 이르렀다면 어쩌면 만독불침일지도 모르는데…….

"음?"

약선의 눈이 살짝 반짝였다. 그렇다. 금강불괴를 이룰 정도의 무공이 있다면 어쩌면 만독불침의 몸을 가지고 있을지도 모른다.

"호오!"

약선의 얼굴에서 흥미 어린 미소가 떠올랐다.

그와 반대로 청년은 왠지 모를 불길한 기분을 느꼈다.

"왜애 그러나아?"

청년이 조심스럽게 약선의 얼굴을 훑어보았다. 약선은 빙긋 웃으며 탐스럽게 자란 흰 수염을 쓰다듬었다.

"별일 아닐세. 일단은 푹 쉬게나. 맥을 짚을 수 없어 자세히 알 수는 없네만 두부(頭部)에 충격이 있었던 모양이야. 아까 두통을 느꼈었지?"

진맥을 할 수는 없었지만 짐작이 가긴 한다. 약선이란 이름을 달 정도가 되면 보는 것으로 상대의 몸 상태를 알아볼 수 있다.

이시진은 걱정스러운 얼굴로 청년을 바라보았다.

"혹시 아직도 머리가 아픈가?"

"아안 아프다아."

청년은 관자놀이를 부드럽게 어루만지며 말했다. 머리가 터질 것 같은 고통도 이제는 사라지고 없다. 편안한 기분이 느껴질 뿐이었다.

이시진은 고개를 끄덕이고는 옆에서 두려운 얼굴로 청년을 노려보고 있던 장삼을 발견했다.

장삼은 그가 마귀일 것이라는 추측을 사실로 굳히고 있었다. 바늘로 찔러도 피 한 방울 안 나온다.

하지만 의술은 뛰어나도 눈치는 없는 약선은 그 시선이 청년을 재워주기 싫어하는 짠돌이 촌부의 시선 같다고 생각했다.

두부에 충격을 받아 아파하는 환자를 내쫓을 수야 있겠는가!

약선은 청년을 변호하기로 마음먹고는 더듬더듬 입을 열었다.

"저, 저기… 이보게나, 장삼."

"예?"

장삼이 화들짝 놀라 대꾸했다.

약선은 헛기침을 험, 험, 하고는 말꼬리를 길게 늘였다.

"이 친구도 잘 데가 없을 듯한데……."

"걱정 마십쇼, 어르신."

장삼은 일단 머리를 조아렸다. 저 청년이 마귀든 아니든 아들을 치료해 주고도 마의 한 벌만을 원하는 순박한 의원 어르신의 부탁을 거부할 수는 없다.

"저 청년도 아파 보이는데 설마 풍진 데서 재우겠습니까요. 에서 재우겠습니다.”

장삼의 말에 편안한 얼굴이 된 이시진이 히죽 미소를 지었
다.

짠돌이로 보였는데 예상외로 그렇게 심한 짠돌이는 아닌
가 보다.

“그럼 부탁하겠네.”

제2장

의현(醫賢)

다음날.

청년은 눈을 찌르는 환한 빛살에 잠에서 깨어났다. 눈을 잔뜩 찌푸린 청년은 멍하니 주위를 둘러보았다.

"뭐지이?"

울퉁불퉁한 벽과 낡은 닥종이 같은 것이 보인다. 벽은 사방을 가로막고 있었다.

"바아람이 없구운."

바람이 느껴지지 않으니 왠지 답답하다.

침상도 없이 아무렇게나 누워 잤던 청년은 몸을 일으켜 문으로 다가갔다.

“아!”

문을 열자 눈이 시리도록 찬란한 햇살이 청년의 눈을 찔렀다. 청년은 손을 들어 눈가를 가렸다.

언뜻 빛 사이로 노인이 서 있는 것이 보였다.

“이제 깼나?”

자그마한 텃밭에서 하늘을 바라보던 노인이 환한 미소를 지으며 청년에게로 시선을 돌렸다.

“일어나았다아.”

청년이 무덤덤한 얼굴로 고개를 끄덕였다.

생경한 산의 풍경이 청년의 눈에 들어왔다. 언젠가 보았던 것처럼 산은 아름다웠다.

청년은 제 처지도 잊고 산을 구경했다.

“좋구운.”

이시진이 헤죽헤죽 웃으며 다가왔다.

“자네, 아무래도 많이 피곤했나 봐. 늦잠에서 헤어나질 못하는 걸 보면.”

“으음?”

청년은 너무나 반갑게 자신을 맞이하는 약선을 보며 의아한 표정을 지었다.

그러거나 말거나 약선은 유쾌했다.

“자, 자! 아침이 되었으니 어쩌면 기억나지 않던 것이 기억날 수도 있네. 혹시 뭐 생각나는 것 없나?”

“모오른다아.”

“그렇구먼.”

이시진은 대수롭지 않게 고개를 끄덕였다. 혹시나 하는 기대를 가져 보았지만 그것은 정말 기대일 뿐이었다. 기억을 잃은 사람은 무언가 계기가 있어야 기억을 찾는 법이다.

그는 능숙하게 화제를 바꾸었다.

“그렇다면 말이야, 일단 자네 발음을 좀 고쳐 보세. 뭐라고 하는지 알아들을 수가 없으이.”

청년이 뭔지도 모르면서 고개를 끄덕였다.

이시진은 잠시 고민해 보았다. 발음을 교정하려면 일단 말을 많이 해야 한다. 그리고 올바른 발음을 들려줘야 한다.

방법을 찾은 이시진이 반갑게 웃었다.

“그래, 이렇게 하면 되겠구먼.”

“으음?”

“한번 따라 해보게. 아아치임.”

약선이 입을 크게 벌리며 말하자 청년이 순박하게 약선을 따라 했다.

약선은 이번에는 조금 빠르게 해보기로 마음먹었다.

“아침.”

빨라진 발음 때문일까? 청년이 어렵다는 듯 미간을 찌푸렸다. 잠시 주저하던 청년이 다시 입을 떼었다.

“아아침.”

이시진의 발음과 가까워진 목소리가 나왔다. 청년이 기쁜 듯 고개를 끄덕였다. 굳어 있던 혀가 풀리는 느낌이 든다.

"다시 해보게. 아침."

"아침."

청년은 이번에는 곧잘 따라 했다.

약선은 흥분하여 고개를 끄덕였다.

"그래, 잘하는구먼! 이젠 이 말을 따라 해보게. 안녕."

"아안녕."

약선의 얼굴이 참담하게 구겨졌다. 어쩌면 이 청년의 발음을 교정하는 데 오랜 시간이 걸릴지도 모르겠다.

약선의 예감은 정확했다.

해가 질 때까지도 약선과 청년의 교정은 끝나지 않았다. 그동안 약선은 답답한 가슴을 두드려 가며 단어들을 말했고, 청년은 느릿한 발음으로 그를 따라 했다.

하지만 소기의 성과도 거뒀다. 청년의 발음이 상당 부분 정확해진 것이다.

"그래, 그렇지. 다시 불러보게."

"이시진?"

청년이 약선을 가리키며 말했다.

약선은 기뻐 춤이라도 추고 싶었다. 오전 내내 고생했던 결과가 드러나고 있으니 어찌 기쁘지 않을쏜가!

"으하하핫! 다시 해보게!"

"이시진?"

청년이 빙긋 웃으며 말했다. 약선은 뭐가 그리 좋은지 신이 나서 호들갑을 떨었다.

사실 그 광경은 대단히 기묘한 것이었다. 젊은 청년이 흰 수염의 노인을 손가락질하며 이름을 불러대고 있었으니 어떻게 봐도 좋을 일이 없다.

그래서 화전 일을 하고 돌아오던 장삼은 몹시 난감한 표정을 지어야 했다.

"으음……."

장삼은 노의원이 혹시 치매에 걸리지는 않았나 하고 추측해 보았다.

정신이 나간 요괴 청년이 이름을 함부로 부르는 데도 노의원은 기뻐 어깨춤을 덩실덩실 추고 있었던 것이다.

"저, 의원님?"

"이시진이라고 다시 해보… 음?"

신이 났던 약선이 장삼을 발견하고는 말을 멈추었다.

잠시 눈을 굴리며 상황을 파악하던 약선은 곧 표정을 딱딱하게 굳히고는 최대한 근엄한 표정을 지으려 애쓰며 헛기침을 내뱉었다.

"험! 험! 나, 나는 이, 이 아이에게 말을 가르치고 있었다네."

"그러셨군요."

장삼은 의심스러운 시선을 돌려 청년을 바라보았다.

그 시선을 착각한 청년은 장삼도 기쁘게 해주기로 했다.

"장삼?"

새파랗게 어린 듯 보이는 녀석이 감히 손가락질하며 반말을 지껄이다니…….

소싯적에 힘깨나 썼던 장삼은 청년을 한 대 쥐어박아 줄까 하고 고민했다.

청년은 청년 나름대로 실망했다. 이렇게 하면 좋아할 줄 알았는데 안 좋아한다.

청년은 다시 시도해 보기로 했다.

"장삼?"

약선의 노력은 대단한 성과를 거둔 것이 분명했다. 장삼의 이름을 매끄러운 발음으로 구사한 청년을 보면 알 수 있다.

"저는 먼저 들어가 보겠습니다요, 어르신."

차가운 얼굴이 된 장삼이 청년에게서 몸을 휙 돌리고는 모옥 안으로 총총 걸어 들어가 버렸다.

"이, 이보게, 장가(張哥)!"

어쩐지 자신의 체면마저 망가지는 듯한 기분이 든다.

약선은 난감한 얼굴로 모옥으로 들어가 버린 장삼을 바라보았다. 그리고는 시선을 돌려 불타는 눈으로 청년을 주시했다. 이 녀석에게는 새로운 교육이 필요하다.

그것의 이름은 바로 예의다.

"자! 이제 존댓말을 배우자."

"존댓말?"

청년은 의아한 얼굴로 고개를 갸웃했다. 존댓말은 상대를 높이는 말. 내가 해서는 안 되는 말. 해본 적 없는 말.

청년의 얼굴이 굳어졌다.

"싫다."

자신은 존댓말을 해서는 안 된다. 왜인지는 모르겠지만 존댓말을 하기가 싫다. 하대를 해야 한다.

약선은 딱딱하게 굳은 표정으로 말했다.

"싫습니다."

"싫다."

명확한 발음으로 반말을 한 청년이 고개를 홱 돌렸다.

"싫습니다."

약선의 수염이 바르르 떨렸다.

그의 교육은 자신이 말하면 상대가 따라 하는 식으로 진행된다. 즉, 존댓말을 가르치려면 먼저 존댓말을 해야 하는 것이다.

그래서 약선은 존댓말을 했다.

시퍼렇게 어린 청년은 반말을 한다.

"싫다."

약선은 분노했다. 명예나 세인의 존경 따위는 신경 쓰지 않

고 살아온 세월이지만 그렇다고 반말을 들을 정도는 아닌 것
이다.

그는 분노한 얼굴로 고함을 질렀다.

"이 망할 녀석!"

청년의 얼굴에 화색이 돌았다. 존댓말만 아니면 얼마든지
따라 해줄 용의가 있다.

"이 망할 녀석!"

"……."

약선은 화가 빠르게 사라지는 것을 느꼈다. 화를 내보아도
소용없는 일이다. 이 녀석은 그냥 따라 할 뿐이니까.

약선은 이 교육이 발음 교정보다 더 오랜 시간이 걸릴 것이
라는 것을 깨달았다.

그는 우울한 얼굴로 한숨을 내쉬며 청년의 옆에 주저앉았
다.

"그래, 오늘은 이만 하자꾸나. 벌써 노을이 비치니."

과연 해가 지고 있었다.

세상을 주홍빛으로 물들이는 아름다운 빛의 향연을 바라
보며 약선은 미소를 지었다. 산에서 보는 노을은 언제 보아도
아름다웠다.

"아름답지 않느냐?"

"응?"

청년은 멍하니 노을을 바라보았다. 하늘은 언젠가 보았던

그 노을처럼 찬란히 빛나고 있었다.

언젠가…… 언젠가?

청년은 갑자기 떠오른 기억이 낯설어 고개를 갸웃했다. 약선은 청년이 노을을 낯설어하는 줄 착각하고는 미소를 지었다.

"허헛, 녀석. 노을도 기억나지 않는가 보구나."

청년은 아무런 말도 하지 않았다. 약선은 다시 시선을 돌려 노을을 바라보았다.

약선의 귓가에 청년이 노을을 바라보며 더듬더듬 중얼거리는 소리가 들려왔다.

"기억, 기억난다."

청년은 이를 악물었다. 감정이 격동하는 것을 느꼈기 때문이다.

약선이 반가운 얼굴로 청년을 돌아보았다.

"뭐, 뭔가가 기억나느냐?"

"아니."

청년은 고개를 저었다. 약선이 초조한 듯 청년을 바라보며 말했다.

"뭔가가 떠오를 것 같으면 그 기억을… 기억을……."

약선은 청년의 얼굴을 보고 입을 다물었다. 청년의 얼굴에는 기묘한 감정이 배어 있었다.

마치 수십, 수백 년의 세월을 품은 듯한 얼굴이었다.

“기억이 나지 않는다면…….”

청년의 표정 하나하나를 훑어보던 약선이 중얼거렸다.

얼핏 보기엔 무표정해 보이는 얼굴이었지만 그가 살아온 세월은 청년의 표정이 무엇인지 정확하게 읽게 해주었다.

“굳이 떠올리려 하지 말거라, 아이야.”

약선은 천천히 말을 끝맺었다.

그것은 슬픔이었다. 큰 슬픔.

“알았다.”

청년은 대수롭지 않다는 듯 고개를 끄덕이고는 노을에서 시선을 떼었다. 오늘 오전부터 죽 함께 있었다고 약선의 말은 제법 잘 따르는 듯한 모습이었다.

약선은 흐뭇한 기분을 느꼈다.

“그래, 오늘 할 일은 모두 끝났으니 푹 쉬면 될 게다.”

“그렇군.”

청년이 고개를 주억거렸다. 약선은 갑자기 무엇인가가 떠올랐는지 미간을 좁혔다.

“그나저나 뭐라고 이름을 지어주긴 해야겠구나, 아이라고만 부를 수는 없으니.”

“이름?”

청년은 멍하니 약선을 바라보았다. 이름? 있었다. 언제부터 있었는지는 모르겠지만 분명히 자신에게는 이름이 있었다.

약선은 고심하는 듯한 표정으로 수염을 쓰다듬었다.

"으음, 성은 줄 수가 없겠다. 어차피 기억이 돌아오면 본명을 사용하게 될 테니 말이다. 결국 가명을 써야 한다는 소리인데, 뭐가 좋을꼬."

청년의 눈동자가 흔들렸다. 내 이름이 뭐였지? 하얀 백지에 가려진 듯 기억은 떠오르지 않았다.

"본노는 의원이니 의(醫) 자가 들어가는 이름이 좋더구나."

청년의 이름 첫 글자가 정해지는 순간이었다. 청년은 '의'라는 말을 조그맣게 주워섬겼다.

약선은 조금 더 고심해 보았다. 이름을 '의'라고 외자로 지을 수는 없는 노릇이다. 무엇이 좋을까?

잠시 생각해 보니 이 아이의 이름이 뭐가 좋을지 생각날 듯했다. 약선은 저도 모르게 웃음을 터뜨렸다.

"허헛, 그래. 네가 멍청하니 '현(賢)' 자가 좋겠구나."

약선은 인자하게 웃음 지었다. 하얀 수염이 노을에 물들어 발갛게 빛났다.

"그래, 어차피 가명이니 어떤 이름이라도 상관이 없지 않겠느냐? 이제 너를 의현이라고 부르자꾸나."

"의현?"

"그래, 의현."

약선은 다시 노을로 시선을 돌렸다.

'의'라고 중얼거리던 청년은 이제 '의현'이라고 중얼거리기 시작했다. 그것이 자신의 이름이다. 의현이라는 것은 이제 나다. 이제 나는 의현이다.

"의현……."

청년의 얼굴이 발갛게 물들었다. 그것이 노을 때문인지, 아니면 그냥 얼굴이 붉어진 것인지는 아무도 알지 못할 것이다.

*　　　*　　　*

노을은 중원 곳곳을 주홍빛으로 물들였다. 황궁과 대신들의 장원, 양민의 모옥이 이번만큼은 차별없이 붉게 물들었다.

노을 지는 하늘은 남패천의 고루거각도 어김없이 바라보았고, 그래서 천하를 양분하는 남패천 역시 어김없이 주홍빛으로 물들어야 했다.

남패천(南覇天)의 천주실(天主室).

천하를 양분한다는 남패천의 천주실답게 방 안은 화려했다.

금으로 만든 태사의가 가장 먼저 눈을 밝게 해준다면, 그 앞에 놓인 세원목(世原木) 탁자가 뒤를 이어 고고한 품성을 보여주고 있었다.

탁자 뒤쪽에 위치한 화려한 문양이 수놓인 비단 침상이 방의 분위기를 화사하게 만들어주고 있었다.

아마 침상 앞에 부복하고 있는 사내가 아니었더라면 방 안은 조금 더 화사했을 것이다.

남패천의 천주를 보좌하는 제일마(第一魔) 모표(毛飄)는 침울한 얼굴로 남패천의 하늘 탈백마제(奪魄魔帝)를 바라보고 있었다.

'저 자리에 누워 계실 분이 아니거늘…….'

모표는 암담한 기분을 숨기지 못한 채 머리를 조아렸다.

"속히 쾌차하시길 바랍니다, 주군."

"허헛. 그래, 고맙구나."

탈백마제는 인자해 보이는 웃음을 지었다.

얼굴색이 붉고 숨소리가 안정적이었지만 사실 탈백마제는 죽음을 향해 달려가고 있었다.

절명독(絶命毒)이라고까지 불리는 부시혈독(腐屍血毒)에 중독되었으니 어찌할 수 없는 노릇일지도 모른다.

"……."

모표는 차분히 눈을 감았다. 그리고 기감을 있는 대로 끌어올려 주위의 시선이 있는지 훑어보았다. 천주를 해한 자가 보내둔 손길이 아직도 주위에 있으리라 짐작한 탓이었다.

'있군.'

세 명의 무인이 쥐새끼처럼 숨어 자신을 바라보고 있다.

모표는 이를 악물었다. 충혈된 두 눈으로 잔인한 미소를 짓던 모표는 조용히 탈백마제에게로 시선을 돌렸다.

탈백마제는 이미 상황을 짐작했는지 부드럽게 웃고 있었다.

“아마 덕 장로가 보낸 눈일 게야.”

“혹여 옥체에 이상이 있으시면 하문하소서. 속하가 조치를 취하겠나이다.”

모표는 뜬금없이 동문서답을 했다. 상대의 시야를 돌려보려는 의도였다.

그리고는 이번엔 입술을 오물거렸다.

“저도 그렇게 생각합니다. 아직 동태를 파악하지 못했습니다만 덕 장로가 개입된 것은 분명한 듯합니다.”

탈백마제는 모표의 심산을 파악했다. 충직한 수하는 조금이라도 세작들의 이목을 돌려보려는 것일 게다. 하나 저들의 눈이 그렇게 가볍지 않으니 모표의 행동은 모조리 들켰다고 봐야 옳으리라.

그 사실을 모표에게 알려주고 싶진 않다. 탈백마제는 미소를 지으며 모표에게 전음을 보내었다.

“쿨럭, 그래. 고맙구나.”

“덕 장로는 반드시 끼어 있을 것이야. 그를 계속 감시하도록.”

모표가 다시 입을 열어 아무렇게나 중얼거렸다. 그리고는 말을 마치자마자 전음을 올렸다.

“몸이 많이 불편하시거든 의원을 불러올리리다.”

“약선이 남패천의 요구를 거절했습니다.”

“…….”

탈백마군은 침묵한 채 말이 없었다.

"하여 마영귀를 보내었습니다. 아마 무사히 그를 데려올 겁니다. 그때까지만 버텨주소서."

"의원은 됐느니라."

"미안하구나, 모표야."

짧게 중얼거린 탈백마제가 씁쓸한 얼굴로 입술을 달싹였다. 몸이 이런 지경이 되고 보니 수하의 도움을 받지 않고는 살아갈 수가 없다. 사실상 자신의 모든 명령은 모표를 통해서야 이루어지고 있었다.

"저는 걱정하지 않으셔도 됩니다."

모표는 머리를 깊게 조아렸다.

"허허헛……."

탈백마제는 웃음을 터뜨렸다. 그는 침상의 천장을 바라보며 길게 한숨을 내쉬었다.

천하 강호는 아직도 자신의 지휘 아래 남패천이 존재하는 줄 알고 있을 것이다. 하지만 그것은 틀린 사실이었다.

이미 권력은 갈릴 대로 갈려 있었고, 그 권력을 조금이라도 더 집어삼키고자 혀를 날름거리는 뱀 같은 녀석들이 지천으로 깔려 있다.

그중에서도 가장 뱀 같은 놈, 제일장로 덕연승을 떠올리자 탈백마군의 눈이 부릅떠졌다.

"속하는 이만 물러나 보겠습니다."

주군이 누워 계신 침상을 바라보던 모표가 굳은 얼굴로 천천히 몸을 일으켰다. 더 이상 이 자리에 있다가는 주군을 노리는 암중의 칼날이 무언가 낌새를 차릴지도 모른다.

"부디 평안하소서."

고개를 꾸벅 숙인 모표가 걸음을 뒤로 세 걸음 물렀다. 그리고는 몸을 돌려 천주실을 벗어나려 걸음을 옮겼다.

그때 뒤에서 전음이 들려왔다.

"구파일방은?"

모표는 흠칫 몸을 멈추었다.

주군께서 말씀하고 계신 것은 남패천에서도 단 세 명만이 알고 있을 뿐인 대계(大計). 침상에 누워서도 주군께서는 그 일을 잊지 못하셨나 보다.

상념에 빠진 모표의 귓가에 다시 탈백마제의 전음성이 들려왔다.

"벽력탄은?"

탈백마제의 목소리는 초조했다.

그에게 있어 반드시 지켜야 할 단 하나의 유지가 있다면 그것은 바로 사부 파천제의 유지를 지키는 일.

그 일을 위해서라면 목숨쯤은 아깝지 않다. 자신의 목숨은 물론이거니와 남의 목숨까지도.

"아무 탈 없이 준비되고 있습니다."

모표가 다시 걸음을 옮기며 전음을 날렸다.

"쿨럭! 쿨럭!"

탈백마제의 괴로운 기침 소리가 모표의 가슴을 아프게 할퀴었다.

방 밖으로 나서기 직전 모표는 탈백마제의 마지막 전음성을 들을 수 있었다.

"구파일방에 보낸 세작들을 철저히 관리하라. 대계를 망쳐서는 아니 될 것이야."

"존명."

모표의 대답을 들은 탈백마제는 금침 위로 보이는 아름다운 조각을 바라보았다. 그리고는 싱긋 미소를 지었다.

'벽력탄은…….'

무엇인가를 생각하던 탈백마제는 시린 가슴을 부여잡고 웃음을 터뜨렸다. 기침이 섞인 거친 웃음소리가 터져 나왔다.

"클클클."

가슴이 아린데도 웃음이 자꾸 새어 나온다. 이 일을 마치면 사부께서 은거하신 곳을 찾아가 목숨을 놓을 생각이다. 남패천 따윈 관심도 없다. 사부가 그랬듯이.

'벽력탄은 구파일방 밑에 있지.'

거친 웃음소리가 고요한 남패천의 천주실을 울렸다.

*   *   *

파란 하늘은 아름다웠다. 몽실몽실 떠 있는 조각구름과 공중을 노닐 듯 날아가는 새, 그리고 끝없이 펼쳐진 창공.

의현은 황홀한 눈으로 하늘을 올려다보았다. 파란 하늘이 의현의 눈을 시리게 만들었다.

"하핫."

무표정하던 의현의 얼굴에 미소가 떠올랐다. 그는 하늘을 볼 때마다 즐거움을 느꼈다.

"의현아!"

"헛!"

하늘을 잘 구경하고 있는데 갑자기 이시진이 자신을 부른다. 의현은 사색이 되어서 몸을 일으키고는 후닥닥 모옥 뒤로 숨어들었다.

'무슨 일이지?'

의현은 무표정한 얼굴로 고개를 돌려보았다. 저 멀찍이 자신을 찾는 약선이 보였다.

이번에는 또 무슨 해괴한 것을 가져왔을까.

며칠 전, 의현은 뭔가 굉장히 쓰고 맛없는 것을 먹었다. 그것을 먹고도 아무 이상이 없자 약선은 몹시 기뻐했다. 사실 그것은 발열을 일으키는 약초이자 독초인 당유고(唐杻蔏)였다.

의현이 그것을 먹고도 아무 반응을 보이지 않는다는 것은 그가 추측한 '의현 만독불침설'이 맞을지도 모른다는 뜻이었다.

다음날에는 더 쓰고 맛없는 것을 먹어야 했다. 한 번도 아니고 두 번이나.

약선은 의현에게 미귀독(美貴毒)과 중고(重辜)를 먹여 버린 것이다. 약선이야 해독하면 되겠거니 생각하고 있었지만 맛없는 것을 먹기 싫었던 의현은 몹시 곤란한 처지가 되어야 했다.

그리고 오늘,

"으음."

의현은 가끔 약선이 마음에 들지 않았다. 약선은 대체로 자신에게 잘해주지만 때때로 명령을 내리려 든다.

그런 일을 할 때마다 가슴 한구석이 약선을 거부하고는 했다. 자신은 명령을 받아야 할 사람이 아니라 내려야 할 사람. 그가 부탁을 하면 모르되 명령을 내리면 받아줄 수 없다.

"나쁜 놈."

의현은 기억나는 어휘로 최대한 욕을 구사해 보았다. 욕을 하고 나니 마음이 조금은 시원해지는 기분이 든다.

죽여 버린다면 마음이 더 시원해질 텐데.

'죽여?'

의현은 고개를 갸웃했다. 죽음. 살아가는 것이 끝나는 일. 그만큼의 추억만을 남기고 떠나는 일. 나에겐 쉬운 일.

'안 돼.'

죽음을 생각에 담았던 의현은 재빨리 고개를 저었다. 죽는 것은 안 된다. 자신의 누이가 죽으면 안 됐던 것처럼.

자신의 누이?

"앗!"

의현이 비명을 지르며 고개를 들었다. 갑자기 뭔가가 떠오른 것이다. 게다가 떠오른 기억은 아무런 통증도 유발하지 않았다.

대신 기억은 떠올랐던 것만큼이나 빠르게 사라져 버렸다.

'방금 뭐였지?

의현은 무언가가 떠올랐다 사라졌다는 것을 기억할 수 있었다. 하지만 그 무엇이 무언지는 알지 못했다.

"뭐지?"

생각을 떠올리려 애쓰던 의현이 저도 모르게 혼잣말을 주워섬길 때였다. 의현의 비명을 들었던 이시진이 밝은 얼굴로 몸을 들이밀었다.

"여기 있었구나, 의현아!"

밝은 이시진의 얼굴과는 별개로 의현의 얼굴이 사색이 되었다.

"난 안 먹겠다."

의현은 각오 어린 얼굴로 고개를 저었다. 아무리 시진이 부탁해도 더 이상은 먹지 않으리라.

"그래, 오늘은 먹지 않아도 된단다."

이시진이 음흉하게 웃으며 말했다. 안 그래도 오늘은 먹일 것이 없다. 대신 다른 것을 가져왔다.

약선은 등 뒤에 돌려져 있던 팔을 내밀어 그 손에 쥔 것을 보여주었다.

"자, 이걸 받아라."

손에 들린 것은 식칼이었다. 의현은 멍한 표정으로 그것을 받아 들었다.

"이건 뭔가?"

"그것은 칼이다. 잠시 손끝을 좀 베어보려무나."

"왜?"

미간을 찌푸린 의현이 질문했다. 약선은 멋쩍은 표정으로 고개를 돌렸다.

'왜긴 왜겠느냐. 네가 금강불괴인지 아닌지 확인하려고 그러지.'

바늘로 이미 일차적인 확인을 마쳤지만 약선 이시진은 확실하게 확인해 볼 필요가 있다고 생각했다.

이시진은 어설프게 미소를 지으며 변명을 주워섬겼다.

"네 피 한두 방울 정도가 필요해서 그렇단다. 작게 상처만 내면 되니 어렵게 생각하지 말거라."

의현은 얼굴을 굳혔다. 피를 흘리기 싫다.

하지만 약선은 인자하게 웃으며 의현을 바라볼 뿐이었다.

"……."

잠시 고민하던 의현은 흘끗 이시진을 바라보고는 고개를 끄덕였다. 하기 싫지만 해주자.

"해주지."

의현은 불만스러운 얼굴로 중얼거리고는 손가락을 바라보았다. 그리고는 식칼을 들어 가볍게 그었다.

아무 상처도 생기지 않았다.

"음?"

의현이 재차 시도해 보았지만 손가락은 생채기 하나 없이 멀쩡할 뿐이다.

그 과정을 세세히 훑어보던 약선이 한숨처럼 중얼거렸다.

"과연 금강불괴로구나."

오늘 오전에 날카롭게 갈아둔 식칼인데도 의현의 손가락은 멀쩡했다. 심지어 피부색조차 변하지 않는다.

"이상하군."

의현 역시 고개를 갸웃했다.

이건 날카롭다. 날카로운 것에 찔리면 상처가 생긴다. 하지만 난 안 생긴다.

의현은 다시 식칼을 들어 이번엔 조금 더 힘을 주어 베었다. 이번에도 피 한 방울 나지 않았다.

"이제 되었느니라. 이리 내거라."

약선은 고개를 저으며 손을 내밀었다. 더 해봐야 헛수고일 것이다. 아마 어지간한 보도(寶刀)가 아니면 상처를 입지 않으리라.

"……."

의현은 의아한 얼굴로 약선을 바라보았다. 약선은 의현에게서 칼을 받아 들고는 멍하니 중얼거렸다.

"너는 아마도 무림인이었을 게다."

그것도 상상을 초월할 정도로 대단한 무림인이었을 것이다.

사실 손에 상처가 생기지 않는 것은 별로 놀라운 일이 아니다. 내공을 사용한다면 어지간한 무림인은 이런 무딘 식칼에 베이지 않는다.

'하지만 내공을 사용한 것 같지는 않으니…….'

의현은 내공을 사용하지 않았다. 그렇다고 외공을 익힌 것도 아니다. 의형은 일반인과 다를 바가 없는 몸을 하고서도 상처가 나지 않았다.

천하제일인이었던 파천제(破天帝)도 아마 이런 경지에는 닿지 못했을 것이다.

약선은 복잡한 상념에 빠져들었다.

"그래. 아마 상상을 초월할 정도의 무림인이었겠지."

의현은 이시진의 중얼거림을 들으며 그의 눈치를 살폈다. 어두운 표정을 보니 아무래도 정말 피가 필요한가 보다.

의현은 침울한 얼굴로 다시 손가락을 내려다보았다.

기묘한 기분이 의현의 몸을 휘감았다. 상처를 입힌다? 자신에게는 쉬운 일이다. 죽인다? 그것도 쉬운 일이다. 왜? 모르겠다.

뭔가가 떠오른 것 같았지만 그것은 떠오르자마자 삭제되었다. 곰곰이 생각해 보았지만 사라진 기억은 다시 떠오르지 않았다.

하지만 한 가지는 확실히 알 수 있었다.

'상처를 내는 건 쉽다.'

의현은 다시 한 번 이시진을 올려다보았다. 이시진은 깊은 생각에 잠겼는지 의현이 자기를 보고 있는 것을 눈치 채지 못했다.

잠시 무언가를 생각하던 의현은 왼손의 검지로 오른손의 엄지를 푹 찔렀다. 검지 끝에 날카로운 푸른 빛이 빠르게 태어났다 빠르게 사라졌다.

"헛!"

무심코 의현의 행동을 지켜보던 약선의 눈이 휘둥그레졌다. 그는 황급히 의현의 손가락을 잡아 들었다.

"이게 무슨 짓이냐!"

"피."

의현은 무덤덤한 얼굴로 손가락을 내밀었다. 이시진이 원하는 대로 피를 뽑아내었으니 그는 만족하리라.

"시켰다고 정말로 하는 놈이 어디에 있느냐!"

당황한 이시진이 생각나는 대로 외쳤다. 피. 자신이 이야기했던 피 때문에 이 녀석이 손가락을 상케 했단 말인가! 마음 한구석에 약간의 죄책감이 떠올랐다.

'아니, 중요한 것은 이게 아니지.'

중요한 것은 의현이 검지로 손가락을 뚫었다는 사실이다.

"너……."

이시진이 멍하니 입을 벌리고 의현을 바라보았다.

조금 전 의현의 검지에서 푸른 빛을 보았던 것 같다. 자세히 보지 않아 확신할 수는 없었지만 분명히 본 것 같다. 만약 그것이 맞다면…….

'강기(罡氣)?'

의현은 여전히 아무런 감정 없는 눈으로 자신을 바라볼 뿐이었다. 이시진은 그 시선에 더욱 당황했다.

"이상하군."

사실 의현 역시 당황한 것은 마찬가지였다. 조금만 피를 내고 싶었을 뿐이다. 그래서 살짝만 상처를 내자고 생각했다.

하지만 손가락은 아예 터져 버렸고, 피는 생각보다 훨씬 많이 흘러나왔다.

이시진이 생각을 거두며 중얼거렸다.

"피를 닦아야겠구나. 손이 크게 다쳤어."

약선은 의현에게서 시선을 떼어 그 손가락을 바라보았다. 그리고는 또 다른 충격으로 이를 악물었다.

"으음……."

손가락은 조금씩 아물어가고 있었다.

약선은 신비롭다는 눈으로 의현의 손가락을 바라보았다. 인간이 상상할 수 없는 속도로 손가락이 나아간다.

"이, 이것은……."

이것은 인간이 가질 수 있는 능력이 아니다.

약선 이시진은 다시 한 번 손가락을 확인해 보았다. 손가락의 상처는 이제 거의 보이지도 않는다. 군데군데 묻은 피만이 의현의 손가락에 상처가 났었음을 증명하고 있을 뿐이다.

"자, 잠시만……."

이시진이 멍하니 중얼거리며 몸을 일으켰다.

어쩌면 뭔가가 더 있을지도 모른다. 금강불괴, 만독불침, 경악할 만한 회복 속도. 또 뭐가 더 있을까?

약선은 힘껏 머리를 굴렸다.

다 나은 손가락을 감싸 쥔 의현이 의아한 얼굴로 이시진을 바라보았다.

"왜 그러나?"

이시진은 대꾸하지 않았다. 잠시 여기저기를 두리번거리던 이시진은 곧 커다란 바위를 발견했다.

장삼이 치워보려 했으나 아무리 힘을 써도 꼼짝하지 않아서 가만히 내버려 두었던 바위다.

"저기 저 바위가 보이느냐?"

의현이 고개를 끄덕였다.

“보인다.”

이시진은 얼굴을 딱딱하게 굳히고는 바위를 가리켰다.

“한번 깨보거라.”

의현은 고개를 꾸벅 끄덕이고는 바위로 걸음을 옮겼다. 거의 자기 키만 한 바위 앞에 선 의현이 주먹을 쥐고 별다른 준비 자세 없이 내려쳤다.

콰아앙—!

인간의 손과 바위가 부딪친 소리치고는 너무나 거대한 소리가 울려 퍼졌다. 그리고 한때는 바위였던 파편이 공중으로 피어올랐다.

이시진은 눈을 부릅뜨고 바위를 바라보았다.

방금 의현의 주먹에 맺혔다 사라진 푸른 기운을 발견한 탓이었다.

“허… 허… 허…….”

“또 이렇군.”

의현은 고개를 갸웃했다. 바위를 깨고 싶었을 뿐 조각조각 내고 싶은 생각은 없었다. 하지만 이번에도 너무 과하게 힘이 들어가고 말았다.

“호, 혹시 저기까지 뛸 수는 있겠느냐?”

이시진이 떨리는 손길로 멀리 보이는 봉우리를 가리켰다. 의현은 하늘에서 떨어졌다. 어쩌면 그것은 자신이 직접 뛰어오른 걸지도 모른다.

의현은 이시진이 가리키는 곳을 바라보았다.

제법 먼 거리였다. 하늘의 새도 날아가는 데는 시간이 걸릴 듯한 먼 거리. 할 수 있을까? 있다. 어떻게? 그냥 뛰면 된다.

"뛸 수 있다."

"헉!"

이시진이 헛바람을 들이켰다. 뛸 수 있단다. 이십여 리는 떨어진 듯 보이는 산봉우리를 여기서 뛸 수 있단다.

"뛰, 뛰어보거라."

이시진의 떨리는 중얼거림에 의현은 고개를 끄덕였다. 그리고는 별다른 준비 자세 없이 발에 힘을 주었다. 자세가 살짝 낮아지는가 싶더니 곧 하늘을 꿰뚫을 것처럼 높이 뛰어올랐다.

"허… 허……."

이시진은 허탈하게 웃으며 뒤로 물러섰다. 믿을 수 없을 만큼 높이 올라가 작게 보이는 의현을 주시한 채였다.

"으하으허아하아악!"

한편, 공중에 떠오른 의현은 공포 어린 비명을 질러야 했다.

이시진과 모옥이 손톱보다도 작게 보인다. 조금 전까지 구경하던 파란 하늘이 손에 잡힐 듯했고, 옷자락은 거친 소리를 내며 휘날렸다.

의현은 하늘에서 몸을 버둥버둥거려 보았지만 그저 빠른

속도로 앞으로 쏘아져 갈 뿐이다.

'빌어먹을.'

의현이 원한 건 이런 것이 아니었다. 그는 멋진 곡선을 그리며 건너편 산봉우리에 착지할 예정이었다. 하지만 예상보다 훨씬 높이 뛰어오르고 말았다.

"으허아하아아악!"

땅으로 몸이 곤두박질치는 것이 느껴진다. 땅이 빠르게 커진다. 마침내는 흙 알갱이가 보일 정도로 커졌다.

쿵!

봉우리를 바라보던 이시진의 눈에 폭음과 동시에 아련한 흙먼지가 피어오르는 것이 보였다.

그는 입을 꾸욱 다물었다.

자신의 생각이 틀렸다. 처음에는 의현에게 조금의 약을 투여해 볼 생각이었다. 만독불침이니 의학에 많은 발전을 가져다주리라.

호기심.

그것은 호기심일 뿐이었다.

'내가 잘못 생각했구나.'

하지만 지금은 알 수 있을 것 같다. 아마도 의현은 무학의 일대 경지에 오른 자일 것. 한낱 호기심으로 대할 사람이 아니었다.

이시진은 머리가 아파오는 것을 느꼈다.

‘혹시 주화입마가 아닌 건가?

의현은 주화입마일 수도 아닐 수도 있었다. 한 가지 확실한 것은 그가 인간의 능력을 초월했다는 것뿐이다.

멍하니 산봉우리를 바라보던 이시진은 봉우리에서 무엇인가가 하늘로 빠르게 쏘아지는 것을 보았다. 아마도 의현이리라.

“으하으허아하아악!”

커다란 비명 소리가 들려왔다. 빠르게 쏘아진 의현은 거센 바람을 일으키며 약선의 머리를 지나 굉음과 함께 땅에 곤두박질쳤다.

쿵―!

모옥 근처의 숲이 커다랗게 흔들렸다. 흙먼지 사이로 곧게 자라 있던 나무가 몽땅 부러진 것이 보였다.

“허어―”

이시진은 부러진 나무들을 바라보았다. 나무들 사이에 생긴 자그마한 공터에서 의현이 불쑥 몸을 드러냈다.

혹여 어딘가 다쳤을까 살펴보았지만 조금도 다치지 않은 모습이었다.

의현은 무감정한 얼굴로 몸을 툭툭 털더니 별것 아니라는 시선으로 이시진을 바라보곤 중얼거렸다.

“다녀왔다.”

“그, 그래.”

이시진은 굳게 입을 다물었다. 그는 의현에게 천천히 고개를 끄덕여 주고는 상념에 빠진 얼굴로 모옥으로 향했다.

"어디 가는 건가?"

뒤에서 의현이 물었지만 이시진은 대답하지 않았다.

"시진… 응?"

의현은 재차 이시진을 불러보려다가 문득 뭔가가 느껴지는 것을 깨닫고 고개를 돌렸다.

가깝지도 그렇다고 멀지도 않은 곳에 무엇인가가 꿈틀대고 있다. 의현은 고개를 갸웃했다.

"뭐지?"

뭔가가 자신을 주시하고 있다. 그것도 한두 군데가 아니다. 여러 곳에서 여러 시선이 자신을 주시하고 있다.

의현은 잠시 곰곰이 생각해 보았지만 도대체 누가 자신을 바라보는지는 알지 못했다.

"흐음—"

의현은 기묘한 콧소리를 내며 관심을 끊어버렸다.

자신을 바라보는 것이 무림인들이라는 사실을 모른 채 의현은 이시진을 따라 모옥으로 걸어 들어갔다.

해가 지고 달이 떠올랐다. 밤이 깊어지자 나무도 숲도, 그리고 산도 어둠에 젖어들었다.

오직 장삼의 모옥에서 비쳐 오는 조그마한 호롱만이 빛을 뿌렸다.

호롱 빛 아래 앉아 있던 약선 이시진은 지그시 눈을 감았다.

그 앞에 누운 장삼의 아들은 호기심 어린 눈으로 자신의 맥을 쥔 이시진을 훑어보았다.

이시진은 아이의 몸에서 화기가 사라진 것을 확인하고는 슬쩍 미소를 지었다. 지독한 역병이었지만 아이는 다행히 이겨냈다.

눈을 뜬 이시진이 아이의 머리를 쓰다듬었다.

"이름이 인호라 했더냐?"

"네."

조그맣게 입술을 모아 말하는 아이가 귀여워 이시진은 주름진 손으로 그 볼을 꼬집었다.

"이제 다 나았구나. 너희 아버님께서 고생을 많이 하셨으니 꼭 감사하다고 해야 한다. 다음부터는 아프지 말고."

아이는 낯선 손길에 당황한 듯 얼굴을 붉혔다.

이시진은 그런 아이의 얼굴을 보며 생각에 잠겨들었다. 슬슬 이곳을 떠나야 할 때가 왔다. 장삼의 아들을 치료했으니 더 이상의 미련은 없다.

아니, 하나 있다. 이시진의 머릿속에 의현이 보여주었던 놀라운 광경이 떠올랐다.

'인간이 할 수 없는 일이야. 인간이 가질 수 없는 힘.'

약선은 더 이상 그에게 관여해서는 안 될 것 같다고 생각했다. 그 아이에게는 그 아이의 운명이 있으리라. 아마도 강호와 연관될 인연이.

하지만 동시에 의현과 연관될 것만 같은 느낌도 든다.

"할아버지, 왜 그러세요?"

아이가 상념에 든 이시진을 깨웠다. 이시진은 아이를 보고는 너털웃음을 터뜨렸다.

"허허헛."

이시진은 아이가 덮고 있던 이불을 추슬러 주며 말했다.

"별거 아니니 걱정 말고 한숨 푹 자거라. 그리고 말이다."

인호를 토닥여 준 이시진이 자신의 망태기로 다가가 주섬주섬 무언가를 꺼내었다. 향긋한 약초 냄새가 방 안을 진동했다.

"이거 받아라. 내일 너희 아버님께 드리면 될 게다."

"이게 뭔데요?"

이시진이 준 것은 낡은 천에 싸인 울퉁불퉁한 뿌리였다. 그것에서 좋은 냄새가 피어올랐다.

"허허헛, 먹으면 몸에 좋은 거란다. 내일 잊지 말고 아버님께 드리거라."

"네."

아이는 두 눈을 끔뻑거리며 고개를 끄덕였다. 할아버지 의원님이 뭘 준 건지는 모르겠지만 그대로 하면 되겠지.

"그래, 이제 할아비는 나가 보마."

이시진은 인호의 머리를 토닥이고는 천천히 몸을 일으켰다. 인호는 눈을 끔뻑이며 이시진의 뒷모습을 바라보았다.

모옥을 나선 이시진은 밤공기를 가슴 깊이 들이마셨다. 그리고는 장삼의 방—방이라고 말하기도 뭣한 조그마한 창고였다—으로 걸어가 조심스럽게 입을 떼었다.

"이보게, 장가. 방에 있나?"

"예? 예!"

구석진 방에서 웅크려 누워 있던 장삼이 화들짝 놀라 몸을 일으켰다. 그리고는 얼른 문을 열고 이시진을 방 안으로 모셨다.

"의원 어르신이 이 밤에 웬일로……."

이시진은 대꾸도 없이 천천히 장삼의 방 안으로 들어갔다.

장삼은 자리에 앉는 이시진을 바라보며 머뭇거렸다.

"어르신, 진료는……?"

이시진이 안심하라는 듯한 미소를 지으며 말했다.

"다 끝났네. 이제 더 이상 손댈 곳이 없음이야. 며칠만 지나면 예전처럼 뛰어다닐 수 있을 걸세."

"휴우—"

장삼은 안도의 한숨을 내쉬었다. 혹시 아들이 잘못되었을까 걱정했는데 진료가 무사히 끝났다니 다행이다.

"그럼 이제 멀쩡하다는 말씀입죠?"

"그래. 그동안 마음고생이 심했지? 이제 모두 나았네. 앞으로는 아들의 몸을 깨끗이 유지하고 운동이나 시키게. 그동안 움직이지 않아 경락이 다 굳을 지경이야."

"예, 예, 그렇게 하고말굽쇼!"

장삼의 눈에 핑그르르 눈물이 고였다. 사내로 태어난 이상 세 번 이상 울면 안 된다지만 아들을 생각할 때마다 눈물이 고인다.

따듯한 미소를 머금은 이시진이 말을 이어나갔다.

"그리고 자네 아들도 다 나았으니 본 의원은 이제 그만 떠날 예정이라네."

"예? 벌써 떠나십니까?"

장삼이 떨리던 눈가를 수습하고는 이시진을 바라보았다.

"떠날 때가 되었으니 이만 떠나야지."

말을 마친 이시진은 수염을 쓰다듬었다. 그리고는 뭔가가 부족한지 한마디를 덧붙였다.

"그리고 나는 최대한 조용히 떠날 예정이라네."

"조용히 떠나시다니요? 그 청년은요?"

장삼이 되물었다. 자신의 집에 묵는 객은 노의원 한 분만이 아니다. 벼락처럼 하늘에서 떨어진 청년도 이곳에서 묵고 있었던 것이다.

"걱정 말게. 아마 그 아이도 곧 떠나려 들 게야."

이시진은 천장을 바라보며 주름진 미간을 좁혔다.

'함께 떠나자고 말해볼까?'

그는 씁쓸한 얼굴로 고개를 저었다.

'아니야, 아니야.'

그 아이와 자신의 길이 다르다는 것을 안 이상 품어두었던 호기심도 버려야 할 참이다. 그가 결정하기 전에 자신이 왈가왈부할 수는 없다.

그에게 어떤 인연이 있었고, 어떤 사연이 있었던 것일까?

이시진은 마음 한구석이 무거워지는 것을 느끼며 시선을 내렸다.

"내일 새벽 출발하겠네. 그간 환대해 주어 고맙구먼."

"아, 잠시만요!"

곧바로 떠날 것만 같은 이시진의 모습에 장삼이 화들짝 놀라 외쳤다. 그리고는 방구석에서 준비해 두었던 것을 꺼내 들었다. 노의원이 언제 떠날지 몰라 미리부터 준비해 두었던 것들이다.

"이거 받으십쇼!"

"음? 이게 뭔가?"

이시진이 의아한 표정으로 자그마한 보따리를 바라보았다. 보따리 속에는 곱게 개켜놓은 마의 한 벌과 구리 일곱 문이 들어 있었다.

장삼이 두려운 얼굴로 시선을 내리깔고는 중얼거렸다.

“가진 게 이것밖엔 없습니다요.”

“후우—”

이시진은 길게 한숨을 내쉬었다. 이 촌부에게 무슨 죄가 있으랴! 그저 옷이나 한 벌 얻어볼까 해서 ‘치료비는 꼭 받는다’고 말한 자신에게 죄가 있을 뿐이다.

“본 의원이 세운 유일한 서원을 알려줌세. 저번처럼 잔꾀를 부리는 것이 아닌 진짜 서원이지.”

“예?”

“본 의원은 사람을 고치는 일로 재물을 탐하지 않는다네. 때로는 필요한 것을 받기도 하고 또 얻기도 하지만 그것은 거지의 구걸과 다름없을 뿐, 치료의 대가를 받은 것이 아니야.”

장삼의 시선이 조금 더 아래로 내려갔다. 그쯤이야 알고 있다.

“알고 있습니다요.”

“음?”

이시진은 의아한 시선으로 장삼을 바라보았다. 장삼은 면구스러운 얼굴로 중얼거렸다.

“아들을 고쳐 주셨으니 제 목숨을 달래도 드렸을 겁니다. 한데 원하는 것은 고작 마의 한 벌뿐이라고 하시더군요. 그때 알았습니다. 치료를 해준 것이 돈을 바라고 하신 것도 아니고, 그렇다고 마의 한 벌을 바라고 하신 것도 아니구나 하고 말입죠."

"그런데?"

"이건 그냥 드리고 싶어서 드리는 겁니다요."

장삼이 민망한 얼굴로 중얼거렸다. 정말이었다. 마의 한 벌만 던져 주고 입을 싹 닦을 수도 있었다. 하지만 그러긴 싫었다. 누가 뭐래도 자신의 아들을 살려준 은인이 아닌가! 머리칼을 잘라 짚신을 만들어주지는 못할망정 그럴 수는 없었다.

그래서 최대한 준비한 것이 구리 일곱 문이다.

그것이 장삼의 전 재산이었다.

"받아주십시오, 어르신."

이시진의 턱 근육이 움찔댔다. 장삼의 마음은 알겠지만 그의 처지를 잘 아는데 어찌 구리를 받을 수 있겠는가!

입을 다물고 잠시 뭔가를 생각하던 이시진이 너털웃음을 터뜨렸다.

"으하하핫! 준다면 받아야지. 어디 보자, 구리 일곱 문과 마의로구먼."

장삼이 멍한 눈으로 갑자기 쾌활해진 이시진을 바라보았다. 이시진은 장난기 어린 눈으로 장삼을 바라보았다.

"잘 받았네. 치료비로는 충분해. 그러니 내 선심 쓰지. 이건 자네에게 주는 선물일세."

마의만 챙겨 들고 구리 일곱 문을 팅겨낸 이시진이 재빠르게 몸을 일으켰다.

"나는 이만 자러 가네. 좋은 꿈 꾸게나!"

"어이구, 의원님!"

마치 도망가듯 사라지는 이시진의 뒷모습에 장삼이 손을 휘저었다. 하지만 방 밖으로 나간 이시진은 돌아올 기미를 보이지 않았다.

당황한 얼굴로 이시진의 빈자리를 바라보던 장삼은 시선을 내려 탁자에 떨어진 구리 일곱 문을 바라보았다.

"받아 가시지."

아쉬운, 하지만 따듯한 얼굴로 장삼이 중얼거렸다. 그의 눈에는 눈물이 고여 있었다. 아들을 고쳐 주고도 고작 마의 한 벌만을 얻어 가는 의원님에 대한 고마움이 새삼 떠올랐다.

하지만 그는 한 가지 사실을 모르고 있었다, 아들의 방에 오십 년은 족히 묵은 삼(蔘)이 놓여 있다는 것을.

그가 베푼 작은 마음을 간직한 약선이 더 큰마음을 두고 떠난다는 것을 장삼은 모르고 있었다.

내일 정오가 넘어서야 장삼은 삼을 발견할 것이고, 그제야 장삼은 약선이 떠나간 자리에 큰절을 올릴 것이다.

장삼은 앞으로의 일을 짐작하지 못한 채 따듯한 미소를 짓고는 조그마한 방에 몸을 뉘었다.

한편, 방 밖에서는 의현이 고개를 갸웃거리고 있었다. 그는 이시진과 장삼이 나눈 이야기들을 모두 들은 듯 입술을 달싹거렸다.

"내일 떠나?"

내일 이시진이 떠난단다. 의현은 고개를 갸웃거리며 생각에 빠져들었다. 떠난다는 것은 이 장소를 벗어난다는 말. 여기에 사는 줄 알았는데 그것이 아니었나?

의현은 곰곰이 생각에 빠져들었다. 이시진이 떠난단다. 어떻게 할까?

'같이 가지.'

왜? 모르겠다. 하지만 그러고 싶다.

의현은 자신의 감정에 충실하기로 마음먹고는 싱긋 웃으며 밤하늘을 올려다보았다.

맑은 별빛이 밤하늘을 아름답게 수놓고 있었다.

다음날.

동쪽 끄트머리에서 해가 떠올랐다. 새벽의 어스름 속이었지만 하늘에 구름 한 점 없는 것을 보면 오늘도 몹시 더울 것 같다.

"호오!"

낡고 허름한 마의 차림새를 한 약선이 커다란 망태기를 메어 들었다.

세간에 알려진 약선의 모습 그대로였다. 전설과도 같은 소문에 따르면 허름한 마의에 망태기를 메어 든 신선을 만나면 반드시 머리를 조아리라 했다.

그는 돈을 받지 않고 병을 치료해 주는 선의(善醫)이며, 못 고치는 병이 없는 의선(醫仙)이니까.

약선 이시진이 너털웃음을 터뜨렸다.

"허허헛!"

한 생명을 구했으니 이곳에서 해야 할 일은 모두 한 셈이다. 이제 또 방랑을 해야 할 시기가 왔다. 천하의 명산을 돌아다니며 약초를 채집하는 것이 그의 일이니 본업으로 돌아갈 때가 된 것이다.

"그래, 또 가보자."

장가촌을 벗어나면 어디로 갈까? 호남에서 볼일도 다 보았으니 사천으로 가는 것도 좋을 것이다. 그곳에는 영산(靈山) 청성산이 있고 아미산도 있다. 아마도 좋은 약초가 많을 테지.

"음?"

걸음을 옮기던 약선이 의아한 표정을 지었다. 자신과 다를 바 없는 마의를 걸친 영준한 청년이 자신을 바라보고 있었던 탓이다.

그는 별다른 짐 없이 멀뚱멀뚱 서 있었다.

"네가 여기서 뭐 하느냐?"

“같이 간다.”

약선이 당혹스러운 표정을 지었다. 인연이 내게로 이어지지 않는 아이다. 강호의 칼밥을 먹어야 할 아이다.

“너와 내 길은 다르니라.”

“같이 가겠다.”

의현의 표정은 몹시 무덤덤했기에 약선은 그가 어떤 생각을 하는지 알 수 없었다. 의현은 자신에게 이름을 준 약선을 따라가기로 마음을 먹은 후였다.

“……”

약선은 입을 한일자로 다물었다. 저 녀석은 자신과 길이 다르다. 저 녀석에게는 강호의 인연이 이어져 있을 것이고, 그 인연은 어떻게든 그를 찾아오리라.

그러나 자신은 강호와 연이 이어지지 않는, 아니, 이어져서는 안 될 의원일 뿐이다.

“으흠.”

하지만 작은 호기심이 약선을 사로잡았다.

‘내가 그 길을 안내하는 것도 나쁘지는 않을 터.’

약선의 마음이 살짝 흔들렸다. 버렸다고 생각했던 한줄기 호기심이 홀연히 피어올라 마음을 뒤흔들어 놓는다.

만약 의현이 동행을 원한다면 굳이 피할 이유는 없지 않겠는가!

잠시 생각에 빠져들었던 약선이 너털웃음을 지으며 고개

를 끄덕였다.

"그래, 좋다, 이 녀석아. 함께 세상으로 나가보자꾸나."

이시진은 강호로 나갈 생각이 없다. 그저 세상으로 나갈 뿐이다. 표정 하나 없던 의현이 미소를 지으며 고개를 끄덕였다.

"좋군."

"그럼 이만 출발하자꾸나."

이시진은 갑자기 들러붙은 짐 덩어리를 바라보며 호쾌하게 외쳤다. 그리고는 왠지 모를 쾌활한 기분을 느끼며 힘차게 걸음을 옮겼다.

흰 머리칼과 흰 수염이 바람에 휘날리는 것이 느껴졌다. 상쾌한 바람이었다.

의현 역시 기운차게 걸음을 옮겼다. 의현은 자신에게 이름을 지어준 이시진을 쫓아가다 보면 자신의 기억이 돌아올지도 모른다는 근거없는 희망을 가져보았다.

희망이 먼저 사그라든 쪽은 이시진 쪽이었다. 천하를 방랑하는 처지에 입 하나 늘어난다고 뭔 일이 있겠느냐 싶었는데 막상 그렇게 되고 보니 두려움이 밀려든다.

"그, 그런데……."

이시진이 표정을 딱딱하게 굳히며 의현을 바라보았다.

"그런데 너, 돈 없지?"

"없다."

의현이 당당하게 말했다. 있을 리가 없다.

앞으로의 행보를 계산해 보던 이시진의 얼굴이 암담하게 변해갔다.

그렇게 둘의 고생길이 열렸다.

제3장

사천행(四川行)

하남성 정주. 무림맹.

무림맹의 현무단주 혜월은 차분한 몸놀림으로 걸음을 옮겼다. 발걸음은 뚜벅뚜벅 진천각(震天閣)의 맹주실로 향했다.

향하는 길목에 서 있던 위사들이 두려움 섞인 눈으로 그런 그녀를 주시했다.

"저 여자인가?"

"그렇다네. 저 여자가 바로 남패천의 비영각주를 암살했다는 소문이라네. 그 임무를 위해 수십 명의 동료를 제 손으로 죽였다지."

위사들은 꺼림칙한 벌레를 보는 시선으로 혜월을 바라보

았다.

혜월은 애써 들려오는 속삭임을 무시했다.

임무를 위해서라면 몸을 파는 것도 마다하지 않는다느니, 임무를 위해 어린아이를 죽인 적이 있다느니, 임무를 위해 임산부를 죽인 적이 있다느니…….

잡다한 소문이 혜월의 귀로 파고들었다.

혜월은 잠시 걸음을 멈추고 위사들을 바라보았다.

"흠! 흠흠!"

위사들은 헛기침을 내뱉으며 시선을 돌렸다. 찔리는 것이 있는지 시선을 애써 피한다.

혜월은 씁쓸하게 웃고는 다시 걸음을 옮겼다.

'사실이 아닌데…….'

혜월은 본래 협의심을 마음속 깊숙이 품고 있는 인물이었다. 오히려 일반 양민이 다치는 것을 목도하곤 임무를 늦추었던 적이 있을 만큼 사람의 생명을 귀히 여기는 사람이었다.

"휴우―"

모퉁이를 돌아 무림맹의 맹주실에 도착한 혜월이 호흡을 들이마셨다. 그리고는 표정을 딱딱히 굳히고 입을 열었다.

"무림맹주께 고합니다. 현무단주 혜월이 부르심을 받들어 뵙기를 청합니다."

잠시 뒤,

맹주실 안에서 발걸음이 들려왔다. 문으로 다가오는 발걸음 소리가 멈추자 맹주실의 문이 열렸다.

놀랍게도 문을 연 사람은 시비가 아닌 맹주 본인이었다. 흰 머리 하나 없는 청수한 인상의 중년인이 가벼운 어조로 중얼거렸다.

"들어오시게."

무림맹주 신무제(神武帝)는 부드러운 얼굴로 몸을 돌렸다.

혜월은 맹주의 심사를 짐작해 내기 위해 머리를 굴렸다. 시비가 아닌 맹주가 직접 문을 열었다는 것은 그가 주위에 있는 위사들과 시비들을 모두 물렸다는 뜻.

그것은 대단히 상징적인 효과로 무림맹 내에 광고될 것이다.

아마도 내일 즈음에는 혜월이 맹주의 비밀 임무를 부여받았다는 소문이 돌 것이고, 무림맹은 한 번 더 술렁이게 되리라.

맹주는 중앙에 놓인 탁자로 걸음을 옮기며 입을 열었다.

"현무단주가 마지막으로 맡은 일이 뭐였더라?"

"신귀투(神龜偸)를 생포하는 일이었습니다."

혜월은 허리를 꼿꼿이 펴고 섰다.

"그래, 삼 개월에 걸쳐 포획에 성공했었지?"

맹주는 여유롭게 중얼거리며 탁자에 앉았다. 그는 재미있다는 듯 혜월을 바라보았다.

"신귀투는 유성월보(流星越步)를 익혔어. 유성월보는 천하제일경공이라고 말해도 손색없는 것이었지. 어떻게 잡은 거지?”

“…….”

헤월은 혼란스러운 눈으로 맹주를 바라보았다.

맹주는 여유로운 웃음을 지으며 강호에 알려지지 않은 비사(秘事)를 하나하나 열거했다.

“남패천의 장로를 두 명 암살했고, 공작을 펼쳐 금와전장을 흡수했지. 황궁의 대신(大臣) 네 명을 우리 쪽 요인과 바꿔치기하는 데도 성공했어. 참, 이 대신들은 어떻게 됐나?”

“죽었습니다.”

대신들은 직위를 매매하던 자들로, 마차에서 내릴 때 자신의 눈을 바라보았다 하여 죄없는 백성의 목을 벨 만큼 잔인한 자들이었다.

악인이 아니었다면 제아무리 임무라 해도 그것을 거절했을 것이다.

“아, 잘했군. 그리고 또 뭐가 있더라? 한두 개가 아니라서 하나하나 열거하기가 힘들구먼. 소림사의 고승을 죽였다는 것은 굳이 이야기할 필요가 없겠지.”

남패천의 장로는 그야말로 피에 미친 살인귀였고, 소림사의 고승은 동남들을 납치해 강간한 후 꼬리가 밟힐까 살인멸구하던 남색가였다.

그녀가 딱딱하게 변명했다.

“…무공으로 겨뤘다면 필패했을 겁니다.”

평소라면 하지 않았을 변명을 하는 혜월의 모습에 맹주는 호쾌하게 웃음을 터뜨렸다.

“으하하핫! 그래, 좋아! 무공으로 겨뤘다면 아마도 자네가 졌겠지. 하지만 암살을 했었지?”

“그렇습니다.”

현무단은 무림맹에 존재하지 않는 단이었다. 현무단은 흔히 말하는 ‘그림자’로 맹 내의 배신자나 적의 요인 암살, 정보 수집을 하는 특수한 단이었던 것이다. 공식적으로는 맹주와 군사만이 현무단의 존재를 알 뿐이다.

“그동안 할 만했나?”

“…….”

혜월은 아무런 말도 하지 못했다. 맹주는 계속 말을 이어 나갔다.

“할 만하진 않았을 걸세. 몹시 힘든 일이었겠지. 내가 자네를 쉬게 해줌세. 오늘부터 자네는 현무단주가 아닐세.”

탁자에서 일어난 맹주가 가벼운 걸음걸이로 서재를 향해 걸어갔다. 혜월은 당혹스러운 얼굴로 맹주의 궤적을 쫓아 시선을 돌렸다.

‘제거인가……?

그녀는 몰라야 할 강호의 비밀을 너무 많이 알고 있다. 언제 제거당해도 이상하지 않은 사람이 있다면 바로 그녀다.

게다가 비밀로 감춰져 있던 현무단에 대한 소문이 조금씩 퍼지기 시작하면서 자신의 정보 역시 알려졌다.

무림맹으로서는 그녀를 제거하는 편이 이로우리라.

'맹주가 나를 배신한 건가?

혜월은 이를 악물었다. 설마 자신이 맹주를 잘못 보았던 것일까? 협의와 정의가 아니면 움직이지 않는다는 맹주였다.

그렇지 않았다면 그를 따르지 않았으리라.

그녀를 안심시켜 주기라도 하듯 맹주가 입을 열었다.

"대신 자네는 지금부터 신황문에 입문하게 될 걸세. 거기가 어딘지는 묻지 말게. 존재하지 않으니까."

"예?"

당황한 혜월이 멍하니 맹주를 바라보았다. 맹주는 여태껏 거두지 않았던 미소를 거두고 진지한 눈으로 혜월을 보았다.

"임무를 하나 맡아주게, 혜월."

"…하명하십시오."

맹주는 한 점 미동도 없는 태도로 혜월에게 말했다.

"약선을 무림맹으로 데려오게."

혜월의 얼굴이 단박에 찌푸려졌다. 당금 강호에서 건드리지 말아야 할 사람이 있다면 그것은 바로 약선이다. 그는 백성들을 돌보는 선의임과 동시에 폭풍의 중심지이기도 하다.

맹주는 혜월의 의문을 짐작했다는 듯 가벼운 어조로 말했다.

"무림맹이 아니어도 좋아. 남패천에 약선을 빼앗기지만 않으면 되니까."

"남패천에서 약선을 노리고 있습니까?"

맹주가 고개를 끄덕였다.

"그렇다네. 얼마 전 남패천에서 정식으로 약선을 초청한 일이 있었다네. 아마 병자를 치료한다고 변명했겠지. 한데 약선은 거절했어."

"예?"

병자를 치료하는 데는 선악을 따지지 않는 사람이 약선이다. 그런데 그가 환자를 거절했단다.

"무슨 사정인지는 모르네. 어쨌든, 그래서 남패천은 약선을 강제로라도 끌고 가기로 결정했다네."

혜월이 침을 꿀꺽 삼켰다. 약선을 가지겠다는 말은 천하쟁패를 노려보겠다는 뜻, 정사대전을 열겠다는 뜻이다.

"자네도 알다시피 약선을 가진 문파는 천하제일문파일세."

약선의 위치는 상당히 복잡하다. 그는 무공을 모른다. 호신할 수 있는 재주라고는 하나도 없고 그를 보호해 줄 무사도 없다. 강호세가나 명문 출신도 아니고, 그렇다고 황궁과 연이 닿아 있는 것도 아니다.

그런 그가 어떻게 강호오제 중 일인으로 꼽혔을까?

어쩌면 그가 가진 의술 때문일지도 모른다. 그는 죽지만 않았으면 완벽한 상태로 되살려낸다는 신비한 의술을 가진 노인이었으니까. 각 문파의 요직을 맡은 사람이 암살을 당해도 그가 있으면 여벌의 목숨을 챙긴 것이나 다름없다.

하지만 그것 때문에 그가 강호오제에 꼽힌 것은 아니다. 신묘한 의술을 가졌음에도 불구하고 이시진이 의선(醫仙)이 아닌 약선(藥仙)이라 불리는 이유는 그가 영약을 생산할 수 있기 때문이었다.

광혼단과 기혼단은 오직 그만이 생산할 수 있으며, 심지어 그는 소림의 대환단과도 비견되는 생화현단을 별다를 것 없는 잡풀로도 만들어낸다.

각 문파에서 이를 악물고 약선을 노리는 이유가 바로 그것이었다. 그가 있으면 무공이 두세 단계 이상 뛰어오르는 것은 물론이요, 일반 무인들을 일류무인으로 만들 만한 기틀을 만들 수도 있다. 기혼단은 단전의 크기를 넓혀주는, 의학의 상리를 뒤집는 약이었으니까.

이 사태는 대단히 복잡한 사태를 만들어냈다. 각 문파의 대립과 견제가 바로 그것이었다. 어떤 문파나 약선을 모시고 싶어한다. 하지만 다른 문파에서 약선을 데려가게 둘 수는 없다.

모든 강호에 필요하기에 역으로 아무도 데려갈 수 없는 사람이 바로 약선이었다.

"모든 강호가 약선을 감시하고 있네. 그의 위치는 너무도 잘 알려져 있어. 지금은 사천으로 향하는 것 같다는군."

맹주는 한숨을 내쉬며 말을 이어나갔다.

"덕택에 우리도 약선을 데려올 수 없다네. 아마도 자네의 임무는 극비리에 처리될 게야."

혜월의 얼굴이 딱딱하게 굳어졌다. 현무단주를 퇴임하는 것은 당연하다. 이것은 현무단에게도 알릴 수 없는 일이었다.

약선의 주위에는 천하무림의 눈이 항상 깔려 있다. 모르긴 몰라도 아마 약선의 주위에는 구파일방과 남패천의 무인들이 부지기수로 암행 중일 것이다.

그런 그들을 뚫고 약선을 빼낸다?

불가능하다.

"우리 역시 자네를 보호해 줄 수 없네, 현무단주. 지금부터 그대는 강호의 신생 문파 신황문의 문도야. 만약 그대가 무림맹에 걸림돌이 된다면 무림맹은 그대와의 연관성을 부정하기 위해 신황문을 강호 공적으로 선포할 걸세. 물론 존재하지도 않지만."

무림맹주는 재미있다는 얼굴로 이야기했다.

혜월은 묵묵히 고개를 끄덕였다. 사부가 그녀에게 무림맹을 도우라 명했을 때부터, 그리고 무림맹주가 진실로 정의롭다는 것을 알았을 때부터 그녀는 자신의 목숨을 버렸다.

"뜻을 받들겠습니다."

혜월이 승낙하자 맹주의 얼굴이 조금 진지해졌다.

“부관을 붙여줌세.”

“한 명입니까?”

“그렇다네.”

혜월은 고개를 끄덕였다. 이 임무에 투입될 사람은 고작 둘이라는 소리였다.

맹주는 탁자에 놓여 있던 작은 한지를 들어올렸다.

“이름은 제갈현중. 제갈세가의 삼남일세. 그는 일찌감치 후계 다툼에서 손을 떼고 학문을 연마했다는군. 그 결과로 그는 모든 전략을 깨달았고, 모르는 기관이 없으며, 새로운 기진을 만들 만큼 뛰어난 두뇌를 가지고 있다네. 군사의 말에 따르면 가히 천하제일지자라고 불릴 수 있다는 평가야. 그의 별호는…….”

“신산자!”

한껏 밝아진 얼굴로 혜월이 외쳤다. 천하제일지 신산자가 그녀의 동료라니! 어쩌면 이 임무를 무사히 해낼 수도 있겠다.

혜월과 무림맹주가 대화를 나누고 있을 무렵이었다. 무림맹의 본단을 헤매는 어두운 그림자가 있었다. 어린 시절부터 책만 보고 자라와 남에게 질문하는 것도 두려워하는 소심한 사내가 바로 그였다.

진법가인 주제에 패철(佩鐵), 나경(羅經)이 없이는 길도 찾지 못하는 길치이기도 했던 그는 한참 동안 무림맹을 헤맸다. 결국 그는 용기를 내어 위사에게 길을 묻기로 했다.

"저기요……."

"음? 무슨 일이오?"

수염이 아무렇게나 자란 지저분한 위사가 말간 얼굴의 서생을 보고 눈살을 찌푸렸다. 검을 안 찬 사람을 보기가 힘든 이 무림맹에 서생이라니.

참으로 어울리지 않는 조합이었다.

"저기, 진천각으로 가는 길이 어딘지… 요?"

부들부들 떨리는 얼굴로 사내가 물었다. 그는 목덜미까지 빨개진 얼굴로 더듬더듬 입을 열었다. 그 모습이 수상해 보여 위사는 험상궂은 표정을 지어 보였다.

"거기는 맹주님께서 계시는 곳인데… 당신은 누구요?"

잔뜩 겁에 질린 사내가 다리를 바르르 떨며 말했다.

"저기요, 저는 제갈현중인데요……."

그렇게 혜월의 고생길도 열렸다.

＊　　　＊　　　＊

겁에 질린 제갈현중이 부들부들 떨고 있을 무렵이었다. 그로부터 멀리 떨어진 중경 땅에는 그와 정반대의 성격을 가진 사람이 서 있었다.

무량검(無量劍) 현천자(玄天子).

그는 무당파 내에서도 강직하다는 소문을 가진 자로, 지나치게 강직한 덕택에 장로들의 미움을 사 약선을 감시하는 한 직으로 쫓겨난 자였다.

현천자는 침중한 얼굴로 약선의제와 웬 청년을 주시했다.

"무량수불."

약선의제야 본래 괴이막측한 사람이니 그렇다 치고 새로이 나타난 청년은 그야말로 이해할 수 없는 사람이었다.

청년에 대한 확실한 것은 단 하나.

그는 고수다. 어쩌면 상상도 하지 못할 고수.

"으음……."

내공이 하늘에 닿아 있는 것일까? 청년의 경공은 상상을 초월할 정도로 뛰어났다. 하늘로 이십여 장 떠오르는 경공이라면 경공이 아니라 허공답보나 비행이라고 표현해야 될 것이다.

게다가 거대한 바위를 힘 하나 안 들이고 박살 낼 수 있는 무공이라니……. 강기를 사용했는지는 정확히 알 수 없지만 그 역시 경지에 오른 내공의 덕분일 것이다.

자신의 사부인 취선(醉仙) 백의 진인도 그런 경지에 오르진 못했으리라.

현천자는 주위를 둘러보았다. 주위에서 느껴지는 인기척은 하나도 없었다. 하지만 기감에는 잡힌다.

'소림의 승려가 근처에 있군.'

한때 통성명을 한 적이 있는 소림승 공미(孔米)의 기척이 느껴졌다.

아마 소림승 공미 외에도 많은 무인들이 이곳에 와 있으리라.

어쩌면 남패천까지.

빼액—

생각에 빠져든 현천자의 귓가에 전서응의 날카로운 울음이 들려왔다.

공중에서 원을 그리며 돌던 전서응은 곧 현천자의 위치를 파악했는지 빠르게 내려왔다.

푸드덕—

현천자는 푸드덕거리는 전서응을 달랬다. 전서응이 진정한 듯하자 현천자는 다리께에 매달린 조그마한 밀서를 끌러 내었다.

밀서에는 도가의 경전 몇 구절이 적혀 있었다.

함부로 움직이는 것은 도가 아니다[妄動卽不道]. 느리게 보고 더 느리게 행하되[緩視緩行] 도에서 벗어나지 말라[不行脫道].

현천자는 밀서의 뜻이 무엇인지 파악할 수 있었다. 함부로 접근하지 말고 감시하되 약선에게서 벗어나지 말라.

무당의 도사는 서신을 조그맣게 접어 들었다. 그리고는 무거운 얼굴로 길을 걷는 이시진과 의현을 주시했다.

"음?"

의현은 흘끗 주위를 돌아보았다. 누군가의 시선이 자신을 지켜보고 있다. 한두 개가 아니라 제법 많다. 그것도 조금씩 늘어나고 있다.

"시진."

"왜 그러느냐?"

말이나 마차도 없이 걸어가려니 이만저만 지치는 것이 아니다. 이시진이 기운없는 어조로 대답했다.

"누가 우리를 본다."

"음? 누군가가 우리를 보고 있다고?"

의현은 고개를 끄덕였다. 누군가가 자신을 주시하고 있는 시선이 짜릿하게 느껴진다.

약선 이시진은 대충 상황을 짐작했다는 듯 고개를 끄덕였다. 그는 한숨짓듯 입을 열었다.

"내버려 두어라, 나를 감시하는 놈들일 테니."

"감시?"

의현이 이해하지 못하겠다는 듯 약선을 바라보았다.

약선은 고개를 끄덕였다. 그는 자신의 위치를 잘 알고 있었다. 무림인들은 약선의제(藥仙醫帝)니 뭐니 해가면서 있는 힘껏 자신을 칭송했지만 사실은 뭐 주워 먹을 것이 없나 기웃거리는 것일 뿐이다.

그런 주제에 남이 나보다 더 좋은 것을 얻어갈까 노심초사하는 것을 보면 코웃음이 절로 나온다.

"왜 너를 감시하지?"

"글쎄다."

약선은 무림인이 아프면 치료해 주긴 한다. 하지만 아무 보상도 받지 않는다. 그리고 그들이 주는 어떠한 편의도 거절한다.

삼십여 년 전, 그 일이 있었던 때부터 늘 그래 왔다.

"아마 친하게 지내자고 저러나 보다. 못난 놈들, 역병이 돈답시고 장가촌에는 오지도 않더니⋯⋯."

불쾌한 얼굴이 된 이시진은 씹어뱉듯 중얼거렸다.

그의 추측은 반은 맞고 반은 틀렸다. 전부는 아니었지만 몇 개의 문파는 장가촌에서도 이시진을 지켜보고 있었다. 무당파 역시 이시진을 가까이서 지켜보던 문파 중 하나였다.

의현은 이전부터 그 시선을 감지했었다.

"죽여줄까?"

의현이 무감정한 얼굴로 중얼거렸다. 이시진이 황당하다는 눈으로 의현을 바라보았다.

"말도 안 되는 소리 하지⋯⋯."

이시진은 말을 끝맺지 못했다. 의현의 눈길은 너무나도 진지했다.

"마, 마라……."

의현은 무감정한 얼굴로 떨리는 이시진의 얼굴을 주시했다.

저들을 죽일 수 있을까? 있다. 어떻게? 모른다. 하지만 할 수 있다는 것은 확실하다. 시진이 원한다면 죽여줄 수 있다.

의현을 노려보는 시선들이 더욱 짜릿해졌다.

"되었다, 그냥 내버려 두면 될 일이니."

이시진은 그런 의현에게서 시선을 떼었다. 진심이든 아니든 자세히 알고 싶은 마음은 없다. 이유 모를 두려움 때문이었다.

의현이라면 진짜로 해낼 수 있는 힘이 있다.

"얼른 가자꾸나."

약선은 짧게 중얼거리고는 휘적휘적 걸음을 옮겼다. 더 이상 의현의 또 다른 일면을 보기가 싫었다.

뒤에서 의현이 따라붙는 것이 느껴졌다.

가만히 내버려 두라는 소리에 주위에서 느껴지는 관심을 끊은 의현은 이시진을 따라잡아 보조를 맞추고서야 걸음을 늦추었다.

그리고는 조금 전과는 다른 태도로 중얼거렸다.

"나는 배가 고프다."

"그러냐? 나도 고프다. 하나 먹을 것이 없는데 어찌할꼬."

이시진 역시 조금 전과는 다른 침울한 어조로 중얼거렸다.

그들은 몹시 배가 고팠다. 의현은 물론이거니와 이시진까지 무려 하루 하고도 반나절을 굶어야 했다. 이시진은 남의 것을 탐해본 적이 없는 강직한 인물이었고, 또한 병자를 치료하고도 대가를 바라지 않는—가끔 조금은 바라지만—의선(醫仙)이었다.

"약초라도 팔면 돈이 될 텐데… 하필이면 가진 약초가 없어."

팔 만한 약초는 예전에 다 팔았다. 그 뒤로 의현과 시진은 그야말로 풀만 뜯어 먹고 살았다.

의현이 우울한 어조로 중얼거렸다.

"그리고 아까부터 맛있는 냄새도 난다."

"냄새?"

이시진이 의아한 표정으로 냄새를 킁킁 맡았다. 과연 냄새가 나고 있었다. 의현이 반 각 전부터 맡아왔던 냄새를 이제야 알아차린 이시진의 얼굴에 화색이 떠올랐다.

"고기 냄새인데? 어디… 오!"

이시진의 눈이 부릅떠졌다. 멀찍이 보이는 관도에 향기로운 냄새를 풍기며 멧돼지가 구워지고 있었다.

"멧돼지다!"

이시진이 외쳤다. 의현의 머릿속에 멧돼지에 대한 단어가 떠올랐다. 멧돼지가 뭐지? 산에 다니는 고기. 먹을 수 있는 기름진 생물.

"먹을 수 있다!"

의현이 희망찬 얼굴로 외쳤다. 그리고는 황급히 멧돼지로 달려들었다. 옆에 있는 귀찮은 노인보다 조금이라도 많이 먹어야 한다는 생각밖에 할 수 없었다.

"내 거!"

의현의 처절한 외침은 곧 처절한 비명으로 바뀌었다. 그는 때때로 마음이 행하면 육신도 행하곤 하는데, 문제는 육신의 뛰어남을 조절하는 방법을 모른다는 점이었다.

제어하지 못한 힘은 그 스스로를 공중으로 날려 버렸다.

"으하으허아흐아하학!"

"옳거니! 내 거!"

약선 이시진은 회심의 미소를 지어 보였다. 그는 핏발이 잔뜩 선 눈으로 흰 수염을 휘날리며 득달같이 달려들었다. 저 멀찍이 공중으로 날아올랐던 의현이 땅바닥으로 쿵 하고 떨어질 즈음, 약선 이시진은 탐욕스러운 손으로 불길을 뚫고 멧돼지 고기 한 덩이를 움켜쥘 수 있었다.

"으하하핫!"

주린 배를 움켜잡고 승리의 웃음을 터뜨린 이시진은 고기를 입가로 가져갔다. 수염에 기름이 묻는지 안 묻는지는 중요하지 않았다. 그는 일단 배를 채우는 것이 중요했다.

멀찍이서 땅에 떨어졌던 의현은 재빨리 몸을 일으켰다. 그는 불타는 눈으로 이시진을 노려보았다.

"나도 먹겠다!"

이시진은 대꾸가 없었다. 고기를 입가로 가져가는 데 정신이 없었으니까.

"빌어먹을!"

의현은 최대한 정신을 집중했다. 마음을 가라앉히고 다가가야 한다. 몸을 제어하는 법을 알지 못하니, 혹은 '기억하지 못하니' 그는 육신을 최대한 조심스럽게 움직여야 했다.

하지만 주린 배가 그의 사념을 가로막았다.

의현은 또다시 비명을 지르며 하늘로 날아가야 했다.

이시진은 일단 식사를 마치기로 했다.

그의 의학적 계산에 따르면 의현은 안 먹어도 십여 년은 거뜬히 살 만한 육신을 가지고 있다.

그럼 산 사람은 살아야지.

'이 멧돼지를 굽고 있던 사람이 나타나기 전에 얼른 멧돼지 고기를 먹어치워야 할 터.'

이시진은 자신을 향해 다가오는 털북숭이 사내를 보며 그렇게 생각했다. 하지만 조금 더 생각해 보니 저 사람이 이 멧돼지를 굽고 있던 사람 같다.

이시진은 당황했다.

"어… 저… 그러니까……."

"이런 벼락 맞을 노친네가 내 멧돼지를……."

짐승의 가죽을 뒤집어쓴 털북숭이 사내가 한 걸음을 내디
뎠다. 고기를 움켜쥔 이시진은 한 걸음 뒷걸음질쳤다.

"저… 그러니까… 제가 너무 배가 고파서……."

"나한테 가진 모든 것을 바쳐야 될 노친네가 내 고기를 처
먹어?"

이시진은 공포에 질리진 않았다. 자신의 주위에 구파일방
의 사람이 많으니 겁에 질릴 이유가 없다.

그저 허락없이 음식을 주워 먹었다는 사실이 민망할 뿐이
었다.

"음?"

한 걸음을 더 내디디려던 산적은 갑작스레 한기가 드는 것
을 느꼈다.

"이건 뭐지?"

산적은 멍하니 시선을 돌려보았다. 주위에는 온통 수풀뿐
이다. 그리고 나무와 산새들.

평상시 늘 봐오던 풍경임에도 불구하고 산적은 왠지 모를
꺼림칙함을 느끼고 있었다.

이시진을 감시하던 구파일방의 무인들이 그를 보호하고자
살기(殺氣)를 날리고 있었던 것이다.

그때였다.

"으하으허아흐아하악!"

멀찍이 유성처럼 무엇인가가 빠르게 쏘아져 내려왔다. 안

그래도 살기에 지레 겁먹고 있던 산적은 공포에 질렸다.

"헉!"

콰앙—!

큼직한 굉음과 함께 흙먼지가 비상했다. 산적은 하늘에서 무엇인가 커다란 것이 떨어졌다고 생각했다.

잠시 뒤, 흙먼지가 사라지고 그 안에서 흙투성이 괴인이 천천히 모습을 드러냈다.

"내 거!"

괴인의 눈에는 핏발이 솟아올라 있었다.

*　　　*　　　*

혜월은 우울한 얼굴로 눈앞에 보이는 풍경을 주시했다. 그 풍경은 몹시 순진하고 순수하게 생긴 사내가 바들바들 떨고 있는 풍경이었다.

그 사실은 두 가지 관점에서 혜월을 우울하게 했는데, 첫째는 그녀가 숫기없는 남자를 싫어한다는 점이었고, 둘째는 그 숫기없는 남자가 자신의 부관이라는 점 때문이었다.

숫기없는 사내가 공포에 질린 목소리로 중얼거렸다.

"저는요, 진짜로 제갈현중인데요……."

"제갈현중 소협은 강호의 지자(智者)이신데 네놈이 감히 그분을 사칭하느냐아!"

지저분한 수염의 위사가 으르렁거리며 고래고래 고함을 지르자 제갈현중은 겁을 먹었다. 그는 일단 살아야겠다고 마음을 먹었다.

"제가 잘못했어요!"

눈물이 그렁그렁 달린 눈으로 외쳐 보았지만 통하지 않았다. 무림맹의 위사가 거친 목소리로 외쳤다.

"아무래도 네놈은 무림맹의 뇌옥으로 가서 고문을 좀 받아야겠구나!"

혜월은 그 광경을 보며 제갈현중이란 사내가 정말로 천하제일지자인지 의구심을 품어야 했다.

맹주는 그를 만나본 적은 없다 했다. 다만 그의 진식과 기관을 일별해 본 적이 있는데, 그것은 진법의 대가 귀곡자마저 뚫지 못한 기진(奇陣)이었다고 했다. 그래서 혜월은 그가 큰 도움을 줄 수 있을 것이라고 믿었다.

"으음."

더 생각해 보면 제갈현중을 만났다는 사람은 한 명도 없었다. 제갈현중은 제갈세가 밖으로 나서지 않기로 유명했으니까. 오직 그 안에서 드넓은 지혜로 천하를 굽어본다고 했다.

물론 저렇게 소심하게 생겼다는 소문은 없었다.

혜월은 그만 우울해지고 말았다.

'저자가 정말 신산자야?'

아마 맞을 것이다. 스스로를 제갈현중이라고 칭할 사기꾼이 무림맹 안까지 접근할 리 없다.

혜월은 한숨을 내쉬며 제갈현중을 구원했다.

"위사는 더 이상 그를 핍박하지 말아요."

혜월의 말에 위사가 고개를 돌렸다. 사색이 되어서 멱살이 잡혀 있던 제갈현중도 마찬가지였다.

"아, 보… 본 위사는 그저 수상한 자가 있어서……."

위사는 혜월의 얼굴을 확인하고는 황급히 제갈현중의 멱살을 놓았다. 소문의 바로 그 여자다.

본능적으로 구원자를 알아챈 제갈현중이 뽀르르 달려가 혜월의 뒤로 숨었다.

혜월은 황당하다는 얼굴이 되었다.

몸을 모로 돌린 채 고개를 푹 숙여 위사와 혜월의 시선을 피한 제갈현중이 소심한 어조로 중얼거렸다.

"사, 살려주세요."

"……."

도무지 생각해도 신산자의 이름과 이 사내의 몰골이 매치가 되지 않는다. 혜월이 어버버거릴 무렵이었다.

"저… 저는 물러나야……."

위사가 짧게 중얼거리고는 서둘러 자리를 떴다.

혜월의 뒤에 숨은 제갈현중은 고개를 빼꼼히 내밀고는 황급히 달려가는 위사의 뒷모습을 바라보았다.

그리고는 다행이라는 듯 한숨을 내쉬었다.

"휴우―

그 모습을 하나하나 지켜보던 혜월이 당황한 어조로 중얼거렸다.

"신산자……?"

제갈현중은 고개를 끄덕였다.

"네, 제가 제갈현중인데요."

제갈현중은 누구를 만나든 첫인상이 중요하다는 사실을 잘 알고 있었다. 그래서 최대한 밝은 미소를 지으려 애썼다.

혜월은 세상이 무너지는 기분을 느껴야 했다. 이런 놈이 천하제일지자라고? 게다가 자신의 부관으로 함께 약선을 보호할 임무를 맡았다고?

"네가 내 부관이라고?"

'부관'이라는 한마디에 상대의 정체를 짐작한 제갈현중이 벙긋벙긋 웃었다. 역시 첫인상을 위해 웃어두길 잘했다.

"아, 소저의 방명이 혜월이십니까? 저는 제갈현중입니다. 소저, 아니, 단주님과 함께 강호행을 하라고 아버님이 시키셨습니다."

'아버님이 시키신 일은 꼭 해야 하죠'라고 덧붙이는 제갈현중의 목소리에 혜월의 얼굴은 더더욱 황당하다는 듯 변해갔다.

"너랑 나랑 강호행을 한다고?"

"그렇습니다."

"너… 너랑 나랑?"

혜월은 이 상황을 믿을 수 없었다. 아니, 믿기 싫었다.

제갈현중은 혜월의 시선이 몹시 부끄러웠다. 그래서 얼굴부터 목덜미까지 따듯하게 붉힌 다음 조신하게 고개를 숙였다.

"저… 왜 그렇게 보시나요?"

혜월의 얼굴이 천하가 무너진 듯 변해갔다.

*   *   *

이시진은 기운차게 걸음을 옮겼다. 그리고 걸음을 멈추고 푸들푸들 웃음을 터뜨렸다. 그리고는 다시 발자국을 뗀다.

그리고 또 걸음을 멈추고 푸들푸들 웃음을 터뜨렸다.

의현은 그런 이시진을 의아한 얼굴로 바라보았다. 그는 새삼 이시진이 독특한 인물이라는 것을 깨달았다. 참 신기한 사람이다. 왜 저렇게 웃지?

주머니를 뒤적거려 육포 한 조각을 꺼낸 의현은 이시진을 관찰하며 육포를 입에 넣었다.

"으하핫, 다시 생각해 보아도 우습기 짝이 없구나!"

이시진이 통쾌한 미소를 지으며 걸음을 멈추었다. 멧돼지 고기로 배를 채웠기에 웃음소리는 몹시 기운찼다.

의현은 의구심이 섞인 미묘한 얼굴로 이시진에게 질문했다.

"왜 웃는 건가?"

"그 산적 녀석 말이다, 그 산적 녀석! 으하핫, 우스워라!"

이시진이 신난 듯 웃음을 터뜨렸다.

이시진의 얼굴에 웃음을 가져다준 것은 멧돼지를 굽던 산적이었다. 산적은 하늘에서 떨어진 의현을 무림고수로 착각하고는 머리를 조아리고 바들바들 떨었다.

이시진은 부들부들 떠는 사내가 가엾다고 생각했다. 보는 것만으로도 불쌍한데 병자이기까지 하다.

"이봐, 자네 최근 식욕이 싹 사라졌지?"

산적은 부르르 떨며 고개를 끄덕였다. 겁에 질린 나머지 뭔지도 모르고 고개를 끄덕인 것이었다.

"게다가 구토 증세가 있고 헛구역질도 많이 하는구먼, 쯧쯧. 배가 헛부른 것 같으면서도 찜찜한 것이 몹시 불쾌할 걸세. 그리고 구토 증세와 함께 피가 섞여 나올걸?"

처음엔 뭣도 모르고 고개를 끄덕거리던 산적은 멍하니 고개를 끄덕였다. 이시진의 말이 하나도 틀리지 않은 것이다. 최근 느끼고 있는 괴로움을 조목조목 짚어주는 이시진의 말에 산적은 두려움에 가까운 감정을 느꼈다.

하늘에서 떨어진 청년과 흰 수염을 휘날리는 노인의 모습.

산적은 자신에게 하늘의 벌이 내렸다고 생각하고는 울먹울먹거렸다.

“제… 제가 죽습니까?”

드디어 하늘의 벌을 받아 목숨을 잃게 되나 보다. 이럴 줄 알았으면 좀 착하게 살걸.

산적은 두려움 가득한 모습으로 노인을 바라보았다.

“엥?”

이시진은 의아한 신음을 내뱉었다. 산적이 뭐라고 하는지 이해를 못한 이시진이 잠시 머리를 굴렸다.

‘오호, 두려운 것이로군?’

산적은 공포감에 질려 있었다. 가벼운 증상을 크게 확대하는 것은 환자들의 공통점. 산적은 고작 위에 염증이 찬 것을 가지고 죽을병에 걸렸다고 착각을 하고 있다.

이시진은 슬쩍 웃음을 지었다.

“그래, 자네는 죽을병에 걸렸다네. 그 병에 걸리면 십중팔구 죽지. 암, 그렇고말고.”

산적의 얼굴이 사색이 되었다. 그는 울먹거리며 머리를 조아렸다.

“어, 어르신! 살려주십쇼!”

하늘에서 떨어진 청년은 어느새 관심 밖이었다. 일단 살아야 된다는 생각밖에 없었다.

이시진의 머릿속이 팽팽 돌아갔다. 이시진은 몇 가지 좋은 생각을 떠올리고는 피식 웃음을 지으며 입을 열었다.

“자네가 두 가지만 지킨다면 살길을 알려주겠네.”

"뭐, 뭡니까?!"

산적은 뭐든지 지킬 수 있을 것 같았다. 실제로도 그럴 셈이었다. 이시진은 침중한 어조로 고개를 끄덕였다.

"우선 산적질을 그만두게. 자네에게 가진 것을 빼앗긴 자들의 원성이 하늘에 닿아 생긴 병이니 자네가 산적질을 하는 동안엔 결코 나을 수 없어."

"예?"

산적의 얼굴이 당황으로 굳어갔다. 하지만 산적은 곧 미친 듯이 고개를 끄덕였다. 과연 하늘의 벌을 받나 보다. 아마 저분은 신선이시고 하늘에서 떨어진 청년은 아마 천상의 장군일 것이다. 하늘의 뜻을 읽는 것을 보니 틀림없다.

이시진이 눈을 빛내며 말을 이어나갔다.

"그리고 자네가 굽고 있던 멧돼지와… 음, 혹시 건량 있나?"

이번의 요구는 뭔가 이상했다.

산적은 뭔가 꺼림칙한 기분을 느끼며 고개를 끄덕였다. 육포라면 조금 가지고 있다. 산채와 관도를 오갈 때 심심한 입을 달래기 위해 꾸덕꾸덕하게 말려둔 육포였다.

"가지고 있습니다요! 하나 많진 않은데……."

산적이 두려움 가득한 얼굴로 가슴팍으로 손을 우겨 넣었다. 산적의 가슴에서 제법 큼직한 주머니가 나왔다. 산적이 가지고 있는 육포가 생각보다 많자 이시진은 흐뭇한 미소를 지었다.

"그래, 그렇다면 내 살길을 알려주지. 나복자(蘿葍子)를 좀 구해다가 복용하게. 그리고 반하(半夏) 뿌리를 가져다가 좀 달여 먹도록 하고. 그리고 시큼한 음식은 피하고 육포와 같은 건물은 먹지 말게나. 고사리나 더덕과 같은 음식도 자네에게는 좋지 않네. 기름진 음식을 피해야 하니 식사는 량채(凉菜) 위주로 해야 하고."

"예… 예?"

한번에 너무 많은 말이 오가자 산적의 머리가 복잡해졌다. 산적은 나복자가 무엇인지 반하가 무엇인지 몰랐다.

"저… 다시 한 번……."

"나복자는 무의 씨를 말하는 것이고 반하는 풀 이름일세."

"아, 그렇군요."

산적은 두 눈을 끔뻑거렸다. 이시진은 혼잣말을 주워섬기며 주섬주섬 망태기를 뒤졌다.

"다행히 내게 반하가 조금 있는 것 같은데… 아, 있군!"

곧 망태기에서 한 쪼가리의 풀이 나왔다. 이시진은 부드럽게 웃으며 산적에게 풀을 넘겨주었다.

"이거 받게나. 돌아가거든 이와 같은 풀을 구해 그 뿌리를 달여 마시게."

그리고도 이시진은 몇 가지 식이요법을 알려주었다. 산적은 어렵게 그것을 외워야 했다.

산적이 어느 정도 숙지한 듯하자 이시진은 최대한 근엄한 표정을 지었다.

"본 의원이 가르쳐 준 치료법은 결코 어렵지 않을 것이야. 아마 저잣거리의 의원이 가르쳐 준 치료법과 다를 것이 없을 걸세. 하나!"

이시진이 단호하게 외쳤다. 산적은 깜짝 놀라 이시진을 바라보았다.

"아무리 간단한 병 같아도 이것은 천벌이라네. 자네는 지금부터 산적질을 하면 아니 된다는 것을 명심하게. 자네가 산적질을 하게 되면 아무리 처방을 써도 병이 도져 자네의 목숨을 앗아갈 것이야."

산적의 얼굴이 새파랗게 질렸다.

이시진은 통쾌하게 웃음을 터뜨렸다.

"그러니 어찌 웃지 않겠느냐는 말이야! 으하핫! 그렇게 멋지게 속아 넘어가는 것을 보니 나도 거짓말에 제법 재주가 있구나."

이시진이 으스대며 말했다.

의현은 이시진이 왜 좋아하는지 이제야 짐작할 수 있었다. 남을 속이고 즐거워하는 것이다. 남을 속이는 짓은 하면 안 된다. 그것은 신의와 관계된 일이고 명예와 관계된 일이다.

또다시 육포를 꺼내어 오물거리던 의현은 문득 낯선 기분을 느끼곤 신음을 내뱉었다.

"아······!"

뭔가가 떠올랐다. 그것은 남을 속이는 신의없는 자를 지칭하는 이름이었다.

"사기꾼[少騙人]이로군."

의현은 비난하는 듯한 시선으로 이시진을 노려보았다.

"그래, 이 녀석아. 본 의원은 사실 사기꾼이란다. 하하핫!"

이시진은 의현의 말을 대충 무시하며 너털웃음을 터뜨렸다. 자신이 거짓말을 한 것은 분명하다. 하지만 그 거짓말로 인해 한 사람을 계도할 수 있었으니 어찌 아쉬우랴. 오히려 통쾌할 따름이다.

한바탕 웃어 보인 이시진은 의현에게서 시선을 떼었다. 문득 시선을 떼어보니 미나리처럼 생긴 풀이 보인다.

"오, 여기에 강활(羌活)이 있구나."

이시진이 눈을 빛내며 길가 구석으로 다가가 쪼그려 앉았다. 그리고는 망태기를 주섬주섬 뒤지더니 곧 조그마한 호미를 꺼내 들었다.

의현은 주머니에 손을 집어넣고는 육포 한 조각을 더 꺼내 들었다.

그리고는 이시진을 보고는 의아한 표정을 지었다.

"뭐 하나, 시진."

이시진은 호미로 땅을 파헤치더니 천천히 강활을 뽑아 들

었다. 미나리 종류의 풀의 이삼 년 된 뿌리를 강활이라 부른
다.

곧 진지한 눈이 된 이시진이 강활을 이곳저곳 살펴보았다.

드넓은 중원에 강활이 자라지 않는 곳은 없다. 하지만 강활
은 지역마다 그 색을 달리하는데, 중경의 것은 유난히 잔뿌리
가 많고 그 즙이 많았다. 말려 쓰기에는 적합지 않다.

"으흠… 역시 다르구나. 많이 달라."

이시진은 강활을 세심하게 훑어보고는 그것을 낡은 천으
로 감쌌다. 세상에 널린 것이 강활인데 이시진은 마치 보물을
다루듯이 행동했다.

잘 감싼 강활을 망태기에 넣은 이시진이 아직까지도 자신
을 의아하게 바라보는 의현을 보고는 피식 웃음을 지었다.

"약초를 관찰하는 거란다. 천하의 약초는 모두 다르지."

의현은 육포를 오물거려 꿀꺽 삼킨 다음 차갑게 입을 열었
다.

"뭐가 다른가."

"글쎄다. 나도 그것을 알고 싶구나."

이시진이 부드러운 미소를 지은 얼굴로 중얼거렸다. 각 지
역마다 공기가 다르고 땅이 다르니 풍토에 따라 약의 성질이
조금씩 바뀐다. 뿐만이 아니다. 천하를 둘러싼 산하에는 수십
가지 약초가 숨어 있고, 그중 많은 수의 약초가 민간에 이름
이 알려지지 않았다.

천하의 약초의 효능과 목록을 엮어 책으로 작성하는 것이
약선의 평생 꿈이다.

이시진은 천천히 몸을 일으켰다. 그리고는 기운찬 어조로
출발을 알렸다.

"자, 다시 가보자꾸나!"

"그러지."

의현은 이시진과는 반대로 기운없는 어조로 대답했다. 이
시진은 의아한 얼굴로 의현을 돌아보았다.

"음? 왜 그러느냐? 어디 아픈 게야?"

"육포… 다 먹었다."

텅 빈 주머니를 쥐어 든 의현이 시무룩하게 말했다. 이시진
의 눈에 불길이 피어올랐다.

"뭣이?!"

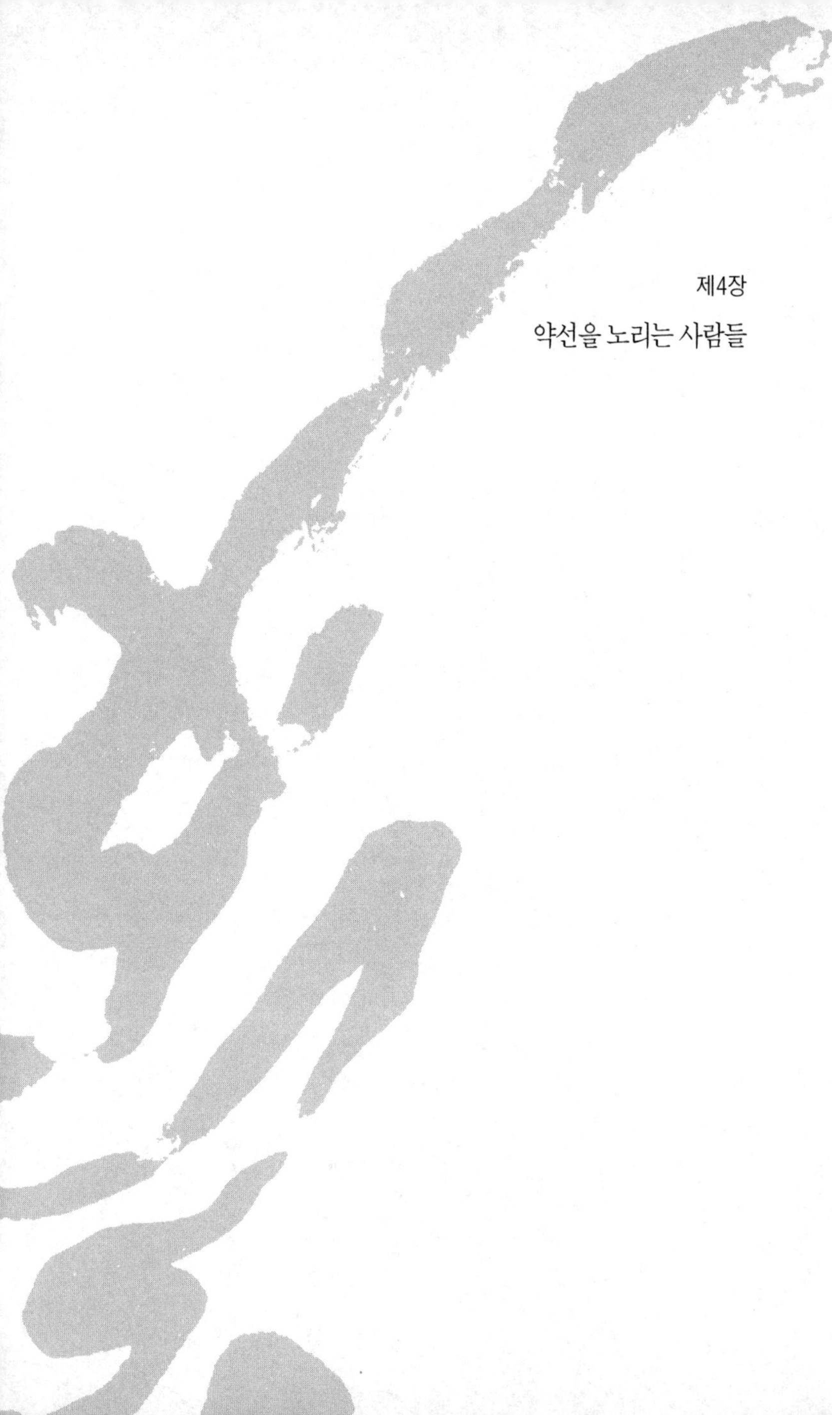

제4장
약선을 노리는 사람들

사천의 성도에 몹시 추레한 노소(老少)가 도착한 것은 오후 무렵의 일이었다. 말이나 마차도 없이 걸음을 옮겼기에 두 노소의 몰골은 처참했다.

"다리가 다 해졌구나. 상의도 이만하면 걸레가 부끄럽지 않아. 이게 무슨 참변인지 알 수가 없구나."

회한에 가득한 목소리로 지저분한 노인이 중얼거렸다. 하얗던 노인의 수염은 어느새 새카맣게 변해 있었다. 노인의 머리칼 역시 마찬가지였다. 깔끔한 건으로 매어져 있던 머리는 이제 봉두난발에 가까웠다.

그는 시선을 돌려 의현을 바라보았다. 의현은 침울한 얼굴

로 약선을 바라보며 옷이라기보다는 너덜너덜한 천 쪼가리에
가까운 것을 들어올렸다.

"시진, 내 옷은 왜 이런 거지?"

"네가 공중으로 날아올랐기 때문이지."

당연한 것을 묻는다. 이시진은 씁쓸한 얼굴로 회상에 잠겨
들었다.

중경에서 육포를 모두 잃은 이시진과 의현은 처참한 하루
하루를 보내며 사천에 진입했다. 칡이나 갈홍 따위의 약초로
연명하던 그들은 사천 구석의 중래산에서 시퍼렇게 살아서
코를 킁킁거리는 멧돼지를 발견했다.

의현은 그것이 예전에 먹었던 멧돼지라는 것을 기억해 냈
다. 그는 기운찬 얼굴로 사냥을 하자고 주장했고, 이시진은
그에 동의했다.

누가 뭐래도 자신과 함께 다니는 녀석은 인간의 한계를 벗
어난 초인인 것이다. 멧돼지 따위는 무리없이 잡을 만한 능력
이 있었다.

이시진은 멧돼지 고기의 향기를 기대하며 의현의 사냥을
지켜보았다. 그리고는 곧 한탄을 해야 했다.

의현의 능력은 분명히 대단하다. 하지만 그 능력을 제어하
지 못한다는 점은 참으로 우울하기 짝이 없는 일이었다.

의현은 비명을 지르며 하늘 어딘가로 날아가 버렸고, 이시

진은 홀로 남은 멧돼지와 정면으로 승부를 하게 되었다.

결과는 멧돼지의 압승. 이시진으로서는 살아남은 것만도 기적이라고 해야 할 것이다.

더 이상은 생각할 기운도 없다. 이시진은 기운없는 어조로 말을 맺었다.

"그러니까 네가 여기저기 처박지만 않았어도 아무 이상 없었을 거란 말이다."

의현은 자신의 옷과 약선 이시진의 옷을 번갈아 바라보았다. 그나마 이시진의 옷이 훨씬 낫다.

의현은 몹시 탐스러운 것을 본다는 표정으로 이시진의 옷을 바라보며 중얼거렸다.

"바꿔 입는 것은 어떤가, 시진."

"시끄럽다, 어린 녀석아!"

약선 이시진은 말도 안 되는 소리 하지 말라는 듯 말했다.

곧 두 노소는 기운없는 몸짓으로 걸음걸음을 옮겨 사천의 성도에 진입했다.

*   *   *

혜월은 차가운 얼굴로 말을 몰아갔다. 말은 산길을 맞아 여유로이 걸음을 옮겼다.

산에는 대나무가 가득 자라 있었다. 대나무는 바람에 잎새를 흔들거리며 사부작거리는 청량한 음을 만들어냈다.

제갈현중은 산을 둘러보며 중얼거렸다.

"과연 대나무가 많군요."

무표정한 얼굴의 혜월이 고개를 끄덕이자 제갈현중은 시무룩한 얼굴로 혜월을 따라 말을 몰았다.

혜월의 가까이에 다가간 제갈현중은 혜월의 얼굴을 조심스럽게 살폈다. 몹시 차가운 인상이었다.

'치, 친해져야 되는데…….'

제갈현중은 혜월의 차가움이 마음에 들지 않았다. 솔직히 말하면 조금 무서웠다. 늘 화를 내는 것만 같았으니까.

하지만 이제 함께 강호를 넘나들게 되었으니 억지로라도 친해져야 한다. 강호행을 하는 내내 데면데면 지낼 수는 없는 노릇이다.

사람과 친해지는 방법은 역시 대화가 제일.

제갈현중은 대화를 시도해 보기로 했다.

"단주님, 단주님은 사천에 대해 잘 아십니까? 책에 따르면 사천 사람들은 대나무를 좋아해서 대나무 요람에서 자라고, 대나무 침상에서 자고, 시집갈 때도 죽어서도 대나무를 타게 된대요. 또 집도 대나무로 만들고, 울타리도 대나무로 만들고, 지붕도 대나무로 만들고, 심지어는 옷까지 대나무로 만들고……."

혜월은 이를 뿌드득 갈았다. 그 소리는 제갈현중의 시도가 실패로 끝났음을 알리는 소리였다.

"성도다."

"성도마저 대나무로 만든답… 예? 저기가 성도입니까?"

"그렇다."

대나무 타령을 하던 제갈현중이 멀찍이 보이는 커다란 고을을 보고는 눈을 빛냈다. 저곳에 들어가면 조금이나마 쉴 수 있으리라.

많이 피곤했던 제갈현중은 반가움이 가득 섞인 미소를 지었다.

반면 혜월의 얼굴은 더욱 험악해졌다. 저곳에 들어가면 체력을 회복한 제갈현중이 있는 힘껏 나불댈 것이 뻔하다. 혜월은 성도에 내려가면 질 좋은 목화솜을 구해다가 귀마개를 만들기로 결심했다.

"가자."

혜월이 차가운 어조로 말을 몰아갔다.

천하제일지는 그런 혜월의 얼굴을 살펴보며 우울한 표정을 지었다. 마음속으로 '스물일곱 번째 실패'라고 중얼거린 제갈현중은 스물여덟 번째 시도를 해보았다.

"우리는 성도의 어디로 갑니까, 단주님?"

혜월이 대꾸했다.

"…선경루로 간다."

선경루는 약선이 사천에 올 때마다 들르는 곳이었다. 약선이 사천으로 향하고 있다는 정보가 확실하다면 혜월과 약선은 그곳에서 조우하게 되리라.

제법 긴 시간 동안 혜월은 무거운 얼굴로 말을 옮겼다. 제갈현중은 옆에서 주저주저 말을 걸 기회를 살피다가 더 이상 말을 걸기 힘들겠다고 생각했는지 잠시 시무룩하게 말을 몰았다.

곧 둘은 사천의 성도에 진입했다.

세상 경험이 적어서일까? 세상은 너무 활기차게 돌아가는 것처럼 보였다. 지나는 아낙들의 손에는 더 놀고 싶은 아이가 붙잡혀 있었고, 아이는 어미에게 더 놀다 가겠다 칭얼거렸다.

길가에는 만두 따위와 술을 파는 조그마한 주점이 보였고, 주점 사이사이로 이른 오후부터 술에 취한 취객들이 오가는 것이 보였다.

"이야!"

그 모습을 바라보던 제갈현중의 마음이 부풀어 올랐다. 그야말로 하늘을 날 것 같은 기분이 심장을 쿵쿵 뛰게 만들었다. 콧노래를 부르고 싶었지만 그랬다가는 현무단주 혜월 소저가 화를 낼 것만 같아 두려웠다.

"단주님, 단주님, 선경루는 어디로 가야 합니까?"

희희낙락한 얼굴로 제갈현중이 질문했다. 혜월은 그런 제갈현중을 요령껏 무시하며—혹은 그러려고 애쓰며—답변했다.

"하촌을 넘어서면 나오는 방통에 있다."

"그렇습니까? 그런데 하촌은 어디입니까?"

"으음."

혜월은 이를 악물며 입 밖으로 새어나가려는 말을 꿀꺽 삼켰다. 현무단의 무인들은 죄다 거친 성정을 지닌 자들뿐이었고, 덕택에 그녀 역시 걸쭉한 욕을 익힐 수 있었다.

하마터면 방금 '닥치고 따라와' 라고 할 뻔했다.

'후우, 참자.'

제갈현중은 엄연히 임무로 인해 만난 사람이다. 자신의 부관이라지만 그것은 형식상의 이름인 데다 그는 무인도 아닌 지자(智者)다.

욕을 할까 말까 고민하던 혜월은 참기로 마음을 먹었다. 일단은 조금 더 친절하게 대해주어도 될 것이다.

"가보면 안다."

혜월의 친절은 대단히 무뚝뚝했다. 제갈현중은 실망한 눈길로 혜월을 바라보았다.

"가르쳐 주시면 안 되나요? 저는 이번이 첫 번째 강호행입니다."

제갈현중은 골방 속에 틀어박혀 오로지 책과 벗삼아 살아왔다. 그동안 읽은 책은 그야말로 방대한 양이었다. 그러다 보니 세상을 구경할 틈이 없었다.

제갈현중은 밝은 표정을 지으며 고개를 들었다.

이번이 첫 강호행이다. 사실은 제갈세가 밖으로 나선 것 자체가 처음이다.

"있잖아요, 사천의 음식이 그렇게 맵습니까? 책은 물론이거니와 저의 숙부님도 사천 사람들은 모두 매운 것만 먹는다고 하셨습니다."

제갈현중은 숙부에게 가르침을 받았다. 그의 숙부는 정도사절(正道四絶) 중 한 사람인 신지(神智) 제갈협고였다.

"맵다."

혜월은 고개를 끄덕였다. 예전 사천의 음식을 먹고 질린 적이 있었다. 매운 음식을 특별히 못 먹는 그녀에게 사천의 음식은 고문과도 같은 것이었다.

"그런데 오면서 한 번도 매운 걸 못 먹어봤습니다."

제갈현중이 시무룩하게 말했다. 오는 동안 그냥 평범한 소채 따위나 먹었다.

"…먹게 되겠지."

수다가 싫었던 혜월이 이를 악물고 중얼거렸다.

제갈현중은 혜월의 눈치는 조금도 읽지 못하고는 매운 음식을 경험해 볼 수 있다는 것에 만족해했다. 책에서 익히 봐왔지만 실제로 겪어보는 것은 처음인 것이다.

"정말입니까? 이야! 그럼 사천 요리를 처음 먹어보게 되겠군요. 맛은 있습니까?"

"난 매운 걸 싫어한다."

혜월이 무뚝뚝하게 대답했다. 제갈현중은 당연한 수순으로 '왜 싫어합니까?' 라고 질문했다. 그래서 혜월은 약선을 찾아가기 전에 필히 귀마개를 먼저 구입하는 것이 어떨지 고민하기 시작했다.

끊임없는 질문을 듣다 보니 어느새 하촌을 넘어 방통에 도착했다. 방통의 저잣거리에 도착한 혜월은 선경루 앞에 우울한 얼굴로 주저앉아 있는 두 노소를 발견할 수 있었다.

두 노소는 애처로운 얼굴로 지나가는 행인을 부르고 있었다.

이시진은 길가를 지나는 방통의 미장이를 불러 세웠다. 미장이는 단박에 눈살부터 찌푸렸다.

"뭐요, 영감?"

미장이 사내는 퉁명스러웠다.

"아, 나는 구걸을 하려는 게 아닐세."

"그럼 왜 부르시오, 영감."

돈을 구걸하겠다는 소리가 아니자 미장이 사내는 조금 누그러진 목소리로 대꾸했다.

이시진은 우울한 표정을 지으며 질문을 시작했다.

"호, 혹시 선경루의 주인이 바뀌었던가?"

"선경루의 주인장은 바뀌지 않았소. 잠시 외출이라도 한 듯하오만… 왜 그러시오?"

약선은 천하를 떠돌며 약초를 채집하는 데 평생을 바쳐 왔다. 당연히 구주를 좁다 하고 넘나들었고, 각 지방에 인연을 쌓아두고 다녔다.

그중 하나가 선경루다. 예전에 쓰러져 있던 것을 치료해 준 것을 기점으로 교분을 나누게 된 중년인이 있는데, 그가 바로 선경루의 루주 운곡(雲谷)이었던 것이다.

이시진은 대단히 궁금하단 목소리로 재차 질문했다.

"그런데 왜 점소이가 날 쫓아내는 거요?"

미장이 사내는 웬 미친놈을 발견했다는 식의 시선으로 노인을 훑어보았다. 노인의 몰골을 훑어본 미장이 사내는 자신이 점소이였더라도 노인을 쫓아냈을 것이라고 생각했다.

"당신 꼴이나 좀 보시오. 흥!"

미장이 사내는 거칠게 콧김을 내뿜으며 시선을 돌리고는 걸음을 옮겼다.

"아아, 배고픈데……."

이시진이 침울한 얼굴로 수염에 묻은 검댕을 떨어냈다.

미장이 사내와 이시진의 대화가 끝나자 영준한 얼굴의 청년이 몸을 일으켰다.

그는 차가운 얼굴로 약선을 바라보며 말했다.

"밥은."

"좀 더 기다려 보자꾸나. 운곡, 이 친구가 잠시 자리를 비운 모양이야."

"밥은."

의현이 무감정한 얼굴로 재차 중얼거렸다. 이시진은 얼굴에 가득한 주름을 부들거리며 고함을 지르려 했다.

"이 자식이……!"

"제가 식사를 대접할까요?"

이시진의 말이 끊겼다. 그의 말을 끊은 사람은 혜월이었다.

이시진이 얼굴에 화색을 띠며 뒤를 돌아보았다.

"뉘신데 식사를……."

하지만 이번에도 그는 말을 끝맺지 못했다. 제갈현중 때문이었다.

그는 제갈현중을 바라보며 당혹스러운 표정을 지었다.

"의, 의진……?"

이시진의 입에서 알 수 없는 이름이 튀어나왔다.

혜월의 뒤에 서 있던 제갈현중이 이시진의 시선을 느꼈는지 얼굴을 붉히며 고개를 숙였다.

"아……."

약선은 혼란스러운 듯한 눈으로 그런 제갈현중을 바라보았다. 부끄러워하는 모습마저 의진을 닮았다. 오래전에 가슴에 묻어두었던 그 얼굴이 다시 보이는 듯했다.

'아니, 그 아이는 죽었어.'

그 아이가 아니다. 자세히 살펴보면 분명히 다르게 생겼
다. 하지만 왠지 모를 미련이 남는다.

약선은 멍하니 제갈현중을 바라보기만 했다.

"저… 어르신?"

혜월이 의아한 듯 약선을 불렀다. 그제야 약선은 침을 꿀꺽
삼키고는 시선을 돌렸다.

"소저는 뉘시오?"

약선은 차분해진 눈으로 혜월을 바라보았다.

"저는 신황문의 혜월이라 합니다. 어르신께 식사를 대접하
고 싶습니다만……."

의현의 얼굴이 밝아졌다. 의현은 싱긋 웃으며 이시진을 바
라보았다. 먹을 것이 생겼으니 잘됐지 않느냐는 듯한 얼굴이
다.

이시진은 고개를 저었다.

"사양하겠소이다."

웃던 얼굴이 딱딱하게 굳는 데는 별다른 시간이 걸리지 않
았다. 의현은 이제 이시진이 미친 것이 아닌지 의심하기 시작
했다.

"이 의원의 식견이 짧아 신황문이라는 고명한 문파를 알지
못하는데 어찌 신세를 질 수 있겠소이까."

약선 이시진은 상대가 무림인이라는 것을 알고는 단번에
거절했다. 하지만 제갈현중을 흘끗흘끗 바라보는 눈에는 알

수 없는 미련이 담겨 있었다.

"이 의원은 소저의 성의만으로도 배가 부르니 이만 물러나 보시오."

정중하게 말하고 있었지만 태도는 몹시 불손하다. 약선은 귀찮은 파리를 쫓아내듯 손을 휘휘 젓고는 지친 몸을 이끌고 선경루의 담벼락으로 걸음을 옮겼다.

"후우!"

혜월은 한숨을 내쉬었다. 그녀는 천천히 입술을 달싹였다.

"저는 무림맹의 혜월입니다."

흠칫.

약선의 걸음이 멈췄다. 잠시 걸음을 멈췄던 약선은 이내 다시 몸을 움직였다. 자신을 찾아온 사람이 무림맹이든 아니든 무림인이니만큼 관계하지 않으리라.

혜월이 다시 입술을 달싹였다.

"남패천의 초청을 거부하셨다고 알고 있습니다. 초청을 거절당한 남패천에서 어르신을 노리고 있습니다."

"……."

걸음이 한 번 더 멈추어졌다. 하지만 그는 뒤도 돌아보지 않고 앞으로 걸음을 옮겼다.

"내가 감당해야 할 몫이네."

"……."

혜월은 아랫입술을 깨물었다. 아무래도 이번 임무는 쉽지 않게 생겼다.

"저… 약선 어르신?"

제갈현중이 대신 앞으로 나섰다. 숫기가 없긴 하지만 기왕에 맡은 일이니 용기를 낸 것이다.

흠칫.

약선의 걸음이 완전히 멈추어졌다.

"이야기라도 들어주세요. 부탁드립니다."

제갈현중은 볼 수 없었지만 약선의 얼굴은 형편없이 구겨져 있었다.

'빌어먹을.'

저 아이의 얼굴, 저 아이의 눈빛.

약선은 본능적으로 자신이 그 눈빛을 저버릴 수 없다는 것을 깨달았다.

약선은 시선을 돌려 의현을 바라보았다.

"의현아."

멀뚱히 서 있던 의현이 대답했다.

"뭔가?"

"배고프더냐?"

두말하면 잔소리.

의현은 반가운 얼굴로 고개를 끄덕였다.

이시진은 끌끌 웃음을 지었다. 그는 선경루로 걸음을 옮기며 중얼거렸다.

"신황문에 신세를 질 수는 없지. 하지만 돈을 빌려준다면… 내가 식사를 대접하겠네."

불감청(不敢請)이언정 고소원(固所願)이라.

"물론 빌려 드리겠습니다."

혜월이 머리를 숙였다.

이시진이 담벼락 아래서 망태기를 주워 들고는 객잔으로 걸음을 옮겼다. 의현은 무심한 눈으로 이시진의 뒤를 따랐다. 혜월과 제갈현중은 안중에도 없다는 듯한 태도였다.

그 뒤를 이어 혜월과 제갈현중도 객잔에 들어섰다.

해가 져 가는 고즈넉한 시간대의 객잔은 활기찼다. 취객들은 한잔 술에 행복해하며 일상의 안온함을 즐겼다.

객잔은 소란스러운 정취를 품고 있었고, 그 정취는 향기가 되어 제갈현중의 마음을 진동시켰다.

그런 제갈현중을 보며 이시진이 미소를 지었다.

"사는 게 이런 거지. 그럼 앉읍시다."

의현은 의아함을 맛보고 있었다. 이렇게 소란스러운 공간이 있었던가? 어떤 사람은 얼굴을 붉히며 화를 내고 있고 어떤 사람은 그 모습을 보고 신나게 웃고 있다. 저 사람은 왜 웃는 걸까?

의현은 고개를 갸웃했다.

"시끄러운… 곳이군요."

혜월이 중얼거렸다. 제갈현중은 뭐가 그렇게 좋은지 얼굴에 함박웃음을 매달고 주위를 둘러보고 있었다. 싱그러운 객잔의 분위기 탓이었다.

"객잔은 언제 와도 좋지 않습니까? 저는 이런 분위기가 몹시 마음에 듭니다."

몹시 신기하단 듯 객잔을 둘러보는 제갈현중의 모습을 본 이시진이 자애롭게 중얼거렸다.

"허헛, 강호 초출인가 보구려? 무… 림인답지 않게 말이오."

가까스로 무림맹의 사람답지 않다는 말을 무림인으로 고친 약선은 제갈현중을 바라보며 사람 좋은 미소를 띠었다.

"그래, 서생의 이름은 어찌 되시오?"

제갈현중이 수줍게 입을 떼어 말했다.

"저는 제갈현중이라고 합니다."

제갈세가.

이시진은 알 수 없는 눈빛으로 제갈현중을 주시했다. 제갈현중은 그 시선에 몸둘 바를 몰라 하며 주저주저 고개를 숙였다.

"제갈 소협이었구려. 흐음… 성을 보니 제법 세도가의 청년 같은데……"

"네. 제, 제갈세가의 사, 삼남인데요."

유난히 숫기가 부족한 제갈현중의 모습은 의현을 의아하

게 했고, 이시진을 웃음 짓게 했으며, 혜월을 한숨짓게 했다.

이시진은 시선을 돌려 혜월을 바라보았다.

"소저의 이름은 혜월이라 했지요?"

혜월은 천천히 머리를 숙였다.

"말씀 편히 하십시오."

"말씀은 감사하나 사양하겠소이다. 본 의원은 소저를 모르고 소저도 본 의원을 아직 알지 못하는데 어찌 쉬이 말을 놓을 수 있겠소."

이시진은 입가를 고집스레 다물고는 고개를 저었다.

그래서 의현은 이시진이 미친 것은 아닌가 고민해야 했다.

본래 이시진은 천성이 쾌활한 인물이었다. 사실 그것은 의원으로서 죽음을 벗삼아 살다 보니 생긴 반동이었다.

약선은 의학의 대종사다운 체통을 지니고 있기보다는 한 잔 술을 걸치고 유유자적 비틀거리는 하릴없는 노인의 모습을 지니고 있었던 것이다.

"그럼 그리하시지요."

혜월이 천천히 고개를 끄덕였다.

분위기가 조금 무거워졌다. 점소이가 뽀르르 달려와 머리를 조아릴 때까지 이시진의 탁자는 고요했다.

"주문 받겠습니다요, 어르신네들."

"뭘 드시겠습니까?"

혜월이 약선을 바라보며 질문했다. 약선이 무어라 입을 열려 했다.

"나는……."

제갈현중은 이시진이 입을 여는 것을 보고 헛바람을 들이
켰다.

"헛!"

뭐라 말하려다 말이 막혔지만 이시진은 전혀 불쾌하지 않
은 얼굴로 제갈현중을 돌아보았다.

"뭐 먹고 싶은 것 있소?"

제갈현중은 어설픈 얼굴로 손을 들어 입을 틀어막고는 두
눈을 데굴데굴 굴렸다.

'매운 음식을 먹고 싶은데…….'

혜월 소저 때문에 사천에 도착하고도 매운 음식이라고는
구경도 못해봤다. 이제 성도까지 왔으니 매운 음식을 먹긴 먹
어봐야 할 텐데…….

머리가 좋았던―사실 머리가 나빠도 느낄 수 있는 것이었지
만―제갈현중은 혜월의 독단적인 주문을 막고 자신이 원하는
매운 음식을 먹을 기회는 지금밖에 없다고 판단했다.

"왜 그러시오?"

이시진이 인자한 얼굴로 제갈현중을 돌아보았다.

제갈현중의 눈에 곧 굳은 각오가 떠올랐다. 제갈현중은 힘
겹게 입을 떼었다.

"저는 마, 마파두부가 먹고 싶습니다."

혜월은 한숨을 내쉬며 이시진을 바라보았다.

"그래, 너는 그렇다 치고… 약선께서는?"

"나도 마파두부로 함세."

이시진은 제갈현중에게서 시선을 떼지 않은 채 중얼거렸다.

'역시 그 아이가 아니야.'

그 아이는 부끄러움이 많았지만 강단은 있는 아이였다. 게다가 은근히 자존심이 강해 키우면서도 이만저만 고생한 것이 아니었다.

마음 한구석에서 느껴지는 미련을 억지로 지운 이시진은 잠시 상념에 빠져들었다.

'그 아이가 아니야.'

몇 번을 중얼거렸을까? 이시진은 조금씩 평정심을 찾을 수 있었다. 저 아이 때문에 평생 지켜온 서원을 깰 수는 없다.

혜월은 의현을 돌아보았다. 원래부터 별 생각 없었던 의현은 무심코 고개를 끄덕였다.

"나도."

모두가 마파두부를 선택하자 혜월은 떨떠름한 기분을 느꼈다. 하지만 셋 모두 같은 요리를 주문하니 자신만 빠지기가 뭐하다. 혜월은 차분한 얼굴로 마파두부를 주문했다.

마침내 주문을 다 들은 점소이는 '마파두부 넷이요!' 라고 외치고는 쾌활한 걸음으로 탁자를 벗어났다.

마파두부를 고른 그들의 선택은 탁월했다. 사천의 마파두부는 잊어버릴 수 없는 강렬한 맛을 지니고 있다. 그리고 선경루에 새로 고용된 사천 토박이 숙수는 그 강렬한 맛에 더욱 강렬한 맛을 추가하는 법을 깨달은 사천 요리의 대가였다.

점소이가 마파두부를 가지고 나올 때까지만 해도 아무도 그 사실을 몰랐지만 말이다.

"마파두부입니다."

점소이가 그릇을 놓고는 뒤로 물러났다. 그리고는 의미심장한 미소를 지으며 차갑게 식은 차를 한 주전자 가져왔다. 제법 커다란 찻주전자였다.

혜월이 먼저 약선에게 음식을 권했다.

"그래, 중요한 일은 식후에 처리하는 것이 제일이지."

약선이 마파두부에 수저를 가져갔다.

의현 역시 기대감을 가진 채 마파두부를 듬뿍 떴다.

먹음직스러운 붉은 기운이 감도는 마파두부의 냄새는 향긋했다. 적당한 크기로 잘린 마파두부는 반질반질 윤이 나고 있었다.

의현은 수저 가득 두부를 떠 입 안으로 밀어 넣었다. 그리고 두 눈을 감고 마파두부를 음미했다.

혀 속 깊숙이 느껴지는 부드러운 질감과 향기, 그리고 간간이 씹히는 다진 고기와 미칠 듯이 매운맛.

의현의 눈이 부릅떠졌다. 미칠 듯이 매운맛.

그것은 제갈현중도 마찬가지였다. 그는 잇새로 숨을 들이키며 매움을 달래보려 애썼다.

"스읍―"

하지만 아무리 숨을 들이켜도 매움이 사라지지 않았다.

어느새 붉어진 얼굴로 제갈현중이 찻주전자를 바라보았다.

"스읍―"

숨을 들이키던 제갈현중이 재빨리 찻주전자로 손을 가져갔다. 차를 마시면 매움이 조금 가시리라. 하지만 그보다 빠른 손길이 있었으니, 바로 의현이었다.

제갈현중의 눈에 핏발이 섰다.

"저, 저 먼저 마시면, 스읍― 안 되나요? 스읍―"

"싫다."

의현은 차가운 얼굴로 찻주전자를 뺏어 들었다. 완력이 부족했던 제갈현중은 주전자를 의현에게 빼앗기고 말았다. 의현은 차를 따를 생각도 없이 아예 주전자에 입을 대고는 꿀꺽꿀꺽 삼켰다.

옆에 있던 이시진이 까닭없이 분노해 의현을 노려보았다. 사실 그도 미칠 듯한 매움을 느끼고 있었다.

"스읍― 이 빌어먹을 놈. 스읍― 빨리 저 아이에게 주전자를… 스읍― 주지 못하겠… 스읍―"

"꿀꺽꿀꺽!"

제갈현중의 내민 손이 텅 빈 찻잔을 들고 파르르 떨렸다. 의현은 그동안에도 찻주전자를 들이키고 있었다.

제갈현중의 눈에 마침내 눈물이 고였다.

"스읍— 맵습니다. 스읍— 매워요."

그는 목덜미까지 빨개진 채 얼굴에 눈물을 가득 매달고 혜월을 바라보았다.

"스읍— 이, 이건 독입니까? 스읍—"

"…내가 가서 차를 떠오마."

혜월은 우울한 얼굴로 몸을 일으켰다.

이시진과 의현, 제갈현중이 진정하게 될 때까지 혜월은 아무 말 없이 그들을 지켜보기만 했다. 제갈현중은 차를 다섯 잔도 넘게 마셨으며, 의현은 그런 제갈현중보다 두 배가 넘게 마셨다.

일 다경은 훌쩍 넘을 시간이 지나서야 일행은 진정할 수 있었다.

"무지하게 맵구먼."

제갈현중이 대단히 동감한다는 듯한 얼굴로 고개를 끄덕였다. 이렇게 매운 음식은 처음이었다. 이런 걸 먹고 살아간다니, 사천 사람들은 참으로 대단한 사람들이다.

혜월은 차분한 얼굴로 이시진을 주시했다. 이시진은 짐짓 여유로운 미소를 지으며 고개를 끄덕였다.

"그래, 어디 이야기를 들어볼까."

고개를 끄덕인 혜월이 대꾸없이 입술을 달싹였다. 전음을 보내는 것이다.

"남패천에서 약선의제님을 노리고 있다는 정보가 입수되었습니다."

"그래서?"

의현과 제갈현중은 의아한 얼굴로 이시진을 바라보았다. 이시진은 누구랑 말하는 걸까?

이시진은 날카로운 눈으로 혜월을 주시했다.

[송구하오나 약선의제께서는 무공을 모르십니다. 만약 저들이 약선의제님을 강제로 모시려 한다면 약선의제께서는 그들의 뜻을 거르스지 못할 겁니다. 때문에 무림맹에서는 약선의제를 보호하기로 뜻을 모았습니다.]

이시진은 고개를 저었다.

"나를 보호하고 있는 인물은 몹시 많다오, 소저. 실상은 감시하고 있는 것이겠지만."

이시진은 자신을 감시하는 무인들의 존재를 알고 있었다. 불편할 것이 없었기에 특별히 그들을 탓하지는 않았지만 그렇다고 좋게 보지는 않는다. 그래서 이시진의 말투는 퉁명스러웠다.

"그들의 무력을 믿지 못하는 것은 아닙니다. 하나 무력만으로는 부족합니다. 이 임무를 고작 저와 제 부관 둘이서 맡게 된 것은 남패천과 자웅을 결하려는 뜻이 아닙니다. 만약의 사태가 생기면 그들의 무력을 적극적으로 이용해 탈출하게 될 겁니다."

무림맹은 약선을 보호하겠다는 의사를 밝힐 수 없었다. 강호의 무림지사들은 사람을 믿기보다 의심하는 데 더 익숙하기 때문이었다. 무림맹에서 약선의 별호만 거론해도 그들은 무림맹을 의심하려 들 것이다.

때문에 몇 개의 단으로 보호해도 모자랄 약선에게 단 두 명의 인물만을 보내야 했다. 그것도 신황문이라는 가상의 문파로 위장해서.

그렇게 둘만을 보낼 수 있었던 자신감은 역으로 약선을 감시하는 사람이 많다는 점에서 나왔다. 약선을 둘러싼 무인들이 많으니 무림맹으로서는 다른 병력을 보내지 않고도 약선을 보호할 수 있었다.

무림맹으로서는 손 안 대고 코를 푸는 격이다.

"그래서?"

재미있다는 얼굴로 이시진이 질문했다. 그 스스로가 무림과의 인연을 거부하지만 무림맹은 자신을 쫓아 눈이 붉어져 있다. 이 얼마나 우스운 일인가!

"하지만 그 병력 역시 약선을 노리고 접근한 것은 마찬가지. 어르신께서는 그들에게도 틈을 내주서서는 아니 됩니다. 그 사이를 조율하기 위해 저와 제 부관 제갈현중이 오게 되었습니다."

또한 약선과 밀착하여 최종 경호를 그들 둘이 맡는다.

"으흠."

이시진은 무림맹 역시 못 믿겠다는 듯 고개를 저었다.

"나는 쉽게 무림의 신세를 지지 않을뿐더러 믿지도 않는다오, 소저. 그러니 불쾌하시더라도 참고 들어주시오. 단도직입적으로 묻겠소. 그대를 보낸 곳에서 나를 원하는 것은 아니오?"

혜월이 입술을 달싹였다.

"앞으로의 여로는 약선께서 결정하십시오. 그저 저희를 일행으로 삼아주시기만 하면 됩니다."

혜월의 표정에는 별다른 감정이 없었다. 그녀는 무덤덤한 얼굴로 이시진을 바라보고만 있었다.

이시진은 고민하는 듯한 얼굴로 생각에 빠져들었다.

자신은 남패천의 천주를 치료할 생각이 조금도 없다. 모든 이를 치료해도 그와 그의 사부 파천제만큼은 치료하지 않으리라.

오히려 남패천에서 노리고 있다면 목숨 걸고 도주하고 싶은 심정이었다.

약선의 고민이 더욱 깊어졌다.

"부탁드립니다, 어르신."

조심스레 눈치를 살피던 제갈현중이 말했다. 이시진의 얼굴이 더더욱 흔들렸다.

남패천의 천주와 그 사부의 손에 목숨을 잃은 아이의 얼굴이 보인 것이다.

"으흠."

한편, 혜월은 시선을 돌려 의현을 바라보고 있었다. 의현은 자신을 바라보는 시선을 보고는 고개를 갸웃했다. 저 여자가 왜 저럴까 하는 궁금증이 든 것이다.

혜월의 눈길이 점점 더 날카로워졌다.

'저 사람이로군.'

약선 주위에 새로운 인물이 등장했다는 것은 강호 유수의 문파 수장이라면 모두 알고 있는 사실이었다. 그리고 그 인물이 초고수라는 사실도 알려져 있었다.

'악인 같진 않아. 당신은 누구지?'

혜월은 자신을 멀뚱멀뚱 바라보는 의현을 보며 눈을 빛냈다.

"좋소. 아니, 좋네, 소저."

한동안 생각에 빠져들었던 이시진이 마침내 고개를 들었다. 마침내 결정을 내린 것이다.

"한 가지만 알려주겠나?"

혜월은 다시 약선을 바라보았다. 그리고 약선이 공대가 아닌 하대를 시작했다는 것을 깨달았다.

이시진이 피식 웃으며 말했다.

"자네, 돈 좀 있나? 신세를 질 수는 없고 조금 빌렸으면 싶은데……."

의현은 이시진의 말을 이해하지 못했다. 갑자기 돈을 빌리다니. 도대체 무슨 소리일까?
혜월은 부드럽게 웃으며 고개를 끄덕였다.
"예, 있습니다."
물론 혜월은 돈이 있었다. 무림맹주는 혜월에게 아낌없이 자금을 투자했고, 그녀의 소매 속에는 수백 냥이 넘는 전표가 숨어 있었다.
이시진은 그 사실에 감격해했다.
"좋구먼. 그럼 뭐 하나만 부탁해도 되겠나?"
조심스러워진 얼굴로 이시진이 부드럽게 말을 이어나갔다. 의현은 아직까지도 의아하다는 얼굴로 이시진을 보고 있었다.
"하문하십시오, 어르신."
"있잖나……."
이시진은 시선을 내려 자신의 옷을 바라보았다. 거의 누더기에 가까운 옷이 보였다. 이시진은 처량한 얼굴로 중얼거렸다.
"우리… 옷값 좀 빌려주게."
"……."

혜월은 그제야 약선의 옷을 살펴보았다. 약선의 옷은 찢어진 곳이 많았다. 찢겨진 옷 속으로 약선의 앙상한 몸이 엿보였다.

"알겠습니다."

우울해졌던 이시진의 얼굴이 밝아졌다. 의현의 얼굴 역시 밝아지긴 마찬가지였다. 옷이라기보다는 걸레 조각에 가까운 것을 입고 다녔는데, 이제 제대로 된 옷을 구할 수 있게 된 것이다.

혜월은 밝아진 얼굴의 의현을 보며 눈을 빛냈다.

"한데 이 청년은 누군지요?"

이시진이 밝은 얼굴로 대꾸했다.

"그래, 옷을 사러 가… 음? 의현 말인가?"

초인적인 능력을 가지고 있는 의현이다. 하늘을 날 듯이 뛰어오르던 몸놀림은 아마 평생 잊을 수 없을 것이다.

하지만 이시진은 의현을 대수롭지 않게 생각하고 있었다. 왜인지는 모르겠지만 그냥 자연스러운 느낌이었다.

"의현은……."

이시진은 의현을 설명할 말이 곤궁하다는 것을 느꼈다. 나이가 몇 살인지, 어디 태생인지, 그가 무슨 일을 하는 누구인지 설명할 수가 없다.

"그러니까……."

이시진은 의현을 바라보았다.

하지만 의현 역시 자신을 설명할 수는 없었다. 의현은 다시 한 번 스스로에게 질문을 던져야 했다. 나는 누구지? 모른다. 내가 어디에서 태어났지? 모른다. 뭘 하는 사람이지? 모른다. 나는…….

"나는 의현이다."

의현이 확고한 어조로 말했다.

"으하핫! 그래, 의현은 의현이지."

설명할 말이 곤궁해 입을 다물었던 이시진이 너털웃음을 터뜨렸다. 이 청년이 누군지는 모른다. 하지만 그의 이름은 안다. 청년의 이름은 의현이었다.

"한데 왜 어르신께 반말을……."

"음?"

이시진의 얼굴이 굳었다. 그는 의현을 바라보며 말했다.

"거 봐라! 당장 저렇게 묻지 않느냐, 이 무례한 놈아! 얼른 내게 존댓말을 하지 못할까!"

그는 존댓말을 하기 싫었다.

"시끄러워."

이시진은 혜월을 바라보았다. 그리고는 부드럽게 미소를 지었다.

"이 녀석의 버르장머리가 이래서 그렇다네. 내가 직접 허용한 일이니 왈가왈부 말게나."

"…예."

약선 어르신께서 친히 허락하셨는데 할 말이 없다. 혜월은 그저 고개를 끄덕일 뿐이었다.

이시진은 대수롭지 않은 얼굴로 몸을 일으켰다.

"그럼 가세나. 옷을 맞추려면 포목점이라도 들러야 될 게야."

"…예."

혜월은 의현을 계속 관찰하며 몸을 일으켰다. 제갈현중 역시 혜월의 뒤를 따라 몸을 일으켰다. 그리고는 의현을 바라보며 미소를 지었다. 역시 첫인상엔 웃음이 제일이다.

"안녕하십니까, 의현 소협? 저는 제갈현중입니다."

제갈현중은 미소를 지으려 애쓰며 의현을 바라보았다.

의현은 잠시 그 시선을 바라보며 눈을 끔뻑였다. 이 녀석의 이름이 제갈현중이라는 것은 잘 안다. 조금 전에 들었지 않은가! 그리고 방금 자신의 이름을 가르쳐 주었으니 이 녀석도 자신의 이름을 알 텐데 왜 또다시 소개를 하는 걸까?

이해할 수 없는 상황을 만난 의현은 그냥 무시해 버리기로 했다. 의현은 제갈현중을 내버려 두고 뚜벅뚜벅 걸음을 옮겼다.

제갈현중은 충격을 받았다.

"저기요? 의현 소협? 저, 저는 제갈현중인데요……."

다시 용기를 낸 제갈현중이 의현의 뒤를 쫓아가며 애타게 의현을 불렀다. 하지만 이미 의현은 객잔 밖으로 나가 버린 후였다.

제갈현중은 의현이 자신을 미워하는 것은 아닌가 고민해 보았다.

"마파두부를 먹자고 해서 그런가?"

처량한 표정을 한 제갈현중이 혼잣말을 중얼거렸다. 이시진이 껄껄 웃으며 제갈현중을 지나 객잔 밖으로 나섰다.

제갈현중의 옆에 서 있던 혜월은 점소이를 불러세웠다.

"이봐, 점소이!"

"예, 예, 아가씨. 뭐 시키실 일이라도 있습니까요?"

굽실거리는 점소이를 바라보며 혜월이 입을 열었다.

"하루 묵고 싶구나."

"물론입죠, 물론입죠! 선경루의 방은 깔끔하기로 유명합니다요. 게다가 방도 넓고 말입니다. 작지만 후원도 있습니다요. 한데 손님이 제법 많이 몰려 방이 많진 않아……."

"두 개."

혜월이 점소이의 수다를 끊으며 차가운 어조로 중얼거렸다. 그와 약선이 한 방에서 묵는다. 남녀지간이라기보다 조손지간에 가까우니 약선을 욕되게 하지는 않으리라. 자신이 온 이상 의현을 약선과 가까이 하게 할 수는 없다.

점소이는 화색을 지으며 고개를 끄덕였다.

"두 개라면 있습죠. 후원에 난 방은 아닙니다만 이층에 객실이 몇 개 있습니다요. 그 방이 좀 좁긴 하지만 두 분이 묵기는 충분하실 겝니다요."

"……."

혜월은 더 이상 점소이의 말에는 대꾸하지 않았다. 그녀는 차가운 얼굴로 소매에서 은원보 한 개를 내려놓았다.

"부탁하마."

짧게 중얼거린 혜월이 몸을 일으켰다. 점소이가 애처롭게 외쳤다.

"어이쿠, 손님! 너무 많습니다요!"

"남은 건 모두 가지도록."

짧게 한마디를 남긴 혜월이 객잔을 나섰다. 제갈현중이 황급히 그 뒤를 따랐다.

제갈현중은 성도의 구석구석을 살펴보았다. 성도의 저잣거리를 오가는 사람들의 걸음은 활기찼고 또한 생동감이 넘쳤다.

"이야, 강호는 언제나 좋군요."

"칼 찬 사람도 없는데 강호는 무슨. 허헛."

이시진이 인자한 얼굴로 시시덕거렸다. 제갈현중은 의현과는 다른 태도를 보이는 이시진을 보며 감동에 젖었다.

"세, 세상을 살아가는 사람은 모두 풍진강호를 살아가는 것이라고 하던데……."

"자네가 무슨 노강호라고 그런 소리를 하는가. 아직 새파랗게 젊어 보이는구먼."

어디서 아는 구절을 주워섬겼던 제갈현중은 단숨에 노강호 흉내를 내는 애송이가 되고 말았다. 제갈현중도 그 사실을 알았는지 얼굴이 새빨갛게 변했다.

"아… 저는 그냥……."

"으하핫! 아네, 알아. 뭘 그리 부끄러워하는가, 한번 놀린 것을 가지고."

이시진이 너털웃음을 터뜨리며 제갈현중의 어깨를 두드렸다. 제갈현중은 부끄러운 얼굴로 고개를 숙였다.

의현은 저잣거리를 자세히 둘러보고 있었다. 저잣거리의 풍경 하나하나가 의현의 뇌리에 박히듯 들어왔다.

정확히는 저잣거리 곳곳에 평범하게 앉아 있는 사내들을 바라보고 있는 것이었다.

날카로운 예기를 간직한 사람들. 그 예기를 숨기려는지 일부러 호흡을 흩뜨리는 사내들. 그리고 흘끔흘끔 자신을 노려보는 아낙이 눈에 들어왔다.

"시진, 누가 우리를 지켜보고 있다."

제갈현중에게 농을 건네던 이시진의 얼굴이 딱딱하게 굳어졌다.

"신경 쓰지 말라 하지 않았더냐. 나를 감시하는 자들은 본래 한두 명이 아니니라."

이시진은 최대한 별것 아닌 것처럼 말하기 위해 애를 써야 했다. 그는 의현이 두려웠다. 언젠가처럼 진지한 눈으로 '죽여줄까? 라고 물어볼까 두려웠던 것이다.

의현은 차분한 얼굴로 다시 입을 떼었다.

"예전에 우리를 지켜보던 사람들이 아니다."

자신을 지켜보던 사람들의 눈에는 약간의 흥분 같은 것이 느껴졌다. 그것은 마치 사냥감을 노리는 늑대와 같은 흥분이었다.

"신경 쓰지 말래도!"

이시진이 조금은 격앙된 목소리로 외쳤다. 의현의 마음속에 살기가 숨어 있다는 것을 억지로 잊으려는 듯한 외침이었다.

"…알았다."

의현은 차분한 얼굴로 고개를 끄덕였다. 의현과 이시진을 멀뚱멀뚱 둘러보던 제갈현중이 시장 구석에 있던 포목점을 발견하고는 미소를 지으며 외쳤다.

"저기 포목점이 있습니다!"

"오, 그렇군. 이제 이 누더기를 벗어버릴 수가 있게 되었네그려. 헛헛."

이시진이 너털웃음을 지으며 포목점으로 향했다. 혜월이 그 뒤를 따라 걸음을 옮겼다.

포목점으로 약선과 그 일행의 모습이 사라졌다. 저들은 아마 근처에서 삯바느질을 하는 여인이나, 혹은 의복을 만들어 파는 곳을 찾아 옷을 구입할 것이다.

당근과 상추 따위의 야채를 팔던 늙은 사내는 천천히 눈을 감았다. 곧 늙은 사내의 귓가에 전음성이 들려왔다.

"지금 행하오리까?"

늙은 사내는 고개를 돌려 먼 곳에서 고죽을 태우는 젊은 사내를 바라보았다. 사내는 고죽을 태우며 옆의 친구와 시시덕거리는 듯 보였으나 그 눈빛만은 날카로웠다.

"아직은 때가 아니니라."

"하면 어찌하오리까."

늙은 사내의 눈이 바로 떠졌다. 눈동자에서 약한 녹광이 피어올랐다. 늙은 사내는 바로 마영귀, 남패천의 비뢰각주였다.

"가만히 지켜보거라. 구파일방의 눈이 너무 많으니, 약선이 사천을 떠나면 그때 행할 것이야."

"존명."

귓가를 울리던 전음성이 사라지자 늙은 사내는 주름진 손으로 당근과 상추 따위에 묻은 먼지를 떨어냈다.

'누구… 인가.'

늙은 사내, 마영귀의 머릿속에 자신을 바라보던 청년의 모습이 떠올랐다. 어디선가 본 듯한 익숙한 눈. 하지만 아무 감정이 느껴지지 않던 눈에 마영귀는 공포마저 느껴야 했다.

'아니, 공포를 느꼈을 리가 없다.'

마영귀는 자신의 마음을 인정하지 못했다. 아직 애송이 티를 벗지 못한 청년에게 공포를 느꼈을 리 없다. 마영귀는 억지로 생각을 지우고는 다른 생각을 떠올렸다. 익숙함. 느껴질 리가 없는 익숙함에 대한 생각이었다.

'누구인가…….'

눈을 지그시 감은 마영귀는 생각에 빠져들었다.

제5장

풍운(風雲)

밤이 깊어갔다. 밤하늘에 별이 반짝였고, 낮 동안 데워졌던 공기는 차갑게 식어 아래로 내려앉았다. 싸늘한 바람은 성도 구석의 작은 장원에까지 불어닥쳤다.

장원에 서서 차가운 바람을 즐기던 마영귀는 차가운 눈으로 주위를 주시했다. 그의 옆으로 다섯 명이 서 있었다. 이 다섯 명이 바로 비뢰각의 오대주 오뢰마기(五雷魔旗)였다.

일대(一隊)에 오십 명의 무인이 편성되어 있으니 어지간한 무관만 한 무력을 지닌 셈이다. 그 오십 명은 또다시 열 명으로 나뉘어 한 조를 이루는데, 조장 급 이상의 무공은 상상을 초월할 정도로 높았다.

그들을 지켜보던 마영귀가 마침내 입을 떼었다.

"비뢰각은."

"사천에 도착해 있습니다."

비뢰 일대주 채선이 머리를 숙이며 말했다. 곰과 같은 덩치를 한 거한이 한마디를 내뱉고는 입을 한일자로 굳게 다물었다.

'모두 모여 있다라…….'

마영귀는 눈을 지그시 감았다. 비뢰대원들은 모두 성도 밖에 포진해 있다. 한군데 모여 있게 되면 천하무림의 눈을 피하지 못할 것. 별수없이 그들은 산개해 있었다.

하지만 약선을 포획하기 위해서는 그들을 모아야 한다.

"각 조장들을 불러 모아라. 구파일방 쥐새끼들의 눈에 띄지 않게. 그들의 눈에 띈 자가 있다면 목을 베도록."

"존명!"

오뢰마기가 한목소리로 외쳤다. 마영귀는 그 외침을 들으며 잠시 생각에 빠져들었다. 다시 눈을 뜬 것은 일 다경의 시간이 지난 후였다.

"제일. 구파일방의 쥐새끼들을 사냥한다."

"존명!"

제일 먼저 적의 손발을 끊는다. 약선의 주위에는 무인들이 넘치도록 많다. 하지만 그들은 서로를 경계하느라 가까이 하지 않는다. 그들이 없다면 약선은 사면초가나 다름없다.

"제이. 오뢰마기는 약선 곁으로 잠입한다. 하나… 이십 장 이내 접근은 불허한다."

마영귀의 눈에 청년의 모습이 어른거렸다. 제법 오랜 시간이 흘렀거늘 낮에 보았던 청년의 모습은 머릿속에서 떠나질 않았다. 그의 눈길이 정확히 자신을 주시했다는 사실이 그의 머릿속을 떠나지 않는다.

그 익숙한 듯한 눈. 어찌 보면 파천제와도 닮은 그 눈.

마영귀는 눈을 질끈 감고 억지로 생각을 지웠다.

'애송이, 애송이일 뿐이야.'

파천제는 은거에 든 지 삼 년 만에 귀천했다고 알려져 있다. 무림의 전설에나 나오는 반로환동이 아닌 바에야 그가 파천제일 리는 없다.

"제삼. 약선은 생포한다. 하나 그 주위에 있는 자들은 목숨을 끊는다."

생각을 애써 지운 마영귀가 단호하게 중얼거렸다. 그가 받은 임무는 약선을 남패천으로 모시는 것. 그리고 그것이 남패천의 행동이라는 것을 최대한 숨기는 것이었다.

그 최고의 방법은 바로 살인멸구.

"제사. 수세에 몰리면 자결하라. 혹여 아군이 포로가 되면 직접 찾아 그 숨을 끊는다."

살인멸구는 아군에게도 적용되는 규칙이었다. 마영귀는 마지막으로 말했다.

"제오!"

단호한 말이 장원을 울렸다. 마영귀의 눈에 짙푸른 녹광이 떠올랐다.

"약선의 몸에 상처를 내는 자가 생기면 지위 고하를 막론하고 살려서 내게 데려오라. 죽지도 살지도 못하게 만들리라."

음산한 목소리는 조그마했지만 더더욱 위협적으로 들려왔다. 오뢰마기는 두려움 섞인 목소리로 외쳤다.

"존명!"

탈백마제!

주군의 생명이 약선의 손에 달렸음이니 감히 약선을 해하는 자가 있거든 죽지도 살지도 못하게 만들리라.

마영귀는 불타는 듯한 눈으로 밤을 주시했다.

*　　　*　　　*

"그 돈, 아깝지 않나?"

조그마한 객실에 몸을 뉘인 이시진이 물었다. 은자 한 냥이면 어지간한 식구가 일주일은 넉넉히 살 만한 돈이다. 약선은 그 돈으로 보름도 넘게 버틸 수 있다.

객실 구석에 놓인 작은 침상에 몸을 누인 혜월이 송구스러운 얼굴로 눈을 떴다. 그리고는 민망하다는 듯 중얼거렸다.

"죄송합니다, 약선 어르신."

이시진은 콧바람을 풍풍 일으키며 몸을 뒤척였다.

"아니, 죄송할 것까지야 있나. 이만 자세."

"예."

혜월이 다시 눈을 감았다. 이시진 역시 잠을 청하는 듯이 눈을 감았다. 하지만 잠이 오지 않는지 이시진은 금세 입을 열었다.

"아까울 것 같은데……."

"…죄송합니다, 약선 어르신."

빠른 속도로 눈을 뜬 혜월이 말했다. 혜월은 내일 점소이를 만나면 반드시 거스름돈을 돌려받으리라 결심했다.

이시진은 입술을 비죽거리며 고개를 끄덕였다.

"아니, 별일 아닐세. 그냥 아까울 것 같아서 말이야."

이시진은 다시 중얼거리며 몸을 뒤척이고는 눈을 감았다.

혜월은 잠시 침묵했다. 속으로 열을 셀 때쯤이 되면 약선 어르신께서는 다시…….

"아까워하고 있는 게 분명해."

혜월은 마침내 참지 못했다.

"어르신."

"음?"

이시진이 의아한 얼굴로 혜월을 돌아보았다. 혜월은 억지로 표정을 지우고서는 이시진을 바라보았다.

"외람된 줄은 아오나 하나만 여쭙고 싶습니다."

"아, 뭐든지 물어보게."

이시진은 천천히 몸을 일으키고는 고개를 끄덕였다.

혜월은 잠시 이시진을 살펴보다가 입을 열었다.

"어르신께서는 약선 어르신입니다. 고명하신 의술에도 의선이 아니라 약선이라는 별호로 칭해지심은 어르신께서 약초와 약학의 경지에 올라 있기 때문이라고 알고 있습니다."

"부끄럽구면."

이시진은 하나도 부끄럽지 않은 태도로 웃음을 지었다.

"그러니… 민망하오나, 생계를 유지하시는 데 어려움은 없으리라 믿습니다. 병자를 치료하거나 채취하신 약재를 팔아 조금의 돈을 받음은 허물이 아니라 지극히 당연한 일입니다. 한데 이리도 궁색하심은……."

혜월이 머뭇거리며 한 말에 이시진은 너털웃음을 터뜨렸다.

"으하핫, 그러니까 내가 왜 가난하게 사느냐 이거지?"

"그렇습니다."

혜월이 말하기 어려운 것을 말한다는 듯한 얼굴로 인정했다. 이시진은 따듯한 미소를 지었다.

"간단하다네. 나는 비싼 약초는 팔지 않거든."

"예?"

이시진의 말은 이해가 되지 않는 말이었다. 비싼 약초일수록 팔아야 하는 게 아니던가?

"약이란 게 말이야, 사실은 구하기가 쉽지 않은 것이라네. 괜찮은 약은 값도 비싸거니와 만들기도 어렵거든. 어중이떠중이도 약을 만들지만 사실 그런 약은 약재 낭비야. 암, 그렇고말고."

혜월은 아무 대답 없이 이시진을 주시했다. 설명을 요구하는 듯한 눈길이었다. 이시진은 웃음 띤 얼굴로 말을 이어나갔다.

"여하튼 약은 고가의 물건이라네, 소저. 하물며 큰 병을 치료하는 약은 더더욱 그렇지. 그런 약을 만들기 위해서는 고가의 약재가 소용되거든."

"그럼……?"

"그래, 소저의 짐작이 맞을 걸세. 고가의 약이나 약재를 백성들이 구할 수 있겠는가? 불가능하다네. 저 탐관오리들이 기름진 음식을 처먹고 체했답시고 약을 달여 먹을 때, 바로 그 약이 없어 죽어가는 백성들이 있다네."

"……."

혜월은 이제 입을 다물었다. 이시진은 웃음 지은 채 다시 몸을 뉘었다.

"비싼 약재를 팔아보았자 그것들은 모두 위로 올라갈 뿐이야. 백성들에게 내려오지는 않는다네. 그래서 나는 비싼 약재는 약재상에 팔지 않지. 차라리 그 약재로 내가 직접 약을 조제하여 백성들을 구제하는 것이 낫다네.”

이시진이 씁쓸한 얼굴로 말했다. 혜월은 이해하지 못했다는 듯 이시진을 바라보았지만 그는 더 이상 말이 없었다.

혜월은 미간을 좁히며 생각을 정리해 보았다. 비싼 약재를 팔면 고위층만이 그것을 복용할 수 있다. 그것을 구할 수 없는 백성들은 복용하지 못한다. 때문에 차라리 약선께서 직접 약을 조제하여 나눠주는 것이 낫다.

하지만 약선 어르신의 몸은 하나뿐이다. 백성을 생각하는 마음은 가히 뛰어나지만 몸이 하나니 만백성을 구원할 수는 없지 않은가!

그렇다면 차라리 큰 의원이나 약재상을 열어 저렴하게 약재를 푸는 것은 어떨까?

“하면 어르신, 한군데에 정착하시어…….”

혜월이 말은 꺼내자마자 이시진이 중얼거렸다. 혜월의 심사를 정확히 읽었는지 이시진은 단 한 마디로 혜월의 말을 막아버렸다.

“권력이 개입한다네.”

“아!”

혜월은 신음성을 내뱉었다. 그렇다. 약선 어르신 주위에 이렇듯 많은 무인이 깔린 이유가 무엇이던가! 바로 약선 어르신의 약 때문이다. 만약 약선 어르신이 약재상이나 의원을 여시면 그곳은 권력의 소용돌이에 휘말리게 된다. 그것도 무림인의 소용돌이에.

이시진은 그런 혜월의 탄성을 듣고는 무거운 입을 다물었다. 너무 뛰어난 의술이 오히려 그에게 제약을 가져왔다. 그는 움직여야만 했고 떠돌아야만 했다. 만약 한군데에 정착하면 그 마을이 위험해진다. 마을을 인질로 잡고 자신에게 약을 요구한다면 어떻게 되겠는가!

그 모든 것이 무림이란 곳과 연관된 탓이었다. 그들은 그 대가로 약선의제니 뭐니 하는 이름을 붙여주었지만 그것이야말로 쓸모없는 것이다.

그는 자잘한 약재를 팔아 입에 풀칠했고, 그나마 팔 곳이 없는 곳에서는 칡뿌리나 약초로 배를 채웠다. 가난한 백성에게선 치료를 하고도 돈을 받지 않았기에 그는 늘 가난했다.

"그래도 말이야, 고관대작이 아프면 장사가 좀 된다네."

"예?"

고관대작이 아프면 거드름을 피우며 치료해 준다. 그리고 그 대가로 있는 힘껏 돈을 뜯어낸다. 약선은 백성들에게는 선의요 신의였지만 고관대작들에게는 악의요 마귀였다.

"예전 호북성의 어떤 현령에게서 금자로만 백이십 냥을 뜯어낸 적이 있었지. 고놈, 탐관오리질로 모은 재산을 다 나한테 날렸을걸. 으하핫!"

이시진이 웃음을 터뜨렸다. 그 금자는 백성들에게로 돌아갔지만 지금도 그 생각만 하면 배가 부르다. 은자 한 냥에 배가 아팠듯이.

이시진은 다시 몸을 일으켰다.

"아, 소저. 그런데 아깝긴 하지? 그치?"

"좁아요. 너무 좁습니다."

의현은 제갈현중을 때릴까 말까 고민했다. 만약 때린다면 의현은 제갈현중을 다시 볼 일이 없을 것이다. 아직 힘을 제어하지 못하는 의현이 주먹을 날렸다가는 제갈현중은 그대로 이승을 하직하고 말 테니까.

생명의 위기가 시시각각 닥치고 있다는 것을 모르는 제갈현중은 우울한 얼굴로 중얼거렸다.

"답답하지 않습니까?"

"더 말하지 마라."

의현이 무겁게 경고했다. 제갈현중은 그 말을 들었는지 침울한 얼굴로 입을 다물었다.

하지만 반 각도 지나지 않아 입을 열었다.

"확실히 좁긴 하잖아요."

운이 없었던 것일까? 약선과 혜월을 조손지간으로 착각한—사실 혜월이 물주라는 것을 파악한—점소이는 그나마 남은 방 중 가장 좋은 방을 내어주었다. 침상이 두 개 있는 방으로, 사실은 세네 명이 묵는 방이었다.

하지만 불행히도 점소이는 의현과 제갈현중에게는 관심이

없었다. 그래서 그들에게는 아무 방이나 배정되고 말았다. 침상도 하나밖에 없는.

의현은 딱딱한 침상보다도 더 딱딱하게 얼굴을 굳혔다.

"떠들지 말란 말이다."

"네."

제갈현중이 입을 다물었다. 위압감 넘치는 목소리를 들으니 더 떠들면 안 될 것 같았다.

잠시 좁은 침상에서 천장을 바라보던 제갈현중이 다시 입을 열었다.

"근데요, 좁긴 좁지요?"

의현이 이를 갈았다.

다음날.

일층으로 내려온 이시진은 깔끔한 모습이었다. 객잔의 목간통을 빌려 그동안 묵은 먼지를 닦아내었기에 수염은 희었고, 지난밤에 잠을 푹 잤는지 얼굴에는 윤기가 떠올라 있었다.

흰 수염을 쓰다듬은 이시진은 쾌활한 얼굴로 먼저 조반을 마쳤다.

다음으로 일어난 것은 혜월이었다. 이시진과는 달리 혜월의 얼굴은 푸석푸석했다. 간밤에 약선에게 시달린 덕이었다. 해쓱한 몰골로 변한 그녀는 점소이를 찾아가 강력한 어조로 거스름돈을 요구했다. 그래서 점소이는 울먹거리며 거스름돈을 내어준 다음 자신이 왜 좋은 방을 골라주었던가 후회해야 했다.

혜월이 점소이에게 거스름돈을 받을 때였다.

좁은 침상에서 새우잠을 잤던 제갈현중이 꾸벅꾸벅 졸며 걸어나왔다. 그는 잠을 제대로 자지 못했는지 반쯤 눈을 감고는 비틀거렸다. 그리고 벽에 머리를 박을 뻔하고는 제풀에 놀란 듯 가슴을 쓸어내렸다.

제갈현중의 뒤를 따라 걸어나온 의현은 분노로 불타는 눈으로 그런 제갈현중의 뒷모습을 주시했다. 전날 밤 심각하게 고려해 보았던 때릴까 말까의 고민은 아직도 사라지지 않고 있었다.

저놈은 참 말 많은 놈이다.

잠시 뒤 일행이 조반을 마치자 이시진이 쾌활한 어조로 입을 뗐다.

"자! 간만에 푹 쉬었으니 다시 떠나보세!"

간만에 푹 쉬지 못했던 세 명이 침울한 얼굴로 고개를 끄덕였다. 이시진은 그것을 눈치 채지 못한 듯 앞으로의 일정을 얘기했다.

"본 의원은 이번에 청성산 부근으로 가볼 셈일세."

"청성파… 입니까?"

혜월이 조금은 심각해진 얼굴로 이시진에게 물었다. 약선이 강호 문파로 가는 일은 달갑지 않다.

이시진은 고개를 저었다.

"아니, 나는 무림과 연관되고 싶은 생각은 없네. 청성산으로 가는 것은 맞으나 청성파에 들르지는 않아. 본 의원이 청성산으로 가는 이유는 약초를 캐기 위한 것일 뿐 그 이상도 이하도 아니라네."

"그렇군요."

하나 청성파에서는 약선의 방문을 대대적으로 환영하려 들 것이 뻔하다. 혜월은 머리가 아파오는 것을 느꼈다.

"그럼 슬슬 일어나세."

이시진은 깔끔한 마의가 바스락거리는 느낌을 만끽하며 몸을 일으켰다. 그리고는 객잔을 둘러보며 서운한 표정을 지었다.

"…이제 가면 또 언제 올지 모르는데 운곡 그 친구가 자리에 없구나."

"예? 운곡이요?"

이시진을 따라 몸을 일으키던 제갈현중이 두 눈을 끔뻑이며 질문했다. 운곡이란 이름 때문이었다.

"그래, 이 객잔의 주인장이라네. 한때 인연을 맺은 적이 있었지."

"그렇군요."

제갈현중이 미간을 좁히며 고개를 끄덕였다. 운곡이라는

이름은 많이 낯익다. 하지만 명확히 떠오르는 것은 없다. 운곡… 운곡…….

누구지?

"뭐, 다음번에 들를 때 볼 수 있겠지. 출발하세."

"예, 어르신."

혜월이 머리를 조아린 다음 몸을 일으켰다.

마영귀는 무표정한 얼굴로 객잔 밖으로 나오는 네 개의 인영을 주시했다. 네 개의 인영은 객잔 밖에 서 있는 두 마리의 말을 보고 고민하는 듯하더니 잠시 실랑이를 벌였다.

그리고는 두 마리 말을 객잔에 그대로 매어놓은 채 서쪽으로 걸음을 옮겼다.

마영귀는 깊은 생각에 빠져들었다.

"으흠."

약선이 사천으로 온 이유가 무엇이겠는가! 아마도 그는 근처의 영산을 찾아 약초를 캐려는 것일 게다. 근처의 영산이라면 청성산이 있다.

'그곳인가…….'

청성산은 성도의 서북쪽에 위치한 두강언을 병풍처럼 둘러싼 산맥의 형상을 띠고 있었다. 그들의 방향을 보건대 아마도 청성산으로 향할 확률이 높았다.

"오뢰마기."

아무도 없는 저잣거리 구석에서 바람을 맞던 마영귀가 두 눈을 지그시 감은 채 중얼거렸다. 곧 텅 빈 공간에서 부름을 받드는 외침이 들려왔다.

"존명!"

"청성산까지의 거리는?"

"백삼십여 리입니다."

성도는 평원의 형태를 띠고 있다. 북쪽에 위치한 두강언으로 향하는 관도 역시 평탄한 편이다. 만약 약선이 두강언으로 향한다면 사흘 정도면 닿으리라.

하지만 약선은 평원이 아니라 산을 찾아 헤매는 이. 청성산으로 바로 향할 리 없다. 아마도 대읍 쪽으로 향해 자그마한 산들을 지나 청성산으로 향할 것이다.

그렇다면 하루면 관도를 벗어나 산에 들 수 있다.

그리고 그것은 자신에게도 이득이 된다.

"오뢰마기는 들으라. 지금부터 제이계를 시행한다. 오뢰마기는 약선의 주위에서 떠나지 말라. 비뢰각의 각 조원은 청성산으로 먼저 출발한다. 다만 산 아래에 대기하여 움직이지 않게 하라. 청성파의 영역이니 가까이 하지 않는 것이 좋으리라. 조장들은 어디 있나?"

"구파일방의 쥐새끼들의 눈에 띈 둘이 자진했습니다. 흔적을 남기지 않았으니 구파일방의 의심을 사지는 않았습니다. 그 외 총 사십팔 명은 무사히 도착하여 성도 밖에서 대기 중입니다.”

마영귀가 고개를 끄덕였다.

“늦어도 내일 안에 약선은 산으로 진입할 것이다. 관도에서 사냥을 하기는 쉽지 않을 터, 약선이 산에 진입하기 전에는 행동을 금한다. 내일 구파일방의 쥐새끼들을 사냥한다.”

“존명!”

마영귀는 고개를 끄덕였다. 내려야 할 모든 명령이 끝났으니 이제는 행동만이 남은 셈이다.

“이번의 일은 주군의 목숨이 달린 일, 목숨을 버릴 각오로 임하라.”

마영귀가 무표정한 얼굴로 말했다.

“지금부터 시작한다.”

*　　　*　　　*

여행은 순탄했다. 관도는 평탄했고 걷기도 좋았다. 해는 덥지도 춥지도 않은 빛을 뿌렸으며 서늘한 바람이 그나마 흘리던 땀마저 식혀주었다.

본래부터 뼈마디가 굵고 튼튼했던 이시진은 노구에도 불구하고 쾌활하게 걸음을 옮겼다. 그는 근처의 풀을 예의 주시하며 걷고 있었지만 그 속도는 빨랐다.

그 뒤로 혜월이 걷고 있었다. 혜월은 본래부터 무림인. 체력으로 따지자면 모자람이 없다.

이시진이나 혜월과는 비교도 되지 않는 체력을 가진 의현 역시 조금도 지치지 않은 모습으로 발걸음을 재촉했다. 그는 한 가지만 빼고는 모든 것이 마음에 들었다.

그의 마음에 들지 않는 한 가지 사실은 바로 입이 심심하다는 것이었다.

의현은 묵묵히 걸음을 옮기는 혜월을 바라보았다. 저 여자는 육포를 가지고 있다. 그리고 육포는 맛있다.

마음을 굳힌 의현이 혜월에게로 걸어갔다. 혜월은 의아한 얼굴로, 그리고 경계심 어린 얼굴로 의현을 바라보며 침을 꿀꺽 삼켰다.

곧 의현이 차가운 어조로 명령했다. 평생 동안 명령만 내렸던 사람처럼 자연스러운 어조였다.

"육포를 내놔라, 여자."

"뭐… 요?"

혜월의 얼굴이 당혹으로 물들어갔다. 그녀는 어이없다는 듯한 얼굴로 의현을 보다가 곧 입을 한일자로 굳게 다물었다.

'지금 내게 명령한 건가?'

그녀의 눈빛이 얼음장보다도 냉정하게 변해갔다. 그녀는 무림인. 자신의 명예를 무시당하고 가만있을 사람이 아니다. 그녀는 화가 치솟아오르는 것을 느끼곤 입술을 깨물었다.

'무례하게……'

"싫습니다."

혜월이 의현의 눈을 똑바로 주시하며 말했다. 의현은 그런 혜월의 눈빛이 도전적이라고 생각했다. 그 짐작은 정확한 것이었다.

'때릴까?

도전적인 눈빛이 싫었던 의현이 잠시 고민해 보았다. 그리고는 곧 그 방식이 마음에 들지 않는다고 생각했다.

그래서 의현은 대화를 다시 시도해 보기로 했다. 곧 의현이 조금 더 딱딱하게 얼굴을 굳힌 다음 위협적으로 입을 열었다.

"내놔라!"

"싫습니다."

혜월이 다시 거부했다. 의현은 심각한 눈으로 혜월을 노려보았고, 그래서 둘 사이에서 오묘한 기운이 흘러나오게 되었다. 그 기운은 제갈현중에게도 생생하게 느껴졌다.

제갈현중은 침을 꿀꺽 삼켰다. 이러다가 서로 얼굴을 붉히는 사태가 벌어지고 말겠다. 앞으로 함께 여행을 할 처지인데 벌써부터 싸움이 생겨서는 안 된다.

어떻게든 말려야겠다고 마음먹은 제갈현중이 조심조심 입을 열었다.

"저기… 이제 함께 여행을 하게 될 터인데 이렇듯 으르렁거리는 것은 문제가 되지 않겠습니까? 본래 불가에서는 세상만사를 인연이라 하여 옷깃만 스쳐도 큰 인연으로 치부하곤

한답니다. 전생에 몇 번이나 만났기에 이렇듯 현세에서 다시 인연을 맺을까 하고 생각해 보십시오. 참으로 신기하지 않습니까? 저는 비록 불가의 제자는 아니지만 그 말에 크게 감동을 받았답니다."

의현이 제갈현중의 수다를 들으며 다시 고민했다.

'때릴까?'

의현의 시선에 까닭없는 공포를 느꼈던 제갈현중이 침을 꿀꺽 삼키고는 다시 입을 열 무렵이었다. 사태를 관망하던 이시진이 불쑥 끼어들었다.

"그 말이 맞다, 의현아. 그러니 육포는 곱게 포기하거라. 혜월 소저 역시 명심해 두시게. 의현은 나의 길동무라네."

이시진이 둘을 번갈아 바라보았다.

"그러니 소저는 의현에게 괜한 시비를 걸지 말게. 자네 봇짐 속에 건량이야 많질 않나."

만약 시비가 붙어 비무라도 벌이게 되면 혜월의 생명이 위험하다. 의현이 힘을 제어하지 못해 공중으로 치솟아오를지도 모르지만 만약 공격에 성공한다면 혜월은 즉사다.

"예, 어르신."

혜월이 무덤덤한 어조로 고개를 끄덕였다. 제갈현중은 일단 기묘한 기류가 사라진 것이 다행이라고 생각하며 가슴을 쓸어내린 다음, 이 사태를 단번에 진정시킨 약선을 존경 어린 눈으로 바라보았다.

"대단하십니다, 어르신."

"음? 으하핫, 이게 바로 관록이라네."

이시진이 거들먹거리며 중얼거렸다. 그리고는 너털웃음을
지으며 걸음을 옮겼다.

"한 시진 정도만 더 걷다가 자리를 잡는 게 좋겠구먼. 곧
산에 들게 될 터이니 푹 쉬어둬야 될 게야. 그러니 둘 다 얼굴
은 그만 붉히고 걷기나 하게."

"예, 어르신."

혜월은 이시진의 뒷모습을 향해 머리를 숙여 보인 다음 의
현을 무시하겠다는 듯 고개를 홱 돌리고 앞으로 걸어나갔다.

의현 역시 그녀에게서 관심을 떼었다. 하지만 걸음을 옮기
지는 않았다. 그는 차분한 얼굴로 주위에서 느껴지는 바람을
맞이했다.

'누군가 온다.'

누구지? 예전에 느껴지던 시선들과 다르다. 그 시선들이
낯설었다면 이 시선은 익숙하다.

의현은 잠시 뒤로 고개를 돌렸다.

그리고 무언가를 생각하는 듯하더니 이내 걸음을 옮겨 약
선의 뒤를 쫓았다.

노숙은 그다지 쉬운 일은 아니다. 땅을 침상 삼고 하늘을
이불 삼는다고 운치있게 표현할 수도 있겠지만, 사실 차가운

바닥에 등을 대고 눕는 것은 운치있다기보다는 괴로운 일에 속한다.

제갈현중의 경우에는 특히 그랬다. 노숙의 경험이 풍부한 약선 이시진이나 혜월과는 달리 제갈현중은 등이 배겨 쉽게 잠을 이루지 못했다.

어쩌면 그것은 대화 한마디 없는 혜월과 의현 때문일지도 몰랐다. 의현은 잠자리에 들 때까지 육포를 얻지 못한 결과로 혜월이 몹시 얄밉다는 생각을 확고히 하게 되었고, 혜월은 혜월 나름대로 의현의 정보를 알아내기 위해 혈안이 되어 있었다.

덕택에 제갈현중은 그들이 혹여 얼굴을 붉히며 싸우지는 않을까 걱정하며 밤을 지새워야 했다.

거기에 엎친 데 덮친 격으로, 오늘부터 걸어야 할 길은 평탄한 관도가 아니라 거친 산길이었다.

"힘듭니다."

경사진 산길을 오르던 제갈현중이 잠시 걸음을 멈추고는 대단히 지친 어조로 말했다. 잠도 제대로 자지 못했고, 얼굴을 씻기는커녕 물에 적신 천으로 닦는 것도 제대로 하지 못했다. 그렇게 급히 떠난 산길은 너무나도 거칠었다.

걸음을 멈춘 제갈현중은 시무룩한 눈으로 좁은 산길을 잘도 걸어가는 이시진과 의현을 바라보았다.

뭘 먹고 살았는지 늙은 몸에도 불구하고 이시진은 기운이 넘쳤다. 그는 기운차게 걸음을 옮기면서도 주위를 둘러보며 탄성을 내질렀다.

"오, 저기에 맥문동(麥門冬)이 있구나!"

보라색의 아름다운 꽃을 발견한 이시진이 얼른 그늘진 구석으로 달려갔다.

"그게 뭔가?"

이시진의 뒤만 졸졸 따라다니던 의현이 질문했다. 이시진이 호미를 맥문동의 뿌리로 가져가며 답변했다.

"맥문동은 다른 말로 맥문아재비라고 한단다. 백합류의 꽃이지. 약간 서늘한 기운을 품고 있는 약재다. 피로를 회복하는 데 좋고 이뇨 작용을 한단다."

곧 이시진이 맥문동을 무사히 캐냈다. 그리고는 걱정스러운 얼굴로 망태기를 돌아보았다. 망태기 속은 텅 비어 있었지만 자잘한 약초들을 캐가자면 한도 끝도 없으니 곧 꽉 차게 되리라.

이시진은 조금은 씁쓸해진 얼굴로 중얼거렸다.

"혹여 보지 못한 약재가 있으면 캐가되, 자잘한 약재는 그냥 보는 것으로 넘어가야겠구나. 웃―차!"

짧은 신음과 함께 몸을 일으킨 이시진이 다시 걸음을 옮겼다. 의현은 맥문동을 자세히 살피는 듯하더니 이시진의 뒤를 따랐다.

약초를 캐는 짧은 시간 동안 안심한 듯 쉬던 제갈현중은 울상이 되었다. 이렇게나 빨리 다시 출발할 줄은 몰랐다. 그는 혜월을 졸라보기로 마음먹었다.

"단주님, 단주님, 저는 힘듭니다. 쉬었다 가는 게 어떨까요?"

혜월이 대단히 딱딱한 어조로 대답했다.

"약선 어르신께서 쉬지 않는 한 우리도 쉬지 않는다."

"그럼 제가 약선 어르신께 쉬겠다고 고해보면……."

"아니 된다."

이시진의 행보에 방해가 되어서는 안 된다. 차라리 몸이 노곤해지는 것이 나으리라.

"가자."

"네."

제갈현중이 시무룩하게 대답했다. 그리고 자신만 내버려두고 바삐 걸음을 옮기는 혜월을 섭섭한 듯 바라보고는 애써 그 뒤를 따랐다.

뱁새가 황새를 쫓아가면 가랑이가 찢어진다고 하던가.

성큼성큼 걷는 혜월을 따라가는 제갈현중은 혜월보다 두 배는 빨리 발을 놀려야 했고, 그래서 두 배로 빨리 지쳐야 했다.

"같이 가요!"

제갈현중이 애타게 혜월을 부르며 그 뒤를 쫓았다.

이시진과 의현, 혜월의 뒤를 이어 제갈현중마저 자리를 떠나자 산길에 고요가 깃들었다. 산새들이 푸드덕거리는 소리나 바람에 나뭇잎이 사부작거리는 소리 외에는 아무 소리도 들리지 않았다.

그러나 산은 흔들리고 있었다. 아무 소리도 들리지 않았지만 그것은 약선을 쫓은 구파일방의 무인들이 신형을 날린 때문이었다.

흔들림은 곧 멈추었다.

하지만 산은 또 다른 흔들림을 겪어야 했다.

구파일방의 무인들이 사라진 자리에 흑의복면인이 나타난 것이다.

흑의복면인은 차가운 눈빛으로 주위를 주시했다. 제일 먼저 약선의 일행이 지나갔고, 그 뒤로 구파일방의 무인들이 지나갔다.

산개한 구파일방의 무인들을 사냥하는 것은 그리 어렵지 않은 일. 그들이 모여 있다면 큰 위협이 될 터이나 각개격파한다면 위협의 수위는 한층 낮아진다.

게다가 이쪽의 인원이 세 배 가까이 많으니 무인들을 사냥하는 데는 아무 지장이 없으리라.

흑의복면인은 약선을 따라간 오뢰마기와 비뢰각주 마영귀를 생각하며 다시 신형을 날렸다.

혜월을 쫓느라 녹초가 된 제갈현중이 당기는 다리를 억지로 놀리며 애처롭게 외쳤다.

"같이, 헤엑! 좀 가요!"

제갈현중은 거세게 숨을 몰아쉬었다. 혜월은 보조를 맞추려는 듯 잠시 걸음을 멈추었다가 제갈현중이 도착할 때쯤 다시 몸을 움직였다.

겨우겨우 일행의 뒤를 따라온 제갈현중의 귓가에 이시진의 중얼거림이 들려왔다.

"저것이 바로 시호(柴胡)다. 미나리 종류 중의 하나인데, 강활과 비슷한 듯하나 효능이 다르지."

이시진이 한 떨기 수풀을 가리키며 의현에게 설명했다. 이시진과 함께 걷던 의현이 주의 깊게 설명을 들으며 질문했다.

"뭐가 다른가, 시진."

"시호는……."

이시진이 설명하려 입을 열 때였다. 둘의 잰걸음을 쫓지 못해 숨을 헐떡이던 제갈현중이 의현의 질문을 들었는지 대신 대답했다.

"시호는 가슴이 답답하고, 헤엑, 숨을 쉬기가 곤란한 호흡병에… 어이구, 힘들다. 그러니까 호흡 병에 씁니다. 뿌리가 약재로 소용되고, 헤엑, 성질이 미한하고, 흉협고만(胸脇苦滿)에 좋지요. 헤엑, 조금만 천천히 가면 안 되나요?"

물론 제갈현중은 아는 척을 하고 싶었던 것이 아니었다. 그는 이 기회를 틈타 약선에게 쉬자고 권할 참이었다.

"오, 약재에 대해 조금은 아나 보군?"

반가운 얼굴로 뒤를 돌아본 이시진이 말했다. 제갈현중이 거친 숨을 수습하려 애쓰며 대답했다.

"그저, 헤엑, 책으로만 보았습니다. 헤엑, 그렇게 생긴 풀이로군요. 헤엑."

"그렇네. 이게 바로 시호지."

사뭇 대견하다는 듯 제갈현중을 보던 이시진이 그의 몰골을 확인하고는 안쓰러운 표정을 지었다.

"많이 힘든가, 제갈 소협?"

"네, 엄청 힘듭니다."

제갈현중이 얼른 고개를 끄덕였다. 그 눈에는 기대감이 가득했다. 힘들다고 하면 쉬자고 말하실지도 모른다.

그 의도를 읽은 듯 이시진이 너털웃음을 터뜨리며 제갈현중의 어깨를 두드렸다.

"그래, 이쯤에서 쉬었다 가지. 이것 보게. 경치가 아름답지 않은가?"

이시진이 자랑스레 너른 산을 가리켰다. 제갈현중은 물론 의현과 혜월까지도 산을 돌아보았다.

산의 풍경은 과연 대단했다. 높은 곳에서 보기 때문일까? 초록빛 수해가 바람에 흔들리며 일렁였다. 굽이굽이 산길이 아름답게 보였다.

"허헛, 잠시 쉬며 산경이라도 관람하게나, 나는 잠시 근방을 둘러볼 터이니."

"예? 홀로 가십니까?"

조용히 서 있던 혜월이 당혹스러운 얼굴로 이시진을 돌아보았다.

"멀리 가진 않아. 걱정 말게나. 근방이나 둘러볼 참이네."

"아, 그렇군요."

약초를 캐려면 산을 훑어보아야 한다. 혜월은 알았다는 듯 이시진에게서 시선을 떼었다. 산의 풍경이 다시 혜월의 눈으로 파고들었다.

혜월과 함께 산을 구경하던 의현은 금세 산에서 흥미를 잃어버리곤 땅을 내려다보았다.

"음?"

구석진 땅에는 조금 전 보았던 맥문동이라는 풀이 자라나고 있었다. 의현의 눈빛이 조금 심유해졌다.

'파자.'

의현은 땅을 헤집어 맥문동을 파내었다. 땅을 조금 파낸 다음 쑥 뽑으면 된다. 의현은 손으로 땅을 대충 파헤친 다음 맥문동의 웃뿌리를 두 손가락으로 잡았다.

그리고 즙을 짜냈다.

'잘 안 됐군.'

힘을 제어하지 못했기 때문일까? 맥문동의 뿌리는 많이 망가지고 말았다. 의현은 다시 땅을 조금 더 판 다음, 이번에는 억지로 힘을 주지 않고 맥문동을 뽑아냈다.

'됐다.'

무사히 뽑힌—웃뿌리가 박살 난 것만 빼면—맥문동을 보고 흡족해진 의현이 그것을 들고 이시진에게로 걸어갔다.

"음?"

주위의 수풀을 예의 주시하던 이시진이 의아한 얼굴로 의현을 돌아보았다. 의현은 자못 당당한 표정으로 손에 든 맥문동을 내밀었다. 마치 주군이 신하에게 보물을 하사하는 듯한 모습이었다.

"이걸 주마, 시진."

대단히 당당하게 내밀어진 맥문동을 바라본 이시진은 한숨을 내쉬고 싶은 심정이 되었다. 약초가 걸레가 되어 있다.

"잔뿌리가 다 손상되고 뿌리에 흠집이 갔구나. 이런 약초를 어디다 쓰겠느냐."

의현이 무덤덤한 눈으로 약초를 내려다보았다. 이건 못 쓴단다. 다시 약초를 보니 과연 웃뿌리가 망가져 즙이 새어 나오고 곁뿌리가 듬성듬성 잘린 것이 못 쓸 것 같기도 하다.

"그럼 버리지."

의현은 미련없이 약초를 휘익 던지고는 몸을 돌렸다.

이시진은 왠지 자신이 무시당한 것 같다고 생각했다. 의현의 행동에 담긴 느낌이 뭔가 대단히 불쾌하다.

“네… 네 이놈!”

이시진이 잔소리를 퍼부으려 입을 열 때였다.

의현의 걸음이 멈추어졌다. 그리고는 뭔가를 느꼈는지 잔잔한 산의 풍경으로 시선을 돌렸다.

“음?”

의현은 이시진이 불타는 듯한 눈으로 노려보는 것은 신경도 쓰지 않았다. 방금 뭔가 이상한 기척이 잡힌 것이다.

그리고 기척과 동시에 기묘한 냄새가 난다. 비리고 조금은 쉿기나 나는 냄새.

‘피 냄새?’

시선을 돌린 의현은 멀찍이 나무가 흔들리는 것을 보았다. 마치 바람에 흔들리는 듯 부드러운 움직임이었다. 주위의 나무 역시 흔들리고 있었기에 특별해 보이지도 않았다.

하지만 저기서 한 생명이 사라졌다. 자신과 이시진을 노려보던 시선도 하나 사라졌다.

사부작―

또다시 바람에 나무가 흔들렸다. 의현은 시선을 돌려 또 다른 장소를 바라보았다.

“또……?”

또다시 나무가 한 그루 흔들리는 것이 보였다. 이번에는 바람에 흔들리는 나무들과 정반대 방향으로 흔들렸기에 확실히 알 수 있었다.

의현의 귓가에 아주 작은 신음 소리가 들리는 듯했다. 그 신음은 곧 사라졌고, 그래서 의현은 자신을 감시하는 시선이 또 하나 사라졌다는 것을 깨달았다.

사부작—

바람에 일렁인 수해가 넘실거렸다. 그리고 수많은 나무들이 동시에 흔들리기 시작했다. 동시다발적으로 흔들리는 나무들 덕택에 의현은 잠시 혼란을 느꼈다.

의현은 멍하니 바람을 맞으며 주위를 둘러보기 시작했다.

주위에서 벌어지고 있는 일은 바로 사냥이었다.

＊　　　＊　　　＊

의현이 바라보고 있던 산의 귀퉁이에서는 한 사내가 가슴팍을 부여잡은 채 쓰러져 있었다.

"큭! 쿨럭!"

종남파의 도복을 입은 사내가 거센 기침을 내뱉었다. 나무 밑동에 기댄 몸은 꼼짝할 기운도 없는 듯 늘어져 있었다. 아니, 꼼짝 못하는 것이 당연하리라. 그 가슴팍에 커다란 구멍이 뚫려 있었으니.

"쿨럭! 컥!"

밭은기침의 끝에서 마침내 피가 배어 나왔다. 그 피를 보자 종남의 문인은 자신의 생명이 끝나간다는 것을 느꼈다.

그는 마지막 불꽃을 피워 올리며 자신을 바라보는 흑의복
면인을 바라보았다.

"누… 누구……?"

생의 마지막에 품었던 것은 호기심이었다. 흑의복면인은
차가운 눈길로 종남파 문인의 죽음을 주시했다. 어차피 죽음
을 맞는 마당에 숨길 것이 무엇이 있으랴!

"남패천."

흑의복면인은 짧게 중얼거리고는 몸을 돌렸다. 그의 머릿
속에 비뢰각주의 명령이 떠올랐다.

'각 목표를 사냥하고 나면 오뢰마기와 합류한다.'

흑의복면인은 산의 정상을 향해 몸을 날렸다.

마침내 죽음이 찾아와 사내의 눈을 가렸다. 사내는 흑의복
면인의 뒷모습을 향해 눈을 부릅떠 보았지만 더 이상은 아무
것도 볼 수 없었다.

*   *   *

의현이 멍하니 중얼거렸다.

"또 하나……."

또 한 그루의 나무가 흔들렸다. 그리고 그 아래에서 한 목숨
이 또 다른 목숨을 빼앗았다. 무엇이었을까? 왜 저러는 것일까?

'낯이 익어.'

돌아오지 않은 기억 덕택에 누군지는 모르겠지만 왠지 모르게 알 듯한 기분이 든다. 생명을 빼앗은 쪽의 기운은 확실히 익숙했다.

"음? 의현 소협, 또 하나라니요?"

제갈현중이 의아한 얼굴로 의현을 돌아보았다.

의현은 아무런 대답 없이 시선을 돌려 동쪽 구석의 산 귀퉁이를 바라보았다.

*　　　*　　　*

종남파의 문인이 겪은 죽음은 다른 문파의 제자들에게도 찾아왔다. 아미의 여승은 마침내 부처를 뵐 수 있었고, 결국 윤회로 돌아갔다. 도의 끝자락을 보지 못하고 목숨을 잃게 된 화산파의 도인은 검을 어루만지며 눈을 감아야 했다.

그것이 동시다발적으로 일어났기에 무량검 현천자는 그들의 죽음을 짐작하지 못했다.

서격―!

현천자와 일수를 나눈 흑의복면인은 듣지 못할 소리가 울려 퍼졌다. 자신의 팔이 베이는 소리는 그 어떤 소리보다도 컸다.

현천자는 도호를 읊조렸다.

"무량수불……."

현천자는 천천히 검을 쥔 손을 늘어뜨렸다. 팔을 베일 때

혈맥에 손상을 입었는지 기운이 잘 이어지지 않는다. 현천자는 왼손으로 어깨를 부여잡았다.

흑의복면인은 무감정한 시선으로 그런 현천자를 노려보았다. 그리고는 그의 죽음을 알리는 말을 내뱉었다.

"이제 그만 가거라."

"후우—"

현천자는 긴 한숨으로 흑의복면인의 말을 끊었다. 그리고 차분한 눈으로 검을 패검하고는 흑의복면인에게서 시선을 떼었다.

복면 속의 얼굴이 형편없이 구겨졌다.

"도대체 무슨 짓… 큭! 쿨럭!"

복면인의 입에서 경악 어린 신음성이 튀어나왔다. 갑작스레 혈도가 가닥가닥 끊어지는 것이다. 호흡도 조금씩 사라져 간다.

"치, 침투경?"

검을 마주칠 때 내기를 주입했던가? 자신의 혈맥을 끊을 만큼? 그런데도 몰랐다고?

흑의복면인이 무릎을 털썩 끊었다. 사지는 이미 그의 뜻대로 움직이지 않았다. 하지만 뇌는 아직 사고하고 있었고, 그 사고는 자신을 공격한 무공이 무엇인지 짐작해 냈다. 검을 마주칠 때 현천자의 좌장이 빠르게 움직였었다.

"십단금……."

흑의복면인이 털썩 쓰러졌다.

현천자는 그런 복면인을 흘끗 돌아보았다. 그리고 눈을 부드럽게 감고는 도호를 읊조렸다.

"무량수불."

과연 무당 내에서도 금기시하는 무공이다. 고작 삼성의 경지에 이른 십단금이었거늘 상대의 목숨을 빼앗는 데는 지장이 없었다.

복면인에게서 시선을 뗀 현천자가 날카로운 눈으로 사위를 주시했다. 산은 고즈넉한 바람을 품은 채 일렁이고 있을 뿐이었지만 그 속에서 수많은 목숨이 사라졌다는 것을 짐작할 수 있다.

'약선의제는 어찌해야 하는가.'

침중한 얼굴의 현천자가 생각에 빠져들었다. 상대가 누군지는 이미 짐작하고도 남았다. 남패천.

"으음……."

또한 약선을 노리고 보낸 무사라면 남패천 내에서도 고수일 것이 분명하다. 일개 졸개의 무공만 봐도 알 수 있다. 물리치긴 했으나 큰 손해를 입고 말았다. 이 상태로 약선을 보호하러 가보았자 무슨 도움이 되겠는가!

하지만 그렇다고 이대로 몸을 뺄 수는 없다.

"후우—"

짧은 상념에서 깨어난 현천자가 눈을 떴다. 자신이 어찌해야 할지 결정한 것이다. 근처에 청성파가 있다. 자신이 해야 할 일은 청성산에 구원을 요청하는 것. 혹여 약선의제가 납치되었다면 그를 구원할 구출대를 조직하는 것.

현천자는 내기를 끌어올려 용천혈로 보내었다.

'부디 무사하시오, 약선.'

우려 섞인 시선으로 멀리 서 있는 약선을 주시하던 현천자가 이번에는 그 옆의 청년을 바라보았다. 현천자의 눈이 차갑게 변해갔다.

'그대의 소속이 남패천이 아니기를 바라지.'

곧 현천자의 신형이 사라졌다.

*   *   *

"두 명……."

멍하니 산을 바라보던 의현이 중얼거렸다. 살아남은 시선은 단 두 개뿐이다. 그리고 그 두 개의 시선은 서로 같은 생각을 했는지 뒤로 열심히 도망가고 있었다.

제갈현중이 순진해 보이는 눈으로 의현에게 질문했다.

"의현 소협, 두 명이라니요? 아까는 또 하나라고 하시더니……."

제갈현중은 아무 낌새도 느끼지 못했다. 그는 약선을 따라 산에 오르는 것이 힘들다고 생각할 뿐 자신을 향해 오는 위기는 짐작도 못하고 있었다.

의현이 초점이 흐려진 눈으로 제갈현중을 바라보았다. 제갈현중은 고개를 갸웃했다.

"저… 왜 그렇게 보시나요?"

의현의 시선에 부끄러워진 제갈현중이 얼굴을 다소곳이 숙이며 더듬더듬거렸다. 의현은 그런 제갈현중에게서 시선을 떼어 이번에는 혜월을 돌아보았다.

과연 혜월은 달랐다. 그녀는 뭔가를 느낀 듯했다. 의현처럼 자세히 느낀 것은 아니었지만 생사의 위기를 건너온 덕택에 생긴 본능이 그녀를 가로막았다.

"뭐지?"

혜월의 시선이 불안한 듯 흔들렸다.

의현은 다시 산을 돌아보았다. 자신을 바라보던 시선들을 모두 죽인 사람들은 이제 커다란 원을 그리듯 산을 둘러싸고는 천천히 자신 쪽으로 다가오고 있다.

그 순간 짧은 두통이 다가왔다. 두통은 한 가지 기억을 남겨놓고 빠르게 사라졌다. 자신을 둘러싼 저걸 뭐라고 부르지? 포위망. 그것은 왜 만들지? 누군가를 죽이려고.

위기감 때문일까? 그의 감각이 훨씬 예리해졌다. 예리해진 감각은 왼쪽 방향의 이십 장 너머에 숨어 있는 사람들의 기척을 잡아내었다.

조금은 차가워진 눈길로 의현이 왼쪽을 돌아보았다.

'다섯… 아니, 여섯.'

여섯 명이 자신의 근처에 와 있다.

상황을 모두 읽어낸 의현이 이시진을 돌아보았다.

"시진."

"음? 왜 그러느냐?"

구석에서 싱아를 따 입 안을 적시던 이시진이 의아한 얼굴로 의현을 돌아보았다.

"누가 오고 있다."

"누가? 이 산에?"

이해하지 못할 소리에 이시진의 미간이 찌푸려졌다.

"모른다."

"으음."

혜월이 신음성을 내뱉었다. 본래부터 불안한 기분을 느끼고 있던 참이다. 선자불래 내자불선이라……. 선한 자는 오지 않고 오는 자는 선하지 아니하리라.

그녀는 일단 약선의 위치를 확인한 다음, 불안한 기색으로 주위를 둘러보았다. 불길한 느낌이 현실로 오는 기분은 결코 달갑지 않았다.

어쩌면 남패천일지도 모른다.

'제기랄, 예상보다 훨씬 빠르군. 합류한 지 이틀도 지나지 않았는데.'

혜월은 재빨리 머리를 굴렸다. 만약 누군가가 오고 있다는 것이 맞고, 그리고 그 누군가가 무력을 가지고 있다면 서둘러 구파일방의 무력을 이용해야 한다.

혜월은 구파일방의 무인들을 불러 모으기 위해 머리를 굴렸다.

'신호… 신호로 알릴 만한 것이……'

마치 그녀의 생각을 읽은 듯 의현이 중얼거렸다.

"그 사람들은 아주 많다. 그들이 우리를 보던 사람들을 다 죽였다."

"뭐라고요?!"

왠지 모를 위기감에 구파일방의 무인들을 소환하려 했던 혜월이 뾰족한 비명을 터뜨렸다.

"그럴 리가……?"

혜월의 낯빛은 창백했다. 하지만 그녀는 불안감을 느끼면서도 의현의 말을 믿지 못했다.

"거짓말하지 마세요, 소협."

구파일방의 무인은 한두 명이 아니다. 그들이 모두 죽었을 리 없다. 남패천이 강호의 시선을 무시해 많은 인원을 보내지 않는 한.

'잠깐. 그런데 저자는 어떻게 그걸 알지?

그녀의 눈빛에 의심의 기운이 어렸다.

"다 죽진 않았다. 두 명이 살아남았더군. 그 두 명은 도망갔고."

의현이 무감정한 얼굴로 중얼거렸다.

제갈현중은 이제야 불길한 낌새를 챘는지 흔들리는 눈으로 사위를 둘러보았다. 말을 듣고 보니 누가 자신을 지켜보는 기분이 든다.

겁에 질린 제갈현중은 혜월의 곁으로 슬금슬금 걸어갔다. 이제 혜월 소저 옆에서 떨어지지 말아야지.

이시진은 천천히 몸을 일으켰다. 이시진의 머릿속이 빠르게 돌아갔다. 자신을 노리고 있다는 말을 진지하게 듣지 않았건만 사태는 예상보다 심각한가 보다.

"남패천이라고 생각하나, 혜월?"

혜월은 대답하지 않았다.

산이 정지했기 때문이다. 산새들의 울음도, 풀벌레들의 찌르륵거리는 소리도 멈추었다. 사람은 인기척을 느끼지 못하지만 미물들은 놓치지 않는 법.

누군가가 근처에 와 있다.

의현 역시 상황을 깨달은 듯 표정을 딱딱하게 굳혔다.

"그리고 여섯 명이 우리를 지켜보고 있다."

"누, 누군데요?"

겁에 질린 제갈현중이 더듬더듬 질문할 때였다.

혜월이 날카로운 눈으로 의현을 바라보았다.

"어떻게 알지?"

의현은 아무런 대답을 하지 않았다.

혜월은 의심을 더욱 굳히며 허리춤으로 손을 가져갔다. 그녀의 목숨을 수십 번도 넘게 구했던 사십 개의 비도 중 한 자루가 손에 잡혔다.

"어떻게 알지? 대답해."

혜월의 머릿속이 빠르게 돌아갔다. 만약 저자가 남패천의 무인이라면 자신에게 정보를 알려줄 리 없다. 게다가 자신의 판단에 따르면 저자는 악인이 아니다.

하지만 모든 것을 알고 있기도 하다.

"넌… 누구지? 어떻게 안 거야?"

"나는……."

의현은 혜월의 눈을 살펴보았다. 저 눈에 깃든 것은 의심. 왜 나를 의심하는 걸까?

의현은 아무런 대답 없이 뒤를 돌아보았다.

이십 장 밖에서 여섯 개의 인영이 솟아올랐다. 혜월은 미처 느끼지 못했던 곳에서 사람이 튀어나오자 눈을 부릅떴다.

"기운이 익숙해. 너희는… 누구지?"

"도망쳐어!!"

의현의 중얼거림과 동시에 혜월이 찢어지는 듯한 비명을 질렀다.

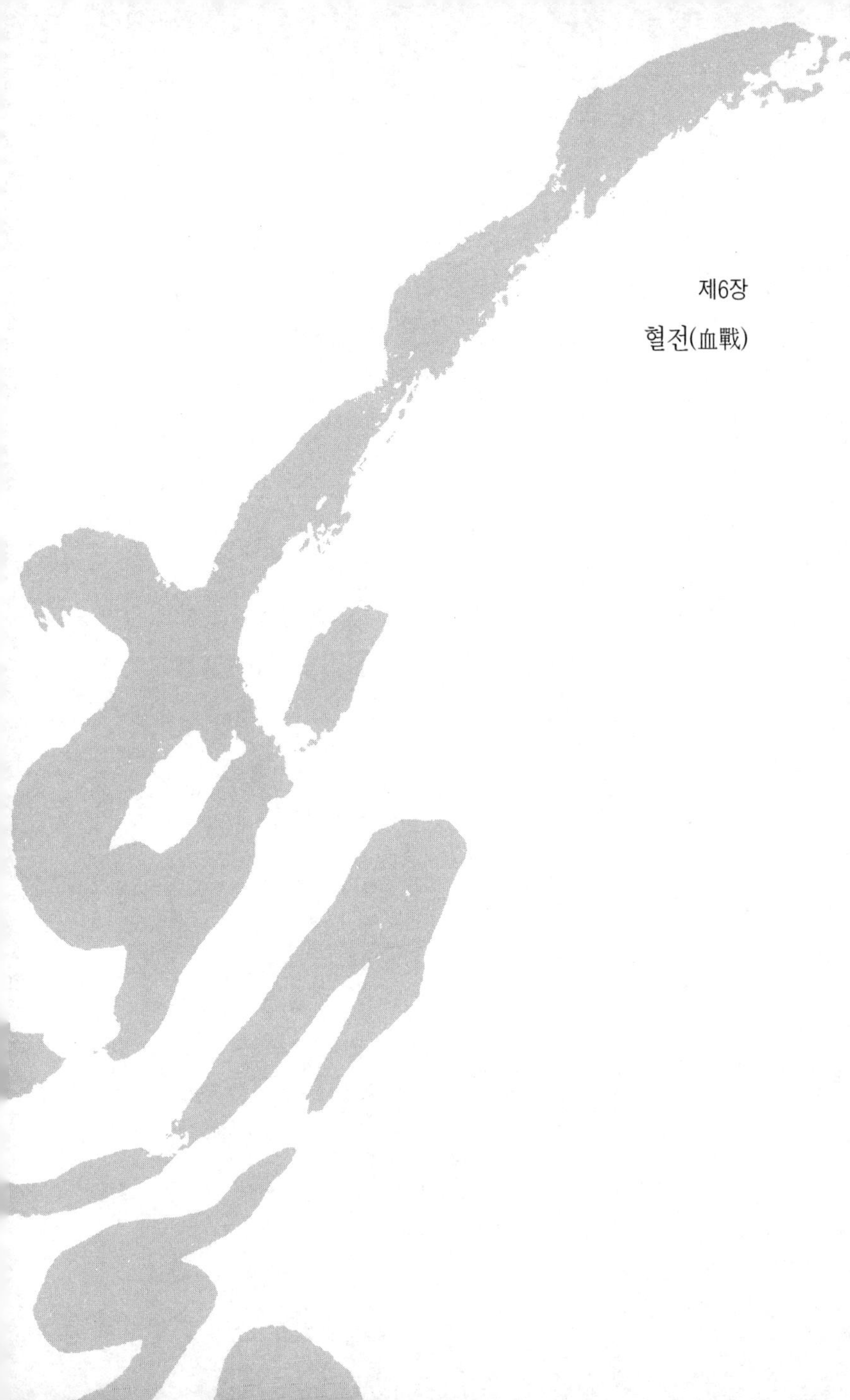

제6장

혈전(血戰)

혜월은 황급히 약선에게로 달려갔다. 저들의 목표는 약선. 당장 약선부터 보호해야 한다. 당황한 약선은 몸이 굳었는지 뻣뻣하게 서 있다가 혜월이 그를 붙잡고 달려갈 때에야 정신이 들었는지 입을 열었다.

"이게 무슨 일인가? 저들은 누구지?"

"모릅니다! 하나 일단 몸을 피하셔야 합니다!"

무공을 모르는 약선을 모시고 달리려니 속도가 나질 않는다. 혜월은 잇소리를 내며 약선에게 외쳤다.

"죄송합니다, 어르신!"

"응? 뭐가 죄송… 헉!"

혜월의 뒤를 따라 달리던 이시진이 당혹스러운 신음을 내뱉었다. 혜월이 갑자기 자신을 들쳐 멘 것이다. 하마터면 망태기를 떨어뜨릴 뻔했다.

"이건 안 돼!"

이시진은 당황 속에서도 망태기를 꼬옥 쥐었다. 그 속에는 수많은 약초와 약이 있다. 사소한 약부터 시작해서 해독제, 그리고 강호인들이 흔히 영약이라고 부르는 약까지.

혜월의 어깨 위에서 겨우겨우 망태기를 다잡은 이시진이 외쳤다.

"이보게, 이게 무슨 짓인가?! 의현은……?!"

이시진이 무어라 입을 열 무렵이었다. 혜월이 있는 힘껏 소리를 질렀다.

"제갈현중! 따라와라!"

"으아아앗!"

제갈현중은 비명을 지르며 혜월을 향해 달렸다. 이시진을 들쳐 멘 혜월은 당혹스러운 심정을 느껴야 했다. 제길, 저 녀석은 머리에 든 것이 많을진 몰라도 몸은 둔하기 짝이 없다.

"네 목숨까지 신경 쓰지 못해! 그러니까 살려면 뛰어!"

제갈현중은 잠시 당황한 듯했다. 혜월이 자신을 버리고 달리려는 것을 보니 섭섭한 마음을 금할 길이 없다. 하지만 제갈현중은 '같이 가요!' 라고 외치지는 않았다. 그 역시 강호에서 약선이 가지는 무게를 잘 아는 탓이었다.

"알았어요!"

혜월은 서운한 기색과 각오 어린 기색이 동시에 떠오른 제갈현중의 얼굴에서 시선을 돌리고는 다시 앞을 주시했다.

'혹여 앞에 누군가 있다면……'

남패천에서는 구파일방의 무인들을 제거하기 위해 수많은 무인을 동원했을 것이다. 그렇다면 지금 그들은 약선을 향해 달려오고 있을 확률이 높다.

약선을 들쳐 멘 혜월과 제갈현중은 최대한 빠른 속도로 앞으로 달려나가기 시작했다.

그동안 의현은 움직이지 않았다. 그는 자신을 향해 빠르게 달려오는 여섯 개의 인영을 바라보며 눈을 빛내고 있었다.

"누군가, 너희들은?"

의현은 두려움을 느끼지 않았다. 왜인지는 스스로도 알지 못했다. 다만 저들이 자신에게 위협이 되지 못한다는 것을 알 뿐이다.

여섯 개의 인영 중 가장 앞서 달리던 마영귀가 차가운 미소를 지었다.

"오뢰마기! 이 애송이를 죽이고 합류하라!"

"존명!"

뒤따라오던 다섯 개의 인영이 한목소리로 외쳤다. 마영귀는 살기 어린 눈으로, 하지만 묘한 감정이 깃든 눈으로 의현을 흘끗 보고는 옆으로 스쳐 지나가려 했다.

불쑥 나타난 손이 아니었다면 무사히 스쳐 지날 수 있었을 것이다.

"으헉?"

마영귀가 볼품없는 비명을 내질렀다.

갑작스레 손 하나가 나타나 자신의 눈앞을 가로막은 것이다. 그의 보법이 어디로 갈지 짐작이라도 한 듯 적기에 나타난 손이었다.

마영귀를 막은 손은 의현의 것이었다. 의현은 상대가 어떻게 움직일 건지 짐작한 것이다. 그런데 어떻게 알았을까?

'익숙하다.'

의현의 머릿속에 뭔가가 떠오르는 듯했다. 하지만 떠오르던 기억은 곧 기억 저편으로 사라져 버렸다.

생각에 빠진 의현은 마영귀가 다시 몸을 빼는 것을 보고는 이번에는 가볍게 손을 옆으로 내뻗었다.

"흡!"

손은 또다시 마영귀의 앞길을 가로막았다.

마영귀는 활활 타오르는 눈으로 의현을 바라보며 신형을 뒤로 물렸다. 오뢰마기는 아무 말 없이 애송이를 포위했다.

차가운 공기가 깃든 가운데 애송이가 입을 열었다.

"그렇게 움직이는 법… 익숙해."

"누구냐, 넌?"

의현의 말을 한 귀로 흘린 마영귀가 질문했다. 의현은 무덤덤한 눈으로 마영귀에게 말했다.

"나는 의현이다."

마영귀의 얼굴이 구겨졌다. 그는 이를 악물고는 씹어뱉듯 중얼거렸다.

"이름을 묻는 것이 아니다, 애송이. 누구냐, 넌?'

마영귀의 목소리는 본능적으로 느낀 위기감 덕택에 살짝 떨리고 있었다. 저 애송이의 시선에는 사람을 억누르는 무엇인가가 있다.

그것이 뭔지 몰랐기에 마영귀는 답답함을 느꼈다. 의현은 잠시 고민하는 듯하더니 이내 입을 떼었다.

"이름 말고는 모른다."

"지금 내게 장난을 치는 게냐?!'

마영귀는 기세 싸움에서 억눌렀다는 것을 인정하기 싫었는지 고함을 질렀다. 하지만 의현은 여전히 무덤덤했다.

"어쩌면 네가 알지도 몰라."

익숙한 움직임을 떠올린 의현이 중얼거렸다.

"더 이상 말을 섞을 필요가 없겠구나!'

마영귀가 다시 고함을 질렀다. 그는 차갑게 외치고는 오뢰마기를 바라보며 명을 내렸다.

"오뢰마기! 명을 듣지 못하였느냐! 저 애송이를 죽여라!'

"움직이지 마."

마영귀와 동시에 의현이 속삭였다. 의현의 속삭임은 마영귀의 외침보다도 강렬했다. 몸을 날리려던 오뢰마기가 주춤했다.

의현은 갑자기 떠오른 생각에 잠시 고민했다. 죽일까? 안 돼. 왜 안 되지? 모른다. 하지만 익숙해. 죽이면 안 돼. 그럼 어떻게 하지?

잠시 머리를 굴리던 의현이 답변했다.

"움직이면 때린다."

오뢰마기는 어처구니없는 말에 잠시 당황했다. 당황은 서서히 어이없음으로 바뀌어갔고, 어이없음은 곧 분노로 화했다.

"이런 애송이 놈이……."

일마기(一魔旗) 채선이 이를 뿌드득 갈았다. 그는 한 발자국을 앞으로 내디뎠다.

의현은 심각해진 얼굴로 경고하듯 말했다.

"너, 움직였다."

"큭큭, 그런데?"

채선은 얼굴 가득 비웃음을 매달았다. 의현은 깊고도 깊은 눈으로 일마기 채선을 노려보더니 몸을 살짝 굽혔다. 일마기에게 접근하려는 것이다.

일마기는 날카로운 눈으로 그런 의현을 주시했다. 마침내 의현이 신형을 날렸다.

"때린다. 아하으허아아악!"

몸을 튕긴 의현이 처절한 비명 소리와 함께 공중으로 날아올랐다. 일마기 채선은 그런 의현을 황당하다는 듯 바라보았다. 그는 자신에게로 접근하지 않았다. 공중으로, 아니, 하늘로 높이 올라 사라질 뿐이다.

처절한 비명만을 남긴 채.

"……."

마영귀 역시 당황하긴 마찬가지였다. 알게 모르게 의현의 기세에 억눌려 있던 일마기 채선이 더듬더듬 중얼거렸다.

"뭐, 뭐야, 저 녀석은?"

물론 마영귀도 오뢰마기도 답을 가지고 있지 못했다. 그들은 그저 공중에서 포물선을 그리며 날아가는 의현을 멍하니 바라볼 뿐이었다.

가장 먼저 정신을 차린 것은 마영귀였다.

"이, 일단… 흠!"

자신이 볼품없이 말을 더듬었다는 것을 깨달은 마영귀가 헛기침을 내뱉으며 마음을 다듬었다. 곧 마영귀의 얼굴에서 냉철함이 떠올랐다.

"일단 약선을 잡는다."

"존명!"

오뢰마기의 우렁찬 외침이 들려왔다. 마영귀는 잠시 공중으로 떠오른 의현이란 애송이의 몸놀림을 생각해 보았다. 내공이 경지에 닿지 못했다면 그런 몸놀림을 보일 수 없다. 다만 목표를 잡지 못하고 하늘로 치솟은 것을 보면 아직 다스리지 못하는 듯하다.

'좀 더 알아봐야겠군.'

마영귀가 차갑게 말했다.

"일마기는 이곳에 남도록. 저자가 돌아오면 생포하라. 그의 무공을 이길 수 없거든 도주해도 좋다."

"존명!"

마영귀는 마지막으로 슬쩍 사라진 의현을 돌아보고는 다시 신형을 날렸다.

쿵—!

폭음과 함께 흙먼지가 피어올랐다. 흙먼지가 사라지며 부러진 나무들과 움푹 파인 구덩이가 천천히 모습을 드러냈다.

그리고 그 속에서 무덤덤한 얼굴을 한 의현이 몸을 일으켰다.

'또… 잘 안 됐군.'

의현은 자신의 옷을 내려다보았다. 옷은 또다시 이곳저곳이 찢어져 있었다. 동시에 흙먼지가 가득 묻어 있기도 했다.

의현은 잠시 옷을 바라보고 풀죽은 얼굴이 되었다. 하지만 상황의 긴박함을 알았는지 금세 옷에서 관심을 떼었다.

그리고는 자신의 몸을 한 번 훑어보기 시작했다.

'아까 그 사람은 어떻게 움직인 거지?

의현은 마영귀의 움직임을 생각했다. 그 움직임은 몹시 낯이 익었다. 마치 자신이 아는 듯, 아니, 자신이 그 움직임을 만든 사람인 양 낯익고 친숙했다.

'그 움직임… 익숙해. 그건…….'

의현은 두 눈을 끔뻑거리며 생각에 빠져들었다. 그러자 머릿속에 한 문장이 떠올랐다.

유월보(流月步).

그리고 그와 동시에 끔찍한 두통이 솟아올랐다. 두통은 말[言]을 떠올릴 때만큼이나 컸다.

"으아아아악!"

의현은 관자놀이를 붙잡았다. 다리에 힘이 풀린 듯, 저절로 무릎이 꿇어졌다. 달이 흐르는 움직임. 달은 고고하게 흐르며 행보를 바꾸지 않는다. 하지만 그 스스로가 변화하니 보아도 보이는 것이 아니다.

"으아아아악!"

머릿속에 몇 가지 구결과 동시에 몇 가지 움직임이 떠올랐다. 움직임은 환상처럼 의현의 망막에 맺혔다 사라졌다.

잠시 시간이 흘렀다.

고통이 사라질 때 즈음, 의현은 거의 모든 보법을 기억해낼 수 있었다.

"허… 헉!"

마침내 고통이 사라지자 의현은 거칠게 숨을 들이켰다. 의현은 머릿속에 떠오른 생소한 기억 탓인지 잠시 움직이지 못했다.

무릎을 꿇은 채 앉아 있던 의현이 다시 몸을 일으켰다. 그의 눈은 깊고도 심유했다.

'그렇군.'

의현은 차갑게 웃어 보이고는 다시 몸을 굽혔다. 곧 그의 신형이 하늘로 사라졌다. 이번에 그는 비명을 지르지 않았다.

미친 듯이 앞으로 달려나가던 혜월은 이를 악물었다. 앞에서 인기척이 느껴진다. 그와 동시에 칼로 찌르는 듯한 살기 역시 느껴졌다.

혜월은 차가운 눈으로 걸음을 멈추었다. 어깨에는 여전히 약선이 메어 있는 채였다.

몹시 당황스러운 상황인 데도 이시진은 안정적인 얼굴이었다. 상황을 납득한 듯 주위를 두리번거리던 그가 평소와 다를 바 없는 목소리로 혜월을 바라보며 말했다.

"이만 내려주게, 소저."

"예."

약선을 안고는 전투에 임할 수가 없다. 혜월은 약선을 내려 놓고는 그의 앞에 마주 섰다.

"포위된 것일 테지?"

옷을 툭툭 털어 먼지를 떨어낸 이시진이 점잖게 주위를 둘러보며 말했다. 혜월은 고개를 끄덕였다.

"그런 듯합니다."

"으흠, 빠져나갈 방도는 있나?"

혜월은 잠시 생각에 빠져들었다. 자신에게 느껴지는 인기척만 해도 스물이 넘는다. 이런 포위망을 무공도 모르는 약선을 보호하며 뚫을 수는 없다. 그야말로 사면초가의 형국이었다.

"없… 습니다."

"으음……."

신음과 함께 약선의 눈이 깊어졌다. 하지만 아무리 머리를 굴려봐도 답이 보이지 않는다.

앞에서 자신들을 기다리는 듯 움직이지 않던 스무 개의 신형이 조금씩조금씩 거리를 좁혀왔다.

'방법… 방법을 생각해야 돼. 방법…….'

혜월은 눈을 꼭 감으며 절망적인 심정으로 머리를 굴렸다. 하지만 아무리 생각해 봐도 방법이 떠오르지 않았다. 천하제일지라도 이런 상황에서는 방법을 생각해 내지 못할 것이 분명하다.

'천하제일지?'

생각의 끝에서 천하제일지를 떠올렸던 혜월이 눈을 번쩍 떴다. 그래, 자신의 부관이 바로 천하제일지다.

혜월은 잠시 뒤를 돌아보았다. 뒤에서는 제갈현중이 거칠게 숨을 내뱉으며 자신을 향해 달려오고 있었다.

혜월은 황급히 약선을 들쳐 업었다.

"한 번만 더 실례하겠습니다, 어르신!"

"음?"

의아한 소리를 내는 이시진을 다시 들쳐 업은 혜월이 황급히 신형을 뒤로 물렸다.

"헉, 힘들다! 헉!"

움직여지지 않는 다리를 억지로 움직여 달리던 제갈현중은 자신을 향해 다가오는 혜월과 약선을 바라보며 화색을 띠었다. 그는 감격에 젖어 울먹거리는 눈으로 혜월을 주시했다.

"역시 동료뿐이군요."

"제갈현중!!"

제갈현중은 벅차오르는 가슴을 억누르려 애쓰며 외쳤다.

"네에! 저 여기 있어요!"

"포위망! 스무 명! 뚫을 방법을 생각해 내!"

제갈현중의 얼굴에 떠올랐던 감동이 빠르게 사라져 갔다.

"예?"

"빨리!"

혜월이 제갈현중의 옆에 착지했다. 그리고는 활활 불타는 듯한 눈으로 제갈현중을 주시했다. 제갈현중은 당황스러운 어조로 중얼거렸다.

"다, 단주님, 무슨 소리이신지……."

"무공을 아는 사람 한 명! 모르는 사람 두 명! 이 인원으로 스무 명을 돌파할 작전을 짜내!"

"히엑!"

제갈현중이 비명을 질렀다.

무공을 아는 사람은 혜월 단주님, 그리고 모르는 사람은 자신과 약선 어르신, 그리고 스무 명은 적.

비명이 끝날 때 즈음에 상황 파악이 끝났고, 상황 파악이 끝나자 머리가 빠르게 회전했다. 제갈현중이 주위를 두리번거렸다. 불안한 시선을 옮기는 것이 아니었다. 그는 지형을 보고 있었다. 전략을 짜는 데 가장 중요한 것은 지형. 지형지물을 어떻게 이용하느냐는 전략의 첫걸음이다.

곧 제갈현중의 눈에 작은 바위 틈새가 보였다.

틈새로 가는 것은 배수진의 형국. 지금 당장은 쓸 방법이 못 된다. 하지만 그 옆으로 난 좁은 길은 몹시 탐스럽다. 제갈현중은 이번엔 산 전체를 훑어보았다. 길이 끊겨 있을까? 아니, 그럴 리 없다. 산의 정상은 완만한 구릉의 형지였지만 틈새 사이로 난 길은 절벽과 마주해 좁게 나 있을 뿐이다. 그 뒤로 커다란 바위가 있었는데 그 바위 틈새로 사잇길이 보인다.

'이어져 있다.'

좁은 길이니만큼 포위가 불가능하다. 즉, 혜월은 일 대 일로 전투를 벌이게 될 것이다. 그리고 그 길의 끝은 지형으로 보건대 산의 능선으로 이어져 있다.

지형을 파악하고 난 뒤에는 전략을 짜내야 한다. 제갈현중은 필사적으로 머리를 굴렸다. 하지만 적의 무공이나 규모도, 혜월의 적당한 무위도 모른다. 생각의 재료가 없으니 방법을 생각해 낼 수도 없다.

제갈현중은 미련없이 생각을 바꿨다. 그는 마음을 바꿔 포위망 하나만을 생각하며 머리를 굴렸다. 혜월 단주님의 무공이 조금만 버틸 수 있으리라 믿자. 포위망을 유지하려면 넓게 퍼져 접근하는 법, 한군데 힘이 집중되지 않는다. 그렇다면 잠시 무력으로 막아내어 한군데를 뚫는다. 그리고 나서야 적의 추적로를 끊을 수 있다.

어떻게?

'진(陣).'

복잡한 연산 과정이 끝나는 데 걸린 시간은 고작 찰나에 불과했다. 숨 한 번 들이마실 정도의 시간 안에 생각을 마친 제갈현중이 다급히 외쳤다.

"제가 먼저 가고요, 약선 어르신이 가운데! 그리고 단주님이 뒤에서 막아냅니다! 우측 소로로 가요!"

제갈현중은 생각을 마치자마자 바로 몸을 날렸다. 혜월은 당혹스러운 얼굴로 제갈현중을 바라보았다. 막상 시키긴 했지만 너무나 빨리 방법을 찾아낸 것이다.

'과연 천하제일지로군.'

"빨리 오세요!"

제갈현중의 재촉에 혜월이 황급히 몸을 날렸다.

약선을 찾아 경공을 펼치던 마영귀는 안력을 돋워 앞을 살펴보았다. 그리 오래 지나지 않아 마영귀는 약 사십여 장 앞에서 약선을 발견할 수 있었다.

"멍청한 놈들……."

마영귀는 이를 악물며 중얼거렸다. 약선은 커다란 암석과 절벽 사이의 소로로 빠져나가고 있었다. 그들을 포위하던 스무 개의 인영은 도주로를 예상치 못했는지 당혹스러운 기색이었다.

잠시 머뭇거리던 스무 개의 인영은 서둘러 일행을 반으로 나누었다. 그리고 열 명은 빠르게 열을 지어 암석 뒤의 소로로 진입했고, 나머지 열 명은 약선이 도착될 지점으로 몸을 날렸다.

양동작전을 펼치려는 것이다.

마영귀가 암석에 도착했을 때는 이미 스무 명의 흑의복면인들이 모습을 감춘 후였다.

마영귀는 뒤에 있는 오뢰마기를 흘끗 바라보았다. 일마기를 제외한 네 쌍의 눈이 마영귀를 주시했다.

"오마기(五魔旗)는 약선을 추적하라. 나머지는 나를 따르도록."

"존명!"

네 명의 기주(旗主)가 외쳤다. 마영귀는 차갑게 말하고는 다시 신형을 날렸다.

"우리는 먼저 가서 기다린다."

"존명!"

오마기를 제외한 오뢰마기가 마영귀를 따라 경공을 펼쳤다.

절벽과 마주한 소로에는 위태롭게 세 개의 인영이 서 있었다. 거센 바람은 세 개의 인영을 날카롭게 할퀴고 지나갔고, 대자연의 바람에 세 개의 인영은 맥없이 흔들렸다.

약선 이시진이 망태기를 부여잡으며 외쳤다.

"빨리 앞으로 가세! 자칫하면 떨어지겠어!"

"삼벽(三碧)에 간(艮), 두(杜)……."

가장 앞에 있던 제갈현중은 약선의 외침에 대답하지 않았다. 그는 나경(羅經)을 들고 두 눈을 지그시 감은 채 생각에 빠져 있었다.

"사록(四綠)에 중궁(中宮), 태(兌)의 괘, 경(驚)……."

두 눈을 꼭 감은 제갈현중이 중얼거렸다. 절벽이니만큼 지기(地氣)가 끊어져 있다. 빈말로라도 감여(堪輿)할 곳은 못 된다.

하지만 지기는 다른 방향으로는 이어져 있으며, 이 경우는 천 길 낭떠러지 아래로 지기가 이어진다.

그 지기를 끊으면 낭떠러지 자체가 큰 함정이 될 것이다. 혜월의 무위도 적의 규모도 알지 못하기에 방법을 생각해 내지 못한 제갈현중은 이를 악물고는 계산에 몰두했다.

가장 확실한 생로는 적을 유인한 후 진으로 추적을 막는 것. 그 뒤는 아직도 생각해 내지 못했다.

혜월은 앞에서 벌어지는 일에는 신경을 쓰지 않았다. 뒤에서 날카로운 살기가 점점 더 접근하고 있는 것이다. 그녀는 비도를 단단히 움켜쥐고는 차분한 눈으로 적이 모습을 드러내기를 기다렸다.

약선이 다시 재촉했다.

"빨리 가게, 현중! 이곳에 있다가는 더 위험해!"

"오황(五黃)에 칠적(七赤), 진(震). 그러니까……."

시간이 없다.

제갈현중은 식은땀 때문에 손바닥이 끈적해지자 옷자락에 손을 비볐다. 하지만 걸음을 옮기지는 않았다.

혜월은 침을 꿀꺽 삼키며 일행의 뒤를 주시했다. 적은 이제 지근거리에 있다. 혜월은 비명처럼 고함을 질렀다.

"제갈현중! 빨리 계산해! 적이 당도했다!"

"사(死), 징파(徵破)! 저기다!"

눈을 감고 방위를 계산하던 제갈현중이 두 눈을 번쩍 떴다. 지기가 이어져 있으나 지기를 끊을 수 있는 곳. 즉, 이 소로를 받치는 기반을 송두리째 끊을 수 있는 곳이 바로 삼 장 앞에 있다.

“단주님! 칼을 빌려줘요!”

“뭐?”

“빨리요!”

의아해하던 혜월은 알았다는 듯 고개를 끄덕이고는 품을 감싼 사십 개의 비도 중 하나를 꺼내어 약선에게 넘겼다. 약선은 그것을 받아 들어 제갈현중에게로 건네었다.

“다시 출발합니다! 서둘러요!”

“자네만 빼고 이미 서두르고 있었네!”

거친 어조로 타박을 한 이시진이 바람에 흩날려 시야를 가리는 흰 수염을 쓸어내렸다.

제갈현중은 잠시 절벽 아래를 바라보고 침을 꿀꺽 삼킨 다음 한 발자국 한 발자국 앞으로 걸음을 옮겼다. 자칫해서 떨어지면 그대로 황천행이다.

그때 혜월이 고함을 질렀다.

“제기랄, 적이다!”

“히에엑!”

천천히는 무슨 천천히.

제갈현중은 게걸음으로 황급히 앞으로 나아갔다. 이시진 역시 마찬가지였다. 이시진은 망태기를 꼬옥 쥔 채 게걸음으로 걸었다.

혜월은 걸음을 옮기지 못했다.

쐐애액―!

바람을 찢으며 짧은 선이 공중으로 날아들었다. 그 선은 혜월의 손에서 시작되어 흑의복면인의 미간으로 이어졌다. '제기랄, 적이다!' 라고 외칠 때 이미 혜월은 암습을 시도했던 것이다.

비도에 미간을 찔린 흑의복면인은 비명을 지를 새도 없이 천 길 낭떠러지로 떨어졌다.

"비도(飛刀)다!"

흑의복면인 뒤에 있던 동료가 짧게 외쳤다. 놀라 외친 비명이 아니었다. 뒤에 있는 동료들에게 적의 무공을 알리기 위함이었다.

혜월은 그런 복면인들을 차분한 눈으로 바라보았다. 훈련이 제법 잘된 녀석들이다. 동료의 죽음에 아무 동요도 보이지 않으며 오히려 차분하게 대응한다.

'어렵겠군.'

혜월은 품속으로 손을 넣어 두 번째 비도를 꺼내 들었다.

"와라, 남패천의 개."

"흡!"

짧은 신음과 동시에 흑의복면인이 날아들었다. 좁은 소로에서 경공을 펼친 것이다. 예상치 못한 적의 과감함에 혜월은 침음성을 흘리며 두 번째 비도를 날렸다.

쐐애액!

“큭!”

비도는 흑의복면인의 오른팔에 가 닿았다. 정확히 근맥을 노린 비도 덕에 흑의복면인은 쥐고 있던 도를 놓치고 말았다.

흑의복면인은 잠시 혜월을 노려보더니 절벽으로 몸을 날렸다.

“이런 미친……”

이를 악물며 짧게 중얼거린 혜월은 흘끗 아래를 바라보았다. 내공을 끌어낸 왼손을 절벽에 쑤셔 박은 흑의복면인이 차갑게 웃고 있었다.

“흡!”

이번엔 혜월이 비명을 지를 차례였다. 소로의 가장 앞에 있던 복면인과 중앙에 있던 복면인이 동시에 신형을 날린 것이다.

중앙에 있던 사내를 위해 흑의복면인들은 어깨를 빌려주었고, 흑의복면인은 무사히 혜월의 앞까지 당도할 수 있었다. 혜월이 찢어질 듯한 목소리로 고함을 질렀다.

그 고함은 혜월과 조금 떨어진 소로에 서 있던 약선의 귀에도 똑똑히 들려왔다.

“제갈현중! 약선을 모시고 빨리 움직여!”

“저봐! 빨리빨리 움직이라잖아! 뭐 하느라 또 미적대고 있는 게야!”

이시진은 수염을 쥐어뜯고 싶은 심정을 참으며 고함을 질렀다. 제갈현중은 절벽의 끄트머리에서 걸음을 멈춘 채 비도를 부여잡고 낑낑거리고 있었다.

"저기, 이 칼, 왜 이렇게 무뎌요? 안 들어가잖아! 이잇!"

"비켜보게!"

이시진이 끼어들었다. 하지만 젊은 청년이 하지 못한 일을 늙은이가 할 수 있을 리 없다. 이시진과 제갈현중은 절벽의 단단한 바위틈으로 비도를 쑤셔 박기 위해 무진 애를 쓰며 낑낑거렸다.

챙—!

제갈현중의 귓가에 검이 부딪치는 소리가 들려왔다. 그 소리는 점점 더 가까이 다가오고 있었다. 혜월은 일단 신형을 뒤로 물리는 쪽을 택한 것이다.

"제기랄!"

혜월의 손이 빠르게 움직였다. 그리고 손이 움직일 때마다 흑의복면인들의 신음이 이어졌다.

제갈현중이 고른 길은 비교적 그녀에게 이로웠다. 적은 좁은 길 덕택에 제대로 도를 휘두르지 못했지만 그녀는 아무 거리낌 없이 비도를 날릴 수 있었다.

다시 손을 넣어 비도를 꺼내던 혜월은 두 눈을 부릅떴다.

두 명의 흑의복면인이 바위틈에 손을 박아 넣으며 절벽을 오르고 있었다. 그들은 혜월을 넘어 약선에게 직접 접근하려는 듯했다.

"이 멍청아! 빨리 피하지 못해!"

다급해진 혜월이 고함을 지르며 제갈현중을 바라보았다. 제갈현중이 울상을 지으며 혜월을 돌아보았다.

"저기요, 단주님! 요 자리에 칼을 꽂아야 하는데 칼이 안 들어가요!"

혜월은 제갈현중이 가리킨 곳을 흘끗 바라보고는 다시 적들을 바라보았다.

"내가 꽂겠다! 빨리 가!"

"예?"

제갈현중은 잠시 혜월을 주시했다. 하지만 혜월은 이미 흑의복면인들에게 비도를 날리느라 정신이 없었다.

"여기 흠집 난 곳이 있어요! 거기에 찌르시면 됩니다!"

잠시 고민하던 제갈현중이 크게 외치고는 다시 몸을 돌렸다. 약선은 걱정스러운 얼굴로 혜월을 바라보다가 몸을 돌려 제갈현중을 따랐다.

"저기, 저 소저를 두고 가도 되는 건가?"

"저기에 비도만 찌를 수 있으면 돼요! 그럼 곧 따라오실 거예요! 그러니 안심하시고 따라오세요!"

제갈현중이 애써 대답을 하며 이시진을 재촉했다.

'됐군.'

혜월은 약선과 제갈현중이 퇴각하는 것을 확인하고는 시선을 돌려 흑의복면인들을 바라보았다. 그리고 그 상태 그대로 신형을 뒤로 물렸다.

"어딜 도망가느냐, 이 잡년!"

동료를 넷이나 잃었던 흑의복면인이 고함을 질렀다.

혜월은 날카로운 눈으로 그를 쏘아보며 뒷걸음질쳤다. 몇 걸음 걷지 않아 혜월은 제갈현중이 가르쳐 준 장소에 당도할 수 있었다.

'여긴가.'

푹!

힘을 들이지 않은 듯이 대충 비도를 찌르자 두부에 칼이 꽂히듯 비도가 박혔다. 혜월은 비도를 박은 위치를 확인하고는 다시 신형을 뒤로 물렸다.

제갈현중은 천하제일지다. 대단히 어설프긴 하지만 그 행동엔 뭔가 생각이 있을 것이다.

혜월은 잠시 불안한 듯 상황을 주시했다. 그래, 역시 저 녀석은 대단히 어설프다. 생긴 것만 보아도 알 수 있다. 생긴 것만 보아도 멍청하기 짝이 없게 생겼다.

'아무 일도 안 일어나잖아!'

"제갈현중!"

혜월이 분노한 나머지 고함을 내질렀다.

그때였다. 굉음과 동시에 소로가 흔들리기 시작했다.

드드드드―

"흡!"

갑자기 땅이 바르르 떨린 덕택에 혜월은 하마터면 균형을 잃을 뻔했다. 혜월은 넘어지지 않기 위해 황급히 절벽에 등을 기대야 했다.

그것은 흑의복면인 모두 마찬가지였다. 그나마 바닥에 발을 붙이고 있던 복면인들은 버틸 수 있었지만, 절벽에 매달려 있던 흑의복면인 두 명은 흔들림에 밀려 낭떠러지로 떨어지고 말았다.

"크아아악!"

드드드드—

땅의 울림 덕택에 처절한 비명 소리는 들리지 않았다. 혜월은 절벽 아래로 떨어지지 않기 위해 모진 애를 썼다.

마침내 땅을 울리던 소리가 멎었다. 귀가 멀 듯이 크게 울리던 소리가 사라지자 절벽이 고요해졌다.

"뭐… 뭐… 지?"

혜월은 당황과 놀람이 섞인 눈으로 땅을 내려다보았다. 땅을 내려다보니 상황을 짐작할 수 있을 것 같다.

혜월은 침을 꿀꺽 삼켰다.

콰지직—!

"꺄아아악!"

무언가 쪼개지는 소리와 함께 절벽이 분리되었다.

소로가 크게 흔들리며 절벽과 멀어졌고, 혜월은 비명을 지르며 절벽 아래로 떨어지지 않기 위해 바닥을 짚었다.

기우뚱하던 소로가 다시 움직임을 멈추었다.

혜월은 침을 꿀꺽 삼켰다.

'지, 지진?

혜월은 땅을 내려다보던 시선을 들어 흑의복면인을 바라보았다. 흑의복면인 역시 당황으로 얼룩진 눈으로 혜월을 바라보고 있었다.

둘의 시선이 마주쳤다.

잠시 불안한 눈빛을 교환하던 혜월과 복면인은 거의 동시에 신형을 뒤로 돌려 미친 듯이 달려나갔다.

"제갈현주웅! 무슨 짓을 한 거야아!"

혜월이 원망 섞인 비명을 질렀다. 등 뒤로 콰지직 하고 무엇인가가 떨어지는 소리가 들렸다. 가장 약한 지반부터 떨어지는 것이다.

그녀는 볼 수 없었지만, 그녀의 바로 뒤는 절벽과 분리되어 낭떠러지로 떨어지고 있었다. 그녀의 뒤로 길이 푹푹 꺼졌다. 푹푹 꺼지는 땅은 혜월을 추적하듯 그녀의 뒤를 따랐다.

뒤에서 느껴지는 휑한 기분에 모골이 송연해진 그녀의 앞으로 작고 큰 돌덩이들이 떨어졌다.

"꺄아아악!"

혜월은 비명을 질렀다. 미친 듯이 경공을 펼쳐 앞으로 달려나가는 동안 마지막으로 땅이 흔들렸다.

콰지직—!

‘제기랄, 일 장!

소로의 끝까지 일 장이 남았다. 혜월은 턱이 부서져라 이를 악물고는 자세를 잡았다. 공중으로 뛰어오르려는 것이다.

자세를 잡은 혜월이 몸을 날릴 때였다. 마침내 그녀가 디디고 있는 땅마저 천 길 낭떠러지 아래로 사라졌다.

“꺄아아악!”

높이 뛰어올라 보았지만 발디딤이 약했는지 거리를 좁힐 수가 없다. 혜월은 비명을 지르며 손을 내뻗었다.

천만다행으로 그녀는 소로의 끝에 매달릴 수 있었다.

쿠쿠쿵—!

마지막 흔들림이 끝나자 굉음과 동시에 절벽 귀퉁이가 산에서 떨어져 나갔다. 마치 쪼개진 것마냥 쩍 벌어진 땅이 그 모습을 드러내었다.

절벽에 매달린 혜월은 공포에 질린 눈으로 소로를 포함한 땅덩어리가 절벽 아래로 떨어지는 것을 바라보았다.

‘어, 어떻게… 된 거지……?

혜월은 침을 꿀꺽 삼켰다.

이시진은 절벽이 쪼개진 것처럼 갈라져 떨어지는 것을 보며 멍하니 중얼거렸다.

“사, 산을… 날려 버렸… 다?”

“헤엑, 헤엑… 지기(地氣)를 끊었거든요. 헤엑!”

제갈현중이 거친 숨을 들이마시며 대수롭지 않다는 듯 대답했다.

사실 그것은 굉장히 대수로운 일이었다. 중원의 감여가나 풍수가가 그 소리를 들었다면 거품을 끓이며 뒤로 넘어갈 만한 일이었으니까.

지기는 한 점으로 이어지지 않으며 평면으로 흐른다. 물론 지기에도 맥이 있지만 그 맥은 쉽게 끊기지 않는다. 그리고 만약 수백 번을 계산하여 맥을 끊을 한 지점을 찾는다고 해도 조그마한 비도로 맥을 끊을 수 있을 리가 없다.

하지만 제갈현중은 해냈다.

"자, 자네… 대… 대단하구먼."

약선이 여전히 멍한 눈으로 제갈현중을 바라보았다. 제갈현중은 약선의 말을 듣지 못한 듯 절벽으로 걸어갔다. 조금 전 혜월이 절벽에 매달렸던 것을 확인한 탓이다.

"혜월 단주님! 괜찮으세요?"

"너… 도대체 무슨 짓을……?"

절벽 아래에서 질린 듯한 목소리가 들려왔다. 제갈현중은 절벽 앞에 납작 엎드려 손을 내밀었다.

"이거 잡고 올라오세요!"

"너… 산을 날려 버렸어……."

한탄하는 듯한 목소리와 동시에 제갈현중의 어깨에 상당한 무게가 실렸다. 이해하지 못할 상황에 산과 제갈현중을 번

같아 보던 이시진이 얼른 제갈현중에게로 달려갔다.

곧 혜월이 절벽 위로 모습을 드러냈다.

잠시 이를 악물고 절벽 위로 오르던 혜월은 제갈현중과 이시진의 도움을 받고서야 무사히 땅을 디딜 수 있었다.

혜월은 안도감과 당황이 뒤섞인 얼굴로 약선과 제갈현중을 바라보았다. 혜월을 바라보던 제갈현중이 해맑게 웃으며 말했다.

"하핫, 우리 살았지요?"

"아니."

혜월은 차가운, 아니, 딱딱하게 굳은 얼굴로 제갈현중의 뒤를 주시하며 중얼거렸다. 아직 살아나지 못했다.

그녀의 눈에 보인 것은 차가운 얼굴로 웃고 있는 마영귀였다.

일마기 채선은 상념에 잠겨 있었다. 그는 조금 전 보았던 청년을 생각하며 무거운 얼굴로 눈을 감았다.

'위압감……'

그 청년이 '움직이지 마' 라고 했을 때 자신의 몸은 의지를 배반하고 움직임을 멈추었다. 그러한 위압감은 남패천주인 탈백마제를 바라볼 때 외에는 느끼지 못했다.

그럼 그 청년은 탈백마제 정도의 무인이라는 걸까?

'그럴 리가 없다……'

일마기 채선은 고개를 저으며 애써 부정해 보았다. 하지만 몸은 그 위압감을 기억하는지 긴장을 풀지 못했다.

굉음이 들려온 것은 바로 그때쯤이었다.

땅이 울리는 소리에 일마기 채선은 멍하니 시선을 돌렸다. 그리고 마침내 산의 한 귀퉁이가 무너지는 것을 발견했다.

느닷없는 산사태에 일마기 채선은 눈살을 찌푸렸다.

'뭐지?

일마기 채선이 보다 자세히 상황을 알아보려 안력을 돋울 때였다.

"너! 아까 움직였던 놈!"

그의 귀에 우렁찬 목소리가 들려왔다. 일마기 채선은 멍하니 시선을 돌려 뒤를 돌아보았다. 그는 곧 공중을 가로지르며 날아오는 하나의 인영을 발견할 수 있었다.

쿵—!

공중을 날아온 그림자는 거친 소리와 함께 땅에 내려앉았다. 흙먼지가 피어오른 덕택에 일마기는 상황을 주시할 수 없었다.

잠시 뒤, 흙먼지가 사라지고 그 안에서 청년이 모습을 드러내었다.

청년 의현은 일마기 채선에게는 관심이 없는 듯 방금 무너졌던 산을 바라보았다. 의현의 기감에는 찌릿한 살기가 끊임없이 잡혀왔다.

‘시진······.’

내게 이름을 준 사람. 내게 육포를 준 사람. 살리고 싶다. 왜? 그건 모른다. 하지만 살려야겠다. 그럼 시진을 죽이려는 사람들은? 그들도 죽이면 안 된다. 여전히 왜 죽이면 안 되는지는 모르겠다.

의현은 다시 일마기 채선을 돌아보았다. 시진을 살리기 전에 저 녀석부터 처리해야 한다. 의현이 무덤덤한 어조로 중얼거렸다.

“너, 아까 왜 움직였나?”

“큭큭, 애송이. 네가 죽을 자리를 찾아왔구······.”

“때린다.”

일마기 채선의 말이 끊겼다. 기세에 눌리기 싫어 도발을 감행해 보았던 일마기 채선은 더 이상 말을 잇지 못했다. 눈앞에 있던 의현이란 놈이 갑자기 사라진 것이다.

본능적으로 드는 위기감에 일마기 채선은 팔을 교차해 자신의 가슴팍을 막았다.

퍽—!

“크허억!”

의현의 주먹에 적중당한 일마기 채선의 육신이 끈 떨어진 연처럼 멀리 날아갔다. 의현은 그를 죽이기 싫은 마음에 최대한 힘을 빼보려 했지만 여전히 그의 육신은 그의 마음을 배반했다. 그의 주먹 안에는 천근 거력이 담겨 있었다.

일마기 채선이 본능이 시키는 대로 모든 내공을 끌어올려 그의 주먹을 막았는 데도 불구하고 피를 토하며 나가떨어져야 했을 정도의 거력이었다.

다행히 내공이 얕지는 않았는지 채선은 목숨은 건질 수 있었다.

"다음부터는 말 들어라."

그가 살아 있다는 것을 확인한 의현이 차가운 어조로 명령을 내리듯 말했다. 그리고는 시선을 돌려 산이 무너진 곳을 바라보며 눈을 빛냈다.

'시진…….'

의현은 일마기를 후려친 손을 어루만졌다. 그리고 잠시 무언가를 생각하는 듯하더니 다시 신형을 올려 공중으로 사라졌다.

제7장

안개

절벽은 커다란 바위를 가운데 품고 에둘러 지나는 형태를
지니고 있었다. 그 바위에는 조그마한 틈새가 있었는데, 그
틈새 너머에 마영귀가 서 있었다.

혜월은 마영귀를 바라보며 침을 꿀꺽 삼켰다.

"그대가 약선의제이신가 보구려."

마영귀가 차가운 눈으로 이시진을 주시했다. 그의 근처에
는 포위망을 구성했던 열 명의 흑의복면인뿐만이 아니라 수
십, 아니, 백 명은 족히 될 듯한 흑의복면인이 서 있었다.

"히엑!"

혜월을 따라 시선을 돌려 마영귀를 발견한 제갈현중이 비

명을 지르며 뒤로 물러섰다.

마영귀가 재차 입을 열었다.

"모시러 왔소이다."

앞에 선 무인들을 보고 놀란 표정이던 약선은 이내 표정을 무겁게 바꾸었다. 그리고는 평소와 다를 바 없는 모습으로 망태기를 추슬렀다.

"허어— 이 늙은 의원이 얼마나 중요하길래 이리도 많은 사람들을 데려오셨소."

"사정이 있으니 남패천으로 향해주시오, 약선의제."

마영귀의 표정에는 조금의 변화도 없었다. 약선은 주군의 목숨을 살릴 수 있는 신의(神醫). 어떻게든 남패천으로 모셔야 한다.

이시진이 씁쓸한 얼굴로 중얼거렸다.

"한번 거절했던 것 같은데?"

"마지막으로 부탁하겠소. 사정이 있으니 남패천으로 향해주시오, 약선의제."

"삼십 년 전의 일을 다시 돌릴 수 없는 한 나는 가지 않소이다."

이시진이 차가운 얼굴로 고개를 저었다.

"미안하오나 그대의 뜻은 중요하지 않소."

이시진의 말을 무시한 마영귀가 차가운 눈으로 뒤에 선 수하들을 바라보았다.

"가서 약선을 뫼셔라."

"존명!"

머리를 조아린 흑의복면인들이 천천히 몸을 움직였다. 단순히 약선만을 모시는 것이 아니라 혜월과 제갈현중의 생명을 거둬야 하기에 그들은 신중했다.

'제기랄.'

혜월이 암담함을 느끼며 품속으로 손을 집어넣었다. 무공을 모르는 사람 둘, 그리고 무공을 아는 사람 하나. 이 인원으로 이만큼의 무력을 돌파한다는 것은 말도 안 된다.

혜월은 혹여 제갈현중에게 방법이 있지 않을까 싶어 그를 흘끗 돌아보았다. 하지만 그의 표정 역시 암담하기 짝이 없었다.

시선을 느꼈는지 제갈현중이 입을 열었다.

"바, 방법이 보이지 않아요."

일단 무력으로 돌파한다는 것은 불가능, 계란으로 바위 치기다. 혜월의 무위가 강호오제의 수위에 오르지 않은 이상 이만한 규모의 적을 뚫을 수는 없다.

그렇다면 남은 방안은 무엇이 있을까.

제갈현중은 한동안 고심했다. 진(陣)? 불가능하다. 자연의 기운을 읽고 계산하는 데는 오랜 시간이 걸린다. 당장 사용할 수 없으니 쓸모없는 것이나 마찬가지다. 그럼 뭐가 있지?

협상(協商).

본래 강호의 지자란 설득에도 능한 법이다. 인간의 심리를 파악하고 서로에게 필요한 것을 깨달아 능히 중재할 수 있으니 협상 역시 좋은 방법일 것이다.

마음을 먹은 제갈현중이 더듬더듬 입을 열었다.

"저, 저기요……?"

"……."

저 애송이가 산을 날려 버렸다는 사실을 잘 아는 오뢰마기가 잠시 움찔했다. 차분히 서 있던 마영귀 역시 제갈현중에게로 시선을 돌렸다.

'저놈인가, 산을 날려 버린 진을 만든 놈이?'

"뭔가?"

제갈현중은 침을 꿀꺽 삼킨 다음 더듬더듬 입을 열었다.

"저기… 그러니까요… 그쪽은 약선 어르신을 모시러 온 거잖아요? 그런데요, 저희는 그쪽에 약선 어르신을 보내면 안 되거든요."

물론 제갈현중도 강호의 지자이며, 기본적인 화술은 가문의 교육으로 끝을 마쳤다.

하지만 문제는 그의 숫기 없음이었다. 친해진 사람에게는 쉽게 말을 놓지만, 상대가 조금이라도 어렵게 느껴지면 제갈현중은 말을 잘 하지 못했다.

단순히 전략을 구상하거나 계산만 하는 것이라면 누구보다 잘하지만, 이론과 동시에 '경험' 까지 필요한 협상이나 설득 따위의 일에는 둔한 인물이 바로 제갈현중이었다.

그래서 제갈현중에게 화술을 가르치던 가문의 어른은 그를 보며 가슴을 쥐어뜯다가 주화입마에 걸리고 말았다고 한다.

"그러니까… 저기… 그쪽의 의도를 말씀해 주시면……."

제갈현중은 어떻게든 설득을 해보려 애썼다. 마영귀는 차가운 어조로 제갈현중의 말을 끊었다.

"비뢰각은 들으라."

"존명."

무표정한 얼굴을 한 마영귀가 주위를 둘러싼 수많은 무인들에게 명령을 내렸다.

"저 말 많은 놈부터 죽여라."

"히에엑!"

다시 입을 열어보려던 제갈현중이 사색이 된 얼굴로 뒤로 물러났다. 사색이 된 것은 이시진 역시 마찬가지였다.

"그만두시오! 그런다고 본 의원이 남패천주를 치료할 것 같소이까!"

흑의복면인들은 약선의 말은 조금도 듣지 않았다. 살기가 조금씩 진해졌다. 숨 한 번 내쉬는 시간 안에 공격이 시작되리라.

혜월은 침을 꿀걱 삼키며 눈을 감았다.

'죽는 것은 두렵지 않아.'

의(醫)를 지키지 못하는 것이 두려울 뿐.

품속에 넣은 손에서 날카로운 비도가 느껴졌다. 남아 있는 비도는 스물두 개.

'죽기 전까지는 명령을 수행한다.'

혜월이 눈을 번쩍 떴다. 그녀는 비도를 어루만지며 살기를 내뿜기 시작했다.

흑의복면인 하나가 신형을 날림과 동시에 혜월의 손이 번개같이 움직였다.

챙―!

복면인의 도가 비도를 쳐내는 날카로운 소리와 함께 혜월의 몸이 뒤로 튕겨졌다. 적의 도를 피하기 위함이었다.

복면인의 신형이 혜월을 쫓아가는 사이 또 다른 흑의복면인의 도가 제갈현중에게로 날아왔다. 제갈현중의 얼굴이 새파랗게 변해갔다.

"히에엑!"

"흡!"

이시진이 황급히 제갈현중을 품에 안았다. 거의 무의식중에 나온 행동이었다. 다시 그의 앞에서 누군가를 잃을 수는 없었다.

제갈현중은 비명을 지르며 눈을 꼬옥 감았다. 이제 날카로운 도가 박힐 차례다. 아마 그 도에 약선 어르신의 몸과 자신의 몸이 푹 박히겠지.

하지만 아무 일도 벌어지지 않았다.

제갈현중이 눈을 슬쩍 떴다. 흑의복면인은 이시진에게로 향하는 칼날을 수습하고는 다시 도를 날리고 있었다. 제갈현중은 재차 비명을 지르며 몸을 쏙 움직였다.

"히에엑!"

"빌어먹을."

흑의복면인이 차가운 눈을 한 채 중얼거리는 것이 보였다. 본래대로라면 일도에 양단했을 것이나 이시진의 몸을 피해 찌르느라 도를 마음대로 놀릴 수 없는 것이다.

덕택에 제갈현중은 간발의 차이로나마 피할 수 있었다.

이시진의 뒤에 숨어 있던 제갈현중이 상황을 파악하고는 화색을 띠었다.

"아! 어르신을 공격할 수는 없군요!"

제갈현중의 중얼거림 덕택에 이시진 역시 뭔가를 깨달았다. 그는 위기 상황에서도 저도 모르게 웃음을 지었다.

"오호, 그렇구먼. 이 녀석, 나는 공격 안 하는데?"

"흐읍!"

이번엔 이시진의 어깨 틈새로 도가 박혀들었다. 제갈현중은 비명을 지르며 몸을 반대편으로 옮겼다.

"히엑?"

또다시 도가 스쳐 지나갔다. 제갈현중과 이시진은 확신을 얻었다. 이시진이 이야기 속에 나오는 강호의 영웅처럼 한 발자국을 앞으로 내디뎠다.

"뒤로 물러나게! 이놈들은 내가 막아야겠으니!"

"으아앗! 저는 약선 어르신과 떨어지면 아니 됩니다!"

제갈현중을 벗어나려던 이시진이 의아한 듯 제갈현중을 돌아보았다.

"왜?"

"본래 무림의 고수는 능히 앞을 피해 뒤를 공격할 수 있… 히엑!"

뭔가를 설명하던 제갈현중이 다시 이시진의 옆에 꼭 붙었다. 복면인은 이를 악물며 다시 도를 수습했다.

제갈현중이 설명하려는 것은 무림의 고수는 다양한 상황의 임기응변에 능하다는 사실이었다. 흑의복면인 역시 무공이 낮지는 않은 인물, 한 사람을 넘어 그 뒤를 공격하는 것은 일도 아니다.

하지만 지금 있는 곳은 험로에 가까워 도를 뻗기가 힘들다.

이시진과 제갈현중 역시 옆으로 피할 생각을 하지 못할 정도로 좁은 길이니 도를 마음대로 움직일 수가 없는 것이다.

또한 약선과 제갈현중이 너무 들러붙어 있다. 조금만 떨어져 있더라도 상황은 완전히 바뀌었을 것이다. 하지만 지금 상황에서라면 도를 베다가 약선이 상처를 입게 될지도 모른다.

즉, 좁다랗고 지반이 불안정한 길에서 복면인은 찌르기만을 해야 했다.

"어이쿠! 또 온다!"

이시진이 황급히 몸을 움직이자 복면인은 이를 악물며 도를 수습했다. 제갈현중과 이시진이 다행이라는 듯 한숨을 내쉬었다.

그때였다. 제갈현중의 머릿속에 불안한 생각이 떠올랐다. 곧 제갈현중은 불안함 넘치는 목소리로 이시진을 불렀다.

"그, 그런데… 약선 어르신."

"음?"

"저… 저 사람이 약선 어르신의 혈을 짚으면… 어떻게 되지요?"

이시진이 떨떠름한 얼굴로 답변했다.

"그, 글쎄……?"

그와 동시에 복면인이 무덤덤한 눈으로 도를 도갑에 넣었다.

'혈을 짚자.'

말 많은 놈을 바로 죽이는 것은 무리일 듯하다. 그렇다면 혈을 짚어 약선을 쓰러뜨린 후 공격하면 된다.

그는 이시진의 혈을 짚으려 자세를 갖췄다. 그런데 갑자기 뒤에서 살기가 느껴진다.

그와 동시에 복면인을 주시하던 제갈현중과 약선의 얼굴이 사색이 되었다.

곧 둘의 고개가 동시에 아래로 내려갔다.

"히에엑!"

"제길!"

복면인 역시 자세를 낮추긴 마찬가지였다. 뒤에서 날카로운 예기가 접근하고 있는 것이다. 과연 머리 위로 쌔액— 하고 뭔가가 지나가는 것이 느껴졌다.

복면인은 자세를 낮춘 그대로 도를 뽑아 짧게 휘둘렀다.

챙—!

날아오던 비도가 복면인의 도에 맞아 뒤로 물러났다. 복면인은 비도를 막아내느라 자신의 위로 신형을 날리는 혜월을 보지는 못했다.

비도를 날려 복면인의 관심을 다른 곳으로 돌린 혜월은 높게 공중으로 뛰어올라 이시진과 제갈현중의 뒤에 착지했다.

그녀의 일차적인 목표는 이시진의 보호. 자신을 향해 쫓아오는 복면인을 피해 약선에게로 달음질친 것이다.

과연 분노에 찬 얼굴로 몸을 일으키는 복면인의 뒤에 또 다른 복면인이 도착하고 있었다.

혜월은 숨소리 한 번 흐트러지지 않은 채 흑의복면인을 주시했다. 제갈현중은 혜월을 발견하고 대단히 반가운 얼굴로 외쳤다.

"단주님! 단주님! 저들은 약선 어르신을 공격하지 못해요!"

"음?"

혜월은 약선을 돌아보았다.

"그래, 저 친구들은 날 공격 못해."

약선이 고개를 끄덕였다. 저들은 자신을 보호하면 했지 죽이지는 않으리라.

상황을 조금이나마 파악한 혜월이 입을 열 찰나, 흑의복면인이 중지를 곧게 세워 이시진의 마혈로 뻗어갔다. 혜월은 황급히 이시진의 팔을 잡고는 빙그르르 돌렸다.

"흡!"

몸이 뱅그르르 돌아가자 이시진이 비명을 질렀다.

"어이쿠! 이게 무슨 짓인가!"

"빌어먹을!"

흑의복면인이 욕설을 내뱉으며 손을 수습했다. 하마터면 약선의 사혈을 짚을 뻔했던 것이다. 그는 곧 불타는 눈으로 혜월을 노려다가 혈을 짚는 것을 포기했는지 다시 도를 꺼내 들었다.

'공격하지 못하는군.'

혜월은 저들이 약선을 공격하지 않는다는 확신을 가질 수 있었다. 그렇다면 그녀는 큰 무기를 쥔 셈이다.

하지만 보호 대상을 방어용으로 이용하려니 꺼림칙하다. 잠시 민망한 눈으로 이시진을 보며 고민하던 그녀는 곧 마음을 다잡았다.

'살려면 어쩔 수 없지.'

혜월은 비도를 오른손에 쥐어 들고는 약선의 팔을 잡았다.

"죄송합니다, 어르신!"

"음?"

혜월이 설명할 새도 없이 공기를 찢으며 흑의복면인의 도가 날아들었다. 혜월은 약선의 팔을 들어 도를 막았다.

"으헉?"

약선이 숨넘어갈 듯한 비명을 질렀다. 하지만 혜월은 아랑곳하지 않았다. 과연 천하제일지의 말이 맞았는지 약선의 팔에 닿을 듯하던 도는 이내 역행해 복면인의 품으로 돌아갔다.

"흡!"

복면인이 다시 호흡을 당기며 도를 날렸다. 혜월은 약선의 몸을 한 바퀴 빙 돌려 그 뒤로 숨었다.

복면인은 분노한 얼굴로 또다시 도를 수습해야 했다. 그 틈새를 파고들며 비도가 한 자루 날아들었다.

챙─!

복면인에게 날아들던 비도는 그 뒤의 복면인의 도에 맞아 튕겨났다. 두 복면인이 분노한 눈으로 혜월을 노려보았다.

"치사한 년 같으니……."

혜월 덕택에 자신의 뜻과는 다르게 춤춰야 했던 이시진이 떨떠름한 얼굴로 동의했다.

"그러게 말일세."

"흡!"

혜월은 이시진의 몸을 끌어당기며 다시 비도를 날렸다. 비도는 앞에 서 있던 복면인의 도에 맞아들었다.

콰앙—!

"음?"

비도와 도가 부딪치는 청량한 소리가 아니라 굉음이 들려 왔다. 당황한 혜월이 멍하니 시선을 돌려 복면인의 뒤를 바라 보았다.

마영귀의 앞쪽에 흙먼지가 비산해 있었다. 그 사이로 한 인 영이 꼿꼿이 서 있는 것이 보였다. 혜월은 그 인영이 왠지 낯 익다고 생각했다.

그녀의 추측을 확인시켜 준 것은 이시진이었다. 그가 환희 에 가득 찬 얼굴로 외친 것이다.

"의현!"

"의현아, 의현아! 어디에 있다가 이제 온 게냐!"

이시진의 얼굴에는 흥분이 어려 있었다. 긴박한 와중에 나 타난 의현을 보니 반가운 마음을 금할 길이 없다. 물론 의현 이 도움이 될지 안 될지는 모르겠지만 말이다.

곧 흙먼지가 사라지고 그 속에서 걸레 조각과 비슷한 바지 를 입은 의현이 꿇고 있던 무릎을 일으켰다.

머리에 떠오른 유월보의 월행중천(月行中天)의 초식대로 몸을 날렸건만 착지할 때 그만 실수를 하고 말았다. 기억과 몸의 움직임은 아직도 정확히 맞지 않았다.

의현이 무표정한 얼굴로 중얼거렸다.

"실수했군."

이시진은 의현의 말을 이해하지 못하고 고함을 질렀다.

"뭐가 실수냐, 이 녀석아! 음?"

의현을 욕하려던 이시진은 의아한 얼굴로 그를 바라보았다. 의현의 몰골은 의외로 멀쩡했다. 하늘로 치솟으면 허구한 날 어딘가에 부딪쳐 옷을 찢는 의현이 예전보다는 나은 모습으로 서 있다.

'히, 힘을… 제어하나?'

이시진은 침을 꿀꺽 삼켰다. 의현이 그런 이시진을 바라보며 물었다.

"다친 데는 없나, 시진?"

"다친 데는 없다마는……."

떨떠름한 어조로 하는 이시진의 말을 뚫고 제갈현중이 반가운 얼굴로 외쳤다.

"의현 소협! 의현 소협! 멀쩡하시군요!"

긴박한 상황에서 만났기 때문일까. 그 눈에는 벌써 눈물이 그렁그렁 매달려 있었다.

의현은 그런 제갈현중을 한 번 바라보고 모두가 무사하단 것을 확인했다. 의현은 시선을 떼어 마영귀를 바라보았다.

마영귀는 그 눈에 또다시 위압감을 느껴야 했다.

의현은 유월보를 알고 있는 마영귀를 보며 자신에 대해서 생각했다. 저 녀석에게서 느껴지는 기운은 낯익고 친숙하다. 자신의 기운과도 비슷하다. 어쩌면 저 녀석은 자신을 알지도 모른다.

"너."

"으음……."

마영귀가 신음을 내뱉었다. 의현의 눈뿐만 아니라 그 목소리에서도 위압감을 느꼈던 것이다.

하지만 위압감은 빠르게 사라졌다.

"대답해라. 내가 누구지?"

"이… 빌어먹을 놈……."

마영귀는 뿌드득 하고 이를 갈았다. 의현이 장난을 치는 줄 지레짐작한 것이다. 그는 분노에 차 대답했다.

"내가 그것을 어떻게 알겠느냐!"

마영귀의 분노에 찬 대답은 무시되었다. 의현이 한심하다는 듯한 얼굴로 고개를 돌린 것이다.

"모르다니, 멍청한 놈이군."

마영귀는 분노를 넘어 황당함마저 느꼈다.

의현은 마영귀를 바라보며 생각에 잠겼다. 저놈을 죽이긴 싫다. 그럼 때릴까? 말 안 들으면 그럴 수도 있다. 하지만 지금은 별다른 기색을 보이지 않는다.

'나에 대해 뭔가 아는 것 같지만…….'

본인이 직접 말하길 자신에 대해 아는 것은 없단다. 그럼 어떻게 할까?

잠시 고민하던 의현은 명쾌한 해답을 내리고는 몸을 돌렸다.

'두고 가지.'

"가자, 시진."

"뭐… 뭐?"

심각하게 장내를 주시하고 있던 이시진이 떨떠름한 어조로 대답했다. 그 외의 사람들 역시 당황한 기색이었다. 모두가 의현을 멍하니 주시했다.

의현 자신은 이 자리를 떠나는 것이 당연하다는 듯 뚜벅뚜벅 걸음을 옮기고 있었다. 이시진이 외쳤다.

"이… 이놈아! 너 지금 어디 가?"

"오뢰마기! 저놈을 죽여!"

이시진의 말을 끊으며 마영귀가 외쳤다. 그와 동시에 의현의 걸음이 멈추었다.

흘끗 뒤를 돌아본 의현이 차갑게 입을 열었다. 오뢰마기는 의현의 말에 또다시 몸을 멈추어야 했다.

"움직이지 마."

의현은 오뢰마기를 바라보았다. 오뢰마기는 위압감을 느꼈다는 것을 인정하지 않으려 애쓰며 다시 의현에게 접근했다.

"움직였군."

의현은 마음속 깊숙이 갈등을 느꼈다. 말을 안 듣는다. 그
럼 어떻게 하지?

갈등은 찰나의 시간 안에 끝을 맺었다.

'때리자.'

생각이 끝남과 동시에 의현의 몸이 움직였다. 의현은 무표
정한 얼굴로 정권을 날렸다.

"흡!"

주먹의 정면에 서 있던 삼기주가 헛숨을 들이켰다. 아무런
기수식도 초식도 없이 튀어나온 주먹은 그에게 방비할 시간
을 주지 않았다. 삼기주는 거의 본능적인 감각으로 몸을 뒤로
뺐다.

이기주가 움직인 것도 그때쯤이었다. 이기주는 활활 불타
는 눈으로 의현을 바라보며 도를 날렸다.

의현은 무표정한 눈으로 자신에게로 날아오는 도를 바라
보았다.

'익숙해.'

도는 정확히 자신의 허리를 향해 오고 있다. 의현은 무덤덤
한 눈으로 손을 뻗어 도를 쥐어갔다.

"헛?"

이기주의 입에서 당황스런 신음이 터져 나왔다. 도가 너무
도 손쉽게 잡혀 버린 것이다. 하지만 그 뒤에는 당황마저 느
껴야 했다.

챙강—

도가 부러지는 맑은 소리에 이기주는 황급히 몸을 뒤로 뺐
다.

"어, 어떻게……?"

의현은 이기주의 말을 듣고 있지 않았다. 그는 조금 전에
보았던 도의 궤적을 생각하고 있었다. 의현은 그 움직임을 더
보고 싶었다.

"더 해봐."

이기주는 그 말이 자신을 놀리는 것 같다고 생각했다.

"이런 개 같은……."

"비켜라, 이 멍청한 놈!"

이기주의 옆에서 마영귀가 달려들었다. 시리도록 차가운
도가 의현에게 보였다. 의현은 그 도의 궤적을 확인하며 시선
을 내렸다.

궤적은 익숙했다. 자신의 가슴을 파고드는 도의 궤적은 안
정적이면서도 변화무쌍했지만 동시에 어떻게 움직일지 뻔히
보이기도 했다.

잠시 도의 궤적을 관찰하던 의현은 자신이 도를 피해야 할
시점을 놓쳤다는 것을 깨달았다.

"음? 큭!"

의현의 몸이 마영귀의 도에 맞아 뒤로 멀찍이 나가떨어졌
다. 그와 동시에 혜월이 이시진과 제갈현중의 어깨를 붙잡아

옆으로 던졌다.

"제기랄!"

이시진과 제갈현중을 던져 버린 혜월은 아낌없이 비도를 던졌다. 남은 비도의 분량이 한정되어 있는데도 신경 쓰지 않는 태도였다.

"흡!"

혜월이 헛숨을 들이키며 몸을 뒤로 뺐다. 그녀를 향해 다가오는 이기주의 부러진 도를 확인한 탓이었다.

난생처음 겪는 격전에 얼굴이 파랗게 질린 제갈현중은 침을 꿀꺽 삼켰다. 그리고는 천하제일지답게 머리를 굴려 이 위기를 타개할 방법을 찾으려 애썼다.

"으음……."

의현을 날려 버린 마영귀는 잠시 의현이 사라진 방향을 바라보았다. 자신의 도에 적중되었으니 죽음을 맞았으리라.

하지만 왠지 안 죽었을 것도 같다. 요괴처럼 튀어나와 또다시 고함을 지를 것 같은 기분이 든다.

"……."

한동안 의현이 사라진 곳을 바라보던 마영귀는 마침내 마음을 놓았다. 아무리 기다려도 안 나타난다.

마영귀는 사이한 미소를 지으며 제갈현중에게로 걸어갔다. 겁에 질린 제갈현중이 마영귀를 올려다볼 때였다. 마영귀의 귓가에 악몽 같은 소리가 들려왔다.

"이제 죽……."

"따갑잖아!"

의현이 사라진 곳에서 고함 소리가 들려왔다.

제갈현중을 죽이려던 마영귀는 저도 모르게 헛바람을 들이켰다.

"헉!"

그것은 혜월에게 도를 날리던 이기주 역시 마찬가지였다. 그는 저도 모르게 의현에게로 시선을 돌렸다. 각주께 도를 맞았으니 살아 있을 리 없다. 살아 있어선 안 된다.

그런데 살아 있다.

그의 옷은 분명히 갈라져 있었다. 하지만 그 피륙엔 조금의 상처도 보이지 않았다. 생채기처럼 벌겋게 줄이 가 있기만 하더라도 이처럼 놀랍진 않았으리라.

"금강불괴?"

의현은 더 이상 아무 말도 하지 않았다. 차분한 눈이 된 의현은 그저 팔괘를 따라 발을 디딜 뿐이었다.

그 움직임은 처음엔 느리다가 점점 더 쾌속하게 변해갔다. 달의 변화는 느린 듯 보이면서도 빠른 법. 의현은 누구보다도 그 요체를 정확히 깨닫고 있었다.

마영귀는 그 보법을 정확히 확인할 수 있었다. 그는 가슴이 철렁하는 느낌을 받았다.

“유월보! 네놈은 누구냐!”

“모른다.”

대답과 동시에 의현이란 놈이 자신의 앞에 다가와 있다. 마영귀는 황급히 고개를 옆으로 꺾었다.

“흡!”

의현의 주먹이 마영귀의 볼을 스쳤다. 공기를 가르는 파공음과 함께 볼이 살짝 찢어졌다.

“이게 무슨…….”

마영귀는 볼을 슬쩍 어루만졌다. 권풍에 볼이 찢어졌다. 그것도 다름 아닌 자신이. 마영귀는 당황 속에서 몸을 뒤로 빼며 고함을 질렀다.

“너는 누구냐! 으헉?”

몸을 뒤로 빼는 것과 동시에 의현의 몸이 달라붙었다. 마영귀는 좁은 산의 능선을 미친 듯이 달렸으나 의현의 몸은 떨어지지 않았다.

서로 쫓고 쫓기던 두 사람이 멈춘 것은 잠시 뒤였다.

거친 숨을 내뱉으며 마영귀가 몸을 멈춘 것이다. 그와 동시에 의현도 경공을 거두었다. 의현은 차분한 얼굴로 마영귀에게 말했다.

“대.”

의현은 마영귀의 머리를 때리고 싶었다.

“대긴 뭘 대느냐!”

마영귀가 수염을 바들거리며 고함을 지를 때였다. 마영귀의 머리를 때리려던 의현은 마영귀의 허리춤에서 뭔가 관심을 끄는 것을 발견했다.

"음?"

의현은 마영귀의 손에 들린 도를 보고 두 눈을 빛냈다. 도의 부드러운 곡선, 그리고 날카로운 예기. 모든 것이 익숙했다.

의현의 시선을 파악한 마영귀가 헛숨을 들이킬 때쯤 의현의 손이 번개처럼 내려갔다 올라왔다.

그 손에는 도가 들려 있었다.

"이건……?"

도(刀). 날카로운 것. 사람을 벨 때 사용하는 무기. 그리고 익숙한 것.

의현이 저도 모르게 중얼거렸다.

"도(刀)군."

"네, 네 이놈……!"

무인으로서는 최대의 수치를 겪은 마영귀가 수염을 부들거렸다.

의현은 도를 바라보며 생각에 잠겼다.

도를 사용하는 법은 따로 있다. 상대의 방어를 무력화시키며 적의 공격을 막아내는 효율적인 방법이 있는 것이다. 그것을 초식이라고 부른다.

초식은 때때로 버릇으로 남아 무인의 발전을 막기도 하는
데, 때문에 경지에 오른 무인들은 얻었던 초식을 다시 버리기
도 한다.

의현은 초식 자체를 기억하지 못했다.

'초식이 기억 안 나.'

의현은 초식에 대해 생각하다 시선을 뗴었다.

초식을 잊을 즈음에는 생각보다 먼저 몸이 움직인다. 본능
적인 움직임으로 도가 먼저 행동하는데 도의 마음을 알 수 있
게 되는 것이라고 봐도 무방하리라. 도가 마음보다 먼저 움직
이고 자신이 그 도를 따라 몸을 움직이게 된다.

그때에 도는 반가운 울음을 토해낸다.

의현은 두 눈을 부드럽게 감았다.

우우웅―

"도, 도명(刀鳴)?"

의현을 공격하려던 마영귀가 도명을 듣고는 저도 모르게
한 걸음 뒷걸음질쳤다.

의현의 생각이 계속되었다.

도가 반가운 울음을 토해내고 나면, 그때에는 도와 점점 더
친숙해진다. 도로 음식을 집어먹을 수 있을 만큼 친해지고 나
면 그때에는 도로 기운을 발출하는 게 가능해진다.

'기운?'

의현이 의아한 듯 기운을 생각했다. 그것은 내공을 쌓아야

생기는 것. 내공은 나에게 있나? 모른다.

하지만 기운이라는 것은 본래 몸에 있지 않고 만물에 있다. 땅에도 기운이 있고 공기에도 기운이 있으니 그것을 불어넣는 것은 결코 어렵지 않다.

이번에는 도에서 기이한 기류가 형성되었다.

"도기(刀氣)!"

마영귀는 뒤로 서너 발자국 이상 물러났다. 도기까지 발출할 정도의 고수가 강호에 몇이나 되던가! 자신 역시 도기를 발출할 줄 알지만 아직 그것을 쉽게 발출할 만큼 수위가 높진 못하다.

하지만 아직도 끝나지 않았다.

'기운을 넣고 나면……'

도에 기운을 불어넣고 나면 도는 그야말로 막강한 힘을 쏟아낼 수 있다. 거기서 한 발자국 더 나아가 도에 어린 기운을 자유자재로 수발할 수 있게 되면 도에 어린 기운이 형상화된다.

"도강(刀罡)! 너는 누구냐?!"

마영귀가 비명처럼 고함을 질렀다.

의현이 번쩍 눈을 떴다. 그러자 의현의 눈에 거대한 기운이 보였다. 그것은 흐릿한 기운이기도 했으나 그에게만은 흐릿하지 않게 보였다.

또한 친숙하기도 했다.

하지만 장내의 다른 사람에게는 전혀 친숙하지 않았다.

"도강이다!"

흑의복면인들은 비명을 지르거나 혼란을 일으키지 않는 훈련을 받는다. 하지만 이런 상황에서는 그들도 어쩔 수 없는가 보다. 한마디만을 내뱉고 입을 다무는 것만으로도 칭찬해 줘야 하리라.

의현은 그런 흑의인들을 주시하다가 흘끗 시선을 떼어 마영귀를 바라보았다.

그리고는 차가운 미소를 지었다.

"너 이리 와."

"시, 싫다."

마영귀는 절대로 가까이 가지 않겠다고 다짐했다. 도강이 줄기줄기 넘실대고 있는 곳에 자신의 목을 바칠 위인은 아마 세상에 없을 것이다.

의현이 미소를 거두며 말했다.

"와."

마영귀가 새파랗게 질린 얼굴로 고개를 천천히 저었다.

"싫다."

의현은 마영귀가 끝까지 말을 듣지 않는 것이 못마땅했다. 하지만 죽일 수는 없는 노릇. 의현은 마영귀에게 마지막 기회를 주었다.

"오라고 했다."

“싫다니까.”

두려움 가득한 얼굴을 한 마영귀가 마지막 기회를 발로 차 버렸다. 의현은 무덤덤한 얼굴로 도강이 넘실거리는 도를 슬쩍 흔들었다. 그와 동시에 마영귀의 얼굴이 사색이 되었다.

“으헉!”

마영귀는 재빨리 신형을 뒤로 물렸다. 그리고는 도강의 범위에서 벗어나기 위해 미친 듯이 경공을 펼쳤다.

그 모습을 바라보던 흑의복면인 하나가 더듬더듬 중얼거렸다.

“도, 도강이라니…….”

중얼거린 복면인뿐만이 아니라 주위의 모든 복면인들이 행동을 멈춘 채 마영귀가 몸을 뒤로 빼는 것을 바라보고 있었다.

제갈현중과 혜월, 이시진도 마찬가지였다.

좁은 산의 정상을 가득 메운 도강.

천고에 다시없을 기사가 눈앞에 펼쳐지고 있었으니 움직이지 못하는 것도 무리는 아니리라.

멍하니 서 있던 사람들 중 가장 먼저 정신을 차린 것은 제갈현중이었다.

“혜, 혜월 단주님? 저거… 뭔가 이상한데요?”

제갈현중이 뭔가 찜찜하단 얼굴로 중얼거렸다. 눈은 의현에게서 떨어지지 않은 채였다.

하지만 혜월은 대답하지 않았다. 그녀는 제갈현중의 말을 듣지 못했는지 멍하니 서 있을 뿐이었다. 사실 그녀는 깊은 생각에 빠져 있었다.

약선을 구하기 위해 남패천과 대적하는 것을 보면 의현은 남패천과 연관되지 않았으리라.

아니, 아예 처음부터 틀렸다. 저런 경지에 이를 정도면 약선에게 흑심을 품고 접근할 리 없다.

경지에 오른 무인은 태산처럼 고고히 군림하되 쉬이 움직이지 않는 법인 것이다.

"아아……!"

의현의 도강에 스친 바위나 돌이 깔끔한 절단 면을 남기며 베어지는 것을 바라보던 혜월은 긴장한 듯 침을 꿀꺽 삼켰다.

저 정도의 경지에 이르려면 얼마나 많은 수련과 깨달음, 기연이 필요했을까! 지금 생각해 보면 자신은 무학의 대종사에게 버릇없이 군 하룻강아지나 다름없다.

천생 무인이었던 혜월은 그의 위압감이나 기도가 아닌, 그의 무위를 보고서야 의현에게 경외심을 품을 수 있었다.

후회하는 마음도 들었다. 그때 육포 줄 걸.

제갈현중이 불안한 어조로 재차 혜월을 불렀을 때에야 그녀는 정신을 차릴 수 있었다.

"다, 단주님?"

"으…응?"

혜월이 멍하니 제갈현중을 바라보았다. 제갈현중이 새파랗게 질린 얼굴로 의현을 가리켰다.

"저, 저기 좀 보시라니까요?"

"뭘 보라는 거야?"

혜월이 시선을 돌려 의현을 바라보았다.

의현은 횡으로 도를 베어가고 있었다. 그 궤적은 결코 크지 않았는데, 그냥 슬쩍 그어본 것에 불과했다.

하지만 본래 각도라는 것이 가까이서는 작게 보여도 먼 곳으로 갈수록 넓어지는 법.

작은 궤적이었던 것이 큰 궤적으로 변해 자신을 향해 다가오는 것을 발견한 혜월이 당황한 듯 눈을 끔뻑거렸다.

"저기요, 저거… 우리를 향해 오는데요?"

"그… 그렇네?"

혜월이 멍청한 어조로 중얼거렸다.

"도대체 의현이 뭘 하는 건지 모르겠구먼."

이시진 역시 속삭이듯 말했다. 혜월과 제갈현중과 이시진은 조금 더 사태를 주시했다.

잠시 정적이 있었다.

정적 와중에서 이시진은 도강이 정확히 자신을 향해 다가온다는 사실을 확인할 수 있었다.

"야, 이 미친 자식아아아!"

"히에엑!"

제갈현중과 이시진이 비명을 지르며 앞으로 달려나갔다. 혜월은 비명을 지르지는 않았지만 누구보다도 새파래진 얼굴로 앞으로 달려나갔다.

비슷한 시기에 흑의복면인들 역시 상황을 파악하고는 당황한 듯 고함을 질렀다.

"이쪽으로 온다!"

도강이 두터운 나무를 베었다. 나무는 옆으로 기울어지며 쓰러진 다음 비탈을 향해 굴렀다. 문제는 도강이 나무만 베지 않는다는 점이었다.

도강은 사람도 벤다.

"피해라!"

일찌감치 뒤쪽으로 몸을 뺐던 마영귀가 크게 외쳤다. 그리고 그와 동시에 흑의인들이 몸을 날렸다.

곧 산의 정상에는 아무도 남지 않게 되었다.

정상에 서 있던 사람들 모두가 늑대에 몰리는 양 떼마냥 도강을 피해 달려야 했던 것이다. 바로 뒤로 나무가 서걱서걱 베여 쓰러지니 모골이 송연했다.

"뛰어라! 살려면 뛰어!"

삼기주가 정신없이 달리며 외쳤다. 흑의인들은 그 명령을 충실히 따랐다. 앞을 향해 달리지 않으면 다가오는 도강에 죽는다.

흑의인들은 적과 아군이 섞여 달려나가는 것도 느끼지 못할 정도로 뛰었다. 약선이 바로 옆에서 달리고 있다는 사실도 모를 정도로.

가장 먼저 적과 아군이 혼재되어 있다는 것을 알아챈 것은 삼기주였다. 삼기주의 바로 옆에는 혜월이 달리고 있었다.

"음?"

삼기주는 잠시 당황한 듯 혜월을 바라보았다. 혜월 역시 마찬가지였다.

"어?"

도강을 본 것은 물론 도강에 도망친다는 기괴한 사태도 처음이다. 덕택에 둘 모두 당황한 상태였다.

삼기주가 먼저 정신을 차렸다. 그는 혜월의 옆에서 함께 달리는 이시진을 보며 눈을 빛냈다.

이시진은 자신을 바라보는 시선을 느끼고는 사색이 되었다.

"어, 어라?"

삼기주는 재빨리 이시진의 어깨를 잡아채려 손을 뻗었다. 하지만 혜월 역시 만만치는 않았다. 그녀는 재빨리 우수를 뻗어 삼기주의 조공을 막아내었다.

"어이쿠! 나 죽는다!"

이시진이 황급히 망태기를 쥐어 들며 옆쪽으로 몸을 날렸다.

곧 이시진을 사이에 두고 공방전이 일어났다.

멀찍이서 그 모습을 바라보던 의현의 표정이 심각하게 굳어갔다. 자신이 무슨 짓을 했는지 이제야 감을 잡은 것이다.

"음……."

의현은 베어 나가던 도를 멈추었다. 그리고는 도강을 바라보며 생각에 잠겼다.

여기에 베이면 살아남을 수 없다. 하지만 이 자리에 있는 사람 중 죽이고 싶은 사람은 하나도 없다. 도강으로 때리는 것은 아쉽지만 하면 안 될 것 같다.

의현은 무덤덤한 얼굴로 도강을 거두고는 장내를 돌아보았다. 삼마기와 손을 나누는 혜월이라는 여자와 열심히 달리는 제갈현중, 그리고 사색이 된 이시진이 보였다.

'시진.'

시진이 위기에 처한 것을 확인한 의현이 눈을 빛내며 경공을 펼치려 무릎을 살짝 굽혔다. 하지만 신형을 날리지는 못했다.

그의 귓가에 낯익은 이름이 들려온 탓이었다.

"아아… 탈백마제여……."

'탈백마제?'

의현이 몸을 멈추고는 고개를 돌렸다. 건너편 능선 가까이까지 도망친 마영귀가 탄식처럼 중얼거리고 있었다.

　도강에 놀랐던 마음이 진정되자 그 자리에 절망이 찾아들었다. 도강을 피해 정신없이 도망치는 수하들을 바라보며 마영귀는 이번의 행사가 실패로 돌아갔음을 깨달을 수 있었다.

　수하들이 전열을 재정비해 돌아온다손 치더라도 도강을 날리는 저 애송이를 어찌 대적할 수 있단 말인가! 이제 모두 끝난 것이나 다름없다.

　마영귀는 이를 악물며 탄식했다.

　“탈백마제여…….”

　그에게 한 가지 소원이 있다면 주군의 안녕이었다. 주군은 도구로써 자신을 대하지 않고 사람으로 대했다. 단순히 수하로 자신을 대하지 않았으며 인의로써 자신을 대했다.

　사내는 자신을 알아주는 자를 위해 목숨을 바친다던가!

　약선을 포획하는 무리수를 두면서까지 주군을 구하려 했던 그의 의도는 도강을 날리는 정체불명의 애송이에게 막혀 버리고 말았다.

　마영귀가 눈을 지그시 감았다.

　“나의 주군이여…….”

　하늘이 주군을 버리심인가.

　마영귀의 눈에서 눈물 한 방울이 흘러나왔다. 눈을 감자 목이 졸리는 듯한 기분까지 든다. 목이 졸리는 듯한 기분은 더더욱 심해졌다. 숨을 쉴 수 없을 만큼.

　“캑… 캑?”

마영귀가 황급히 눈을 떴다. 그 눈은 곧 부릅떠졌다. 자신의 목을 잡은 사람은 바로 도강을 날리던 애송이였던 것이다.

"캑… 어… 어떻게?"

어떻게 자신이 기척을 읽지도 못했단 말인가! 너무나 급작스럽게 다가온 의현을 본 마영귀의 얼굴이 파랗게 질려갔다.

의현이 무감정한 얼굴로 마영귀에게 중얼거렸다.

"다시 말해."

"캑."

마영귀는 의현의 눈을 바라보며 공포를 느꼈다. 그 눈에 깃든 것은 차가운 불꽃이었다. 곧 의현이라는 청년이 크게 외쳤다.

"다시 말하라 했다!"

"뭐, 뭘……?"

"방금 전의 이름!"

의현의 손에 힘이 들어갔다. 마영귀는 저도 모르게 의현의 손을 붙잡았다. 하지만 호흡은 점점 더 막혀갈 뿐이었다.

"타… 탈백… 마… 제……."

"끝 글자가 틀려."

의현이 혼잣말을 주워섬겼다. 탈백마제라는 이름을 듣자마자 번개처럼 무엇인가가 떠올랐다. 떠오른 기억은 예전과 다르게 아무 통증도 없었다. 곧 안개처럼 기억이 사라져 버렸지만 탈백이라는 단어만은 사라지지 않았다.

“타… 탈백마… 군을… 말하는……?”

탈백마군.

의현의 머리보다 가슴이 먼저 반응했다. 전신에 알 수 없는 격동이 일었다. 심장이 뛰는 것을 느끼며 의현이 고개를 끄덕였다.

“탈백마군이 누군가?”

“내… 주군. 남패천의…….”

마영귀가 거칠게 호흡을 삼키며 속삭이듯 말했다. 의현은 손에서 힘을 조금 뺐다. 의현은 아직 모르고 있었지만 지금 이 순간만큼은 그는 힘을 완벽하게 제어하고 있었다.

“큭, 쿨럭!”

호흡이 자유로워지자 마영귀가 기침을 내뱉었다. 스스로도 믿지 못할 일이었지만 그는 자연스레 정보를 말하려 하고 있었다.

공포 때문이었을까? 아마 그것은 아니었으리라. 그는 오히려 공포감이 사라지는 것을 느끼고 있었다.

“말해.”

잠시 쿨럭거리던 마영귀가 마침내 거친 숨을 몰아쉬며 대답했다.

“쿨럭! 큭… 그는 남패천의 천주. 천하제일마… 파천제의 제자…….”

파천제(破天帝).

의현의 동공이 확대되었다. 몇 가지 기억이 혼란스럽게 그의 머릿속을 파고들었다. 그 기억들은 아무 통증도 없이 찾아왔으나 대신 그의 머릿속에 남지 않고 사라지려 했다.

의현은 이를 악물며 외쳤다.

"파천제! 그에 대해서 말해!"

목소리와 동시에 기억이 떠오른다. 의현은 파천제라는 이름이 자신의 기억을 되찾을 단서라는 사실을 본능적으로 깨달을 수 있었다. 그 끈을 놓쳐선 안 된다.

마영귀가 호흡을 수습하며 재차 입을 열었다. 그는 자신이 경어를 사용하고 있다는 사실을 알지 못했다.

"파천제는… 천하제일마요. 후우… 사도천하를 지배하던 그는 십팔 년 전부터 은거에 들었소. 그리고 십오 년 전, 마지막으로 사부를 배알하러 갔던 탈백마제는 그가 죽음을 맞았다고 공표했소이다. 파천제의 무위는 천하제일로, 지금의 오제(五帝)는… 일제(一帝) 파천제의 이름을 다섯 개로 나누어 물려받은 것이오. 만약 파천제가 살아 있다면 그는 제(帝)가 아니라 황(皇)이라 불릴 것이오."

의현의 동공이 확대되었다. 파천제. 내가 싫어했던 이름. 하지만 그렇게 불려야만 했던 이름. 모든 이의 머리 위에 공포로 군림했던 이름. 천무진경의 마지막 경지를 찾지 못해 황(皇)의 칭호를 거부했기에 제(帝)로서 남아 있던 이름.

천무진경(天武眞經)?

보이지 않으니 느끼는 것이 없고[不視則無感], 느끼지 못하니 그것은 존재하지 않는다[不感卽無存]!

마영귀는 자신의 목에서 손이 떨어져 나감을 느꼈다. 그는 목을 어루만지며 저도 모르게 두어 걸음 뒷걸음질쳤다.

마영귀의 눈에 의현이 무릎을 꿇는 것이 보였다. 의현은 무릎을 꿇은 채 부들부들 떨고 있었다.

곧 마영귀는 평생 잊지 못할 비명을 들을 수 있었다.

"으아아아악!"

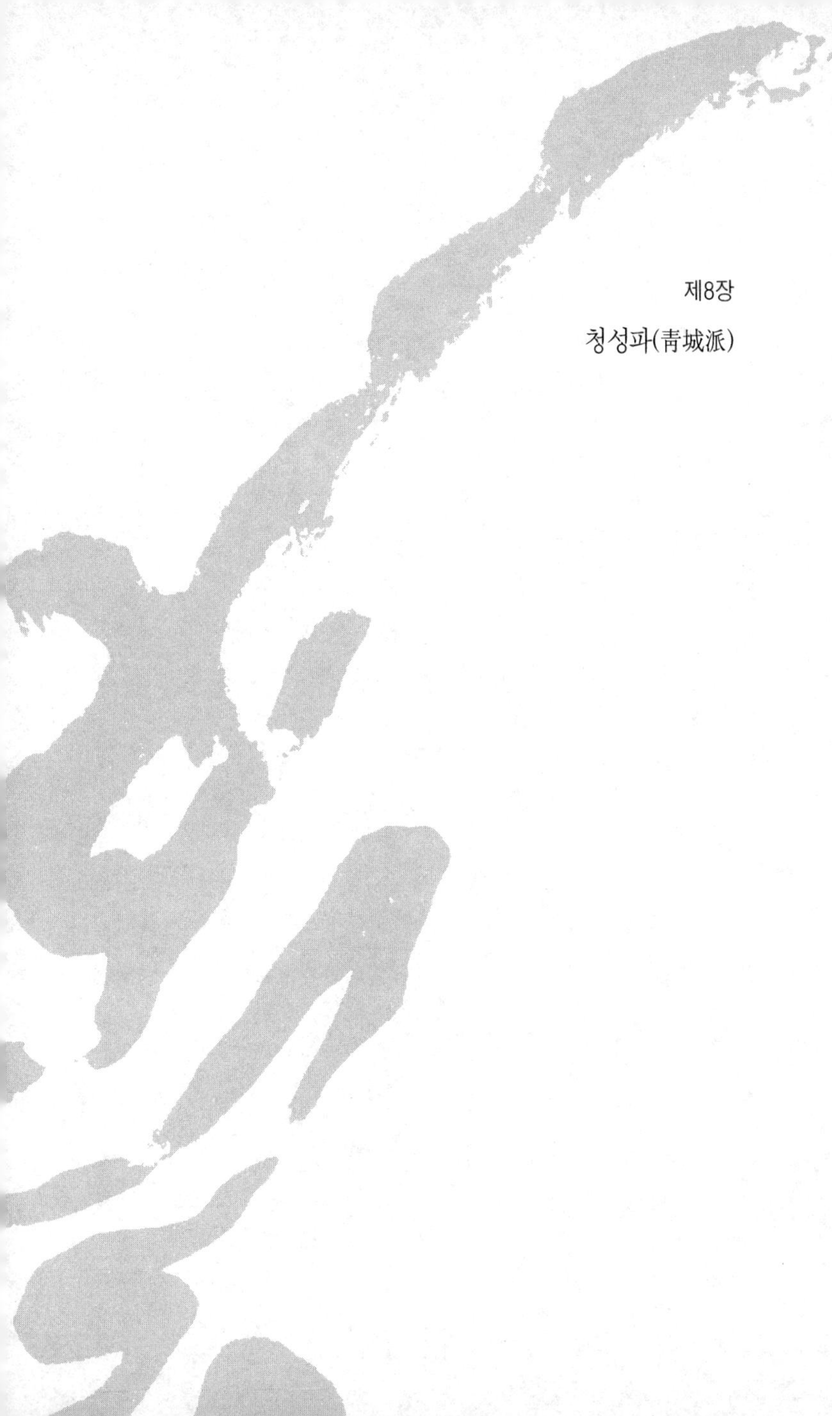

제8장

청성파(靑城派)

의현은 사시나무 떨듯 부들부들 떨고 있었다. 상상을 초월
하는 고통이 머릿속으로 밀려들어 왔다. 고통과 함께 수십 가
지 기억이 떠오르고 또 사라졌다.

"으아아아악!"

의현은 밀려오는 기억 속에서 허우적댔다. 빠르게 떠오르
고 그만큼 빠르게 사라지는 기억 덕택에 의현은 자신이 비명
을 지르고 있다는 것조차 알지 못했다.

"끄, 끄으윽……."

비명을 지를 힘조차 없었던 것일까. 의현의 입에서 비명 대
신 신음 소리가 터져 나왔다. 너무 컸기에 오히려 느껴지지

않는 고통이 의현을 휘감았다.

'이, 이건……'

고통을 느끼지 못할 때쯤 죽음이 보였다. 자신을 살리기 위해 어떤 아리따운 여인이 피 흘리고 있는 모습이었다.

의현은 그것이 자신의 손위 누이라는 것을 기억해 냈다.

고통으로 인해 일그러진 얼굴은 눈물 자국으로 범벅이 되어 있었다. 그 눈물은 홀로 남게 될, 그리고 다시 볼 수 없을 동생을 위한 눈물이었다.

'죽으면 안 돼. 죽지 말고 행복하게 살아야 돼.'

정작 저 자신은 죽어가고 있는데도 누이는 자신의 걱정뿐이었다.

'바보같이……'

의현의 눈에 눈물 한 방울이 배어 나왔다. 그 이전에 죽은 아버지와 어머니와 마찬가지로 그녀 역시 숨을 멈추었다.

그 다음으로는 삶이 보였다. 웃으며 한잔 술을 나누는 제자와 수하들의 모습이었다. 제자가 술 한 잔을 들고 우렁차게 외쳤다.

'사부! 제가 드디어 깨달음을 얻었습니다! 어떤 깨달음이냐 하면, 바로 술 한 잔이면 빌어먹을 무공도, 강호도 필요가 없다는 깨달음이지요!'

'너무 늦게 깨달았구나.'

제자의 농담에 답변한 것은 바로 자신이었다. 자신은 작게

나마 웃음을 지으며 술잔을 기울이고 있었다.

'이건… 나인가……'

차가운 어조의 답변이었만 그 속에 깃든 것은 분명히 온기였다. 의현은 농담을 나누는 자신과 자신의 수하들의 모습에서 행복을 느꼈다.

죽음의 기억이 빨리 사라졌듯 삶의 기억 역시 빠르게 사라졌다.

'이게 내 기억인가.'

수백 가지의 기억이 빠르게 명멸했다. 그것은 파천제로서 살아갈 때의 기억이었다. 분명히 익숙한 것이었지만 그는 마치 다른 이의 기억을 보는 듯한 기분을 느꼈다.

'내가 파천제였나……'

갑자기 기억이 멈추었다. 그리고 그 자리에 천무진경의 무론이 깃들었다. 의현은 갑자기 떠오른 무론에 당황한 듯 입을 벌렸다.

보이지 않으니 느끼는 것이 없고[不視則無感], 느끼지 못하니 그것은 존재하지 않는다[不感卽無存].

그토록 궁구했건만 얻지 못한 깨달음이었다. 하지만 은거에 들어 긴 세월 동안 궁구한 끝에 결국 자신은 깨달음을 얻고야 말았다.

세상을 보는 주체는 나다. 만물은 변함이 없고 스스로 생하고 사하지만, 그것을 인지하고 느끼는 것은 바로 나다.

내가 세상을 인지하지 못하면 세상은 사라진다.

눈을 감으면 세상이 사라지는 셈이다. 아니, 만물은 사라지지 않을지 몰라도 적어도 '내' 세상은 사라진다.

보이지 않으니 그것은 존재하지 않는다[不視卽無存].

의현은 자신의 기억들을 바라보았다. 저것이 내 기억인가? 그렇다. 바로 자신의 기억이다. 하지만 아직은 알아서는 안 된다. 마지막 깨달음으로 가는 길은 모두 잊어야만 열린다.

그 기억들은 아직은 '봐서는' 안 될, '존재' 하면 안 될 기억들이다.

"끄… 끄흐윽……."

다시 고통이 느껴졌다. 의현은 두 눈을 부릅떴다. 기억들이 다시 사라지고 있었다. 그리고 놀랍게도 사라지는 기억들 속에 한 남자가 서서 자신을 바라보는 것이 느껴졌다.

의식의 깊숙한 곳에서 의현은 그 남자가 자기 자신이라는 것을 깨달을 수 있었다.

자신의 얼굴을 한 남자가 씁쓸하게 웃으며 입을 열었다.

'기억하지 마.'

의현은 당혹스러운 감정을 느꼈다. 자신은 말하고 있었고, 동시에 듣고 있었다. 말하는 것도 듣는 것도 모두 나다.

의현이 질문했다.

'왜 기억하면 안 되지?'

'내가 한 일이 있으니까.'

의현은 자신의 질문에 자신이 대답하는 것을 느꼈다. 그와 동시에 재구성되었던 기억이 다시 사라지는 것 역시 느꼈다. 그 고통이 의현의 머리를 잠식했기에 그는 다시 비명을 질러야 했다.

"으아아아악!"

의식 깊숙한 곳에서는 여전히 대화가 오가고 있었다. 자신이 질문하고 자신이 대답하는 기묘한 대화였다.

'하지만 나는 기억해야 한다.'

'곧 하게 될 거야. 하지만 지금은 아니야.'

의현은 씁쓸한 얼굴로 답변하는 자신을 바라보았다. 동시에 이해하지 못할 대답에 당황한 자신을 바라보고 있기도 했다.

두 가지 마음은 곧 하나로 합쳐졌다.

'십팔 년이 지났으니 청성파로 가야 한다. 왜? 거기서 내가 무슨 짓을 했는지 알아야 하니까. 깨달음이 왜 깨달음으로 남지 않았는지 알아야 한다. 진정한 깨달음을 얻는 길을 열어야 한다. 청성파로 가야 한다.'

자신이 질문했고, 대답했다.

의현은 빠르게 사라지는 기억을 바라보며 눈을 감았다. 잊자. 당장은 기억할 때가 아니다. 잊어야 한다. 잊어야만 한다.

모든 기억이 다시 소거될 때 한 가지 의문이 떠올랐다.

'그런데, 내가 누구더라?

'나는 의현.'

마침내 의현이 결론을 내렸다. 그리고 그와 동시에 깊숙한 의식 밖으로 빠져나왔다. 의현은 거칠게 숨을 몰아쉬었다.

"헉… 헉……!"

확장된 동공에 굳은 땅의 상(像)이 맺혔다. 땅에는 한줄기 잡초가 하늘을 향해 뻗어 나가고 있었다.

땅을 바라보는 눈에서 눈물 한 방울이 배어 나왔다. 두통이 사라지고 다시 머리가 맑아지는 것을 느꼈다.

"후우―"

기억들은 대부분 탄생하고 소멸했기에 그의 머릿속에 남지는 않았다. 하지만 한 가지는 알 것 같다.

언젠가 때가 되면 기억하게 되리라. 자신은 그 문을 두드려 본 것에 불과하다. 그렇다면 벌써부터 조급해할 필요는 없다.

의현은 호흡이 진정되는 것을 느끼며 천천히 몸을 일으켰다. 몸을 일으킨 의현은 당황한 얼굴로 서 있는 마영귀를 확인했다.

"이, 이게 무슨……."

마영귀는 의현에게서 시선을 떼지 못한 채 더듬더듬 중얼거렸다. 마영귀는 의현이 비명을 지르는 동안 아무런 행동도 하지 못하고 있었다. 만약 그동안 의현을 공격했더라면 의현은 반드시 목숨을 잃었으리라.

하지만 마영귀는 할 수 없었다. 도강을 펼치는 절대자에 대한 공포 때문이었다. 고막을 울리는 끔찍한 비명도 그 이유 중 하나였다.

"후우―"

길게 한숨을 내뱉은 의현이 마영귀를 바라보았다. 그리고 자신에게 무슨 일이 있었는지 잠시 생각을 정리해 보았다. 기억은 곧 돌아오리라. 지금은 청성파로 가야 한다.

의현은 마영귀에게서 시선을 떼고는 몸을 돌렸다. 시진에게로 가려는 것이다. 하지만 출발하기 직전, 그의 마음속에 한 가지 거리낌이 생겨났다.

'탈백마군.'

슬픈 어조로 탈백마군을 부르던 마영귀가 불현듯 떠올랐다. 지금은 그 이름이 기억나지 않지만 언젠가는 기억하게 될 터. 어쩌면 그 이름은 자신에게 소중한 이름일지도 모른다.

혹시 탈백마군이란 자에게 문제라도 있다면? 만약 그렇다면 자신은 그를 구해야 한다. 왜? 그것은 모르겠다.

의현은 몸을 돌린 채로 마영귀에게 질문했다.

"탈백마군에게 문제라도 있나?"

마영귀는 이를 악물었다. 청년을 처음 보았을 때 그는 위압감을 느꼈다. 그리고 지금은 그에 대한 경외감마저 들 지경이었다.

자신의 감정을 억지로 지우며 마영귀가 힘겹게 말했다.

"무, 무슨 소리요?"

"말하라."

의현이 속삭이듯 중얼거렸다. 착각이었을까? 마영귀는 그 목소리에서 위압감이 느껴지지 않는다고 생각했다. 오히려 그 목소리에서는 온정이 느껴지고 있었다. 의현의 마음이 조금이나마 배어 나온 것이다.

그래서 마영귀는 기묘한 기분을 느껴야 했다.

"나는… 말할 수 없소."

말할 수 없다는 말은 시인한 것과 진배없다. 만약 탈백마군에게 아무 이상이 없다면 아예 말할 거리가 없었을 테니까.

의현은 눈을 감았다. 그리고는 잠시 생각에 빠져들었다. 탈백마군은 위험한 상황에 처해 있을지도 모른다. 만약 그렇다면 자신이 구해야 한다.

잠시 생각하던 의현이 재차 입을 열었다.

"나는 그에게 해를 끼칠 생각이 없다."

마영귀는 대답하지 않았다.

"말하라. 만약 그가 위험하다면……."

의현은 잠시 머뭇거렸다. 자신이 왜 이런 말을 하는지 모르겠다. 하지만 말해야 할 것 같았다.

"내가 그 위험을 대신 감당하겠다."

"……."

잠시 마영귀는 움직이지 않았다. 의현 역시 아무런 말이 없었다.

잠시 뭔가를 생각하던 마영귀가 더듬더듬 말했다. 왠지 모를 희망이 배어 있는 목소리였다. 어쩌면 저자는 주군께 은혜를 입었던 자일지도 모른다.

"호, 혹시 그대는 탈백마제를 아시오?"

"모른다."

대답이 빠르게 튀어나왔다. 희망이 사라지자 마영귀는 씁쓸한 얼굴로 고개를 저었다. 그렇다면 말해줄 수 없다.

"나는……."

"하지만 그를 구한다는 말은 거짓이 아니다."

마영귀가 다시 입을 다물었다. 그는 의혹 가득한 얼굴로 의현을 바라보았다.

의현이 재차 입을 열었다.

"목숨이 위험한 건가?"

"뭐, 뭐요?"

"하나만 알려다오. 그의 목숨이 위험한가?"

마영귀는 잠시 갈등했다. 그는 침울한 어조로 답변했다.

"나는 당신을 믿지 못하겠소."

말을 길게 늘인 마영귀가 잠시 고민해 보았다. 저 사내는 도강을 줄기줄기 뿜는 사내다. 하지만 동시에 탈백마군을 구하겠다고 말하는 사내이기도 하다.

'정말로 탈백마군을 구하려는 자인가?'

그것은 알 수 없다. 하지만 만에 하나 그게 사실이라면 오늘의 행사에 큰 도움이 될 수도 있다. 그는 약선을 보호하는 듯한 움직임을 보였으니 그가 만약 마음을 돌려준다면 약선을 남패천으로 데려갈 수도 있는 것이다.

'아니, 이것은 도박이야.'

하지만 마영귀의 마음은 흔들리고 있었다. 그때, 마영귀의 마음에 쐐기를 박는 목소리가 들려왔다.

"믿어."

의현의 목소리였다. 태산과 같은 무게를 품은 목소리였다. 마영귀는 눈을 질끈 감았다.

"탈백마제께서는 독에 중독되어 있소이다. 그를 구할 사람은 약선의제뿐이오. 약선이 없다면 탈백마제께서는 반년 정도밖에 버티지 못할 게요."

"……."

의현은 아무 말 없이 눈을 지그시 감았다. 그리고는 침을 꿀꺽 삼켰다. 방금 마음 한구석이 철렁 내려앉았다. 마음이 이토록 격동하는 것을 보면 어쩌면 탈백마군이라는 자와 자신은 예상외로 가까웠을지도 모른다.

의현은 생각에 빠져들었다. 탈백마군이라는 자 때문에 이 시진이 필요했고, 그래서 이자들이 시진을 노렸던 것인가 보다. 그렇다면 이자들에게 시진을 맡기는 것이 최선이 아닐까?

'아니.'

의현은 고개를 가로저었다. 시진은 이자들과 가까이 가기 싫어하는 듯했고, 그렇다면 강제로 그를 보낼 수는 없다. 시진 역시 자신에게는 가까운 사람이니까. 하지만 시진이 필요하긴 하다.

"으음……."

그렇다면 어떻게 해야 할까?

잠시 생각하던 의현이 입을 떼었다.

"지금으로부터 백일."

"무, 무슨 소리요?"

마영귀가 더듬더듬 질문했다. 의현이 슬쩍 뒤를 돌아보았다. 마영귀는 의현의 눈을 보고는 멍하니 입을 벌렸다. 그 눈동자는 활활 불타고 있었다.

"백일 안에 시진을 데려가겠다. 어디로 가야 하지?"

"뭐, 뭐요?"

"어디로 가야 하느냐고 물었다."

"남패천이외다."

의현은 마지막으로 마영귀의 눈을 바라보았다. 그 눈은 절대자의 눈이었다.

"그때까지 탈백마군을 살아 있게 해."

"그, 그게 무슨……?"

마영귀가 더듬더듬거렸지만 의현은 대답하지 않았다. 말을 끝내자마자 몸을 굽히더니 유월보를 펼쳐 빠르게 아래로 사라진 것이다. 마영귀는 멍하니 달려가는 의현을 바라보았다.

백일 안에 약선의제를 데리고 오겠다고? 그 말을 어찌 믿는단 말인가! 지금 위기를 모면하기 위해 거짓말을 한 것인지도 모르는데.

하지만 더 생각해 보면 그가 위기를 모면할 일이 없다는 것을 알 수 있었다. 그가 도강을 한 번만 더 펼치면 비뢰각의 맥을 끊을 수도 있었으니까.

"허… 허허……."

어차피 비뢰각의 행사는 실패로 돌아갔다. 그렇다면 저 의현이라는 자를 믿어도 괜찮지 않겠는가!

막다른 골목에서 오히려 희망을 발견한 것일 수도 있다.

마영귀는 허탈하게 웃음을 터뜨렸다.

"허허헛……."

"어이쿠! 나 죽는다!"

왼팔이 삼기주의 좌수에 잡힐 뻔하자 이시진이 비명을 질렀다. 혜월이 이시진의 팔을 잡아 돌려 어깨에 얹었기에 망정이지 아니었다면 이시진은 꼼짝없이 삼기주의 손에 잡혔으리라.

혜월은 이시진을 보호하며 제갈현중을 흘끗 바라보았다.

제갈현중은 그야말로 행운의 사나이였다. 그에게 다가가는 검날은 거의 없다시피 했다. 모두 이시진에게 집중된 공격 덕분이었다.

혜월의 눈에 제갈현중이 사색이 된 얼굴로 외치는 것이 보였다.

"단주님! 오른쪽! 오른쪽!"

혜월은 황급히 시선을 돌려 오른쪽을 바라보았다. 오른쪽에서 이기주가 달려오고 있었다. 혜월은 이를 악물며 비도를 꺼내 들었다. 남은 비도는 이제 다섯 개.

"제갈현중! 돌파구를 찾아내!"

"히엑!"

비명을 지른 제갈현중이 황급히 머리를 굴려보았다. 주위에는 흑의인 천지였다. 이대로라면 약선을 보호할 수가 없다. 방법, 방법을 생각해야 한다.

하지만 아무리 생각해 봐도 방법이 떠오르지 않는다.

제갈현중이 절망에 가득한 목소리로 입을 열었다.

"방법이 없……."

"비켜!"

거친 목소리가 들려왔다. 제갈현중이 그 목소리를 듣고는 화색을 띠었다.

"의현 소협!"

"비키라니까!"

의현이 빠르게 달려들었다. 그리고 자신의 앞을 가로막는 흑의인을 향해 주먹을 뻗었다. 흑의인을 죽이기 싫었던 의현은 최대한 힘을 뺀 다음 그들의 도만 후려쳤다.

"크흑!"

도가 부러짐과 동시에 알 수 없는 경력이 파고든다. 흑의인은 뒤로 나가떨어졌다.

불쑥 나타난 의현을 확인한 이시진의 얼굴이 밝게 변해갔다. 하지만 그 표정은 곧 어두워졌다. 정상에서 들려오던 비명 때문이었다. 혹시 의현이 어디 다쳤을까 싶어 이시진이 걱정스럽게 외쳤다.

"의현아, 이놈아! 아까의 고함 소리는 무엇이었더냐!"

의현이 짧게 답변했다.

"모른다, 시진."

혜월은 의현의 도착을 확인하고는 안심한 듯 미소를 지었다. 도강을 줄기줄기 뿌려대는 일행이 도착했다. 솔직히 말하면 자신도 무섭지만 아마 상대는 더더욱 무서울 것이다.

혜월은 이시진을 보호하던 손을 품속에 넣었다. 그리고는 다섯 자루의 비도 중 하나를 뽑아 들었다.

"흡!"

호흡을 들이마시며 던진 비도는 똑바르게 삼기주에게 날아갔다. 삼기주의 얼굴이 구겨졌다.

“이익!”

삼기주는 몸을 뒤틀어 비도를 피하려 했다. 하지만 그것도 쉽지는 않았다. 의현의 도강에 무너진 바위가 데굴데굴 굴러 온 것이다.

반대로 똑바로 날아가던 비도를 보는 혜월의 얼굴에는 미소가 머물렀다.

하지만 그녀의 얼굴에 어렸던 미소는 빠르게 사라졌다.

날아가던 비도가 누군가의 손에 잡혀 덜컥 멈춰 버린 것이다.

날아가던 비도를 쥔 사내는 바로 의현이었다.

“의현 소협!”

의현 소협이 왜 적을 보호하려 든단 말인가! 이해하지 못할 상황에 혜월이 얼굴을 붉혔다.

의현은 무덤덤한 얼굴로 쥐고 있던 비도를 내버렸다.

“더 이상은 허락하지 않겠다, 여자.”

“소협!”

혜월이 뾰족하게 비명을 질렀다. 그것은 삼기주 역시 마찬가지였다. 본의 아니게 적에게 목숨을 구함받게 된 삼기주가 으르렁거리며 중얼거렸다.

“이런 개 같은…….”

“…….”

의현은 조금 난감해하는 얼굴이었다. 흑의인들을 죽이긴

싫고, 그렇다고 이시진을 보호하지 않을 수는 없다.

그렇다면 최대한 빨리 이 자리를 벗어나는 것이 좋다.

비도를 내버린 의현이 슬쩍 몸을 멈췄다. 그리고는 혜월에게로 달려가 그 어깨에 매달려 있는 시진을 빼앗아 들었다.

"으헉?"

이시진이 비명을 질렀지만 의현은 그 비명을 무시했다.

"여자."

위급한 상황에서도 혜월은 얼굴을 붉혔다. 의현이 적을 보호하는 것도 이해하지 못해 당황스러운데, 게다가 자신을 성별로 부른다.

"제 이름은 혜월입니다!"

의현은 혜월의 외침을 무시했다.

"저 말 많은 놈을 들어라, 여자."

"혜월이라니까요!"

혜월은 그렇게 말하면서도 제갈현중을 업었다. 두 명 모두 데리고 전장을 빠져나가느니 한 명씩 나누어 업는 것이 낫다.

의현은 그런 혜월을 바라보며 말했다. 말과 동시에 그는 신형을 날렸다.

"간다."

"히에엑!"

갑작스레 몸이 들려진 제갈현중이 비명을 지를 때쯤엔 혜월 역시 가진바 내공을 모두 끌어올려 경공을 펼치기 시작했다.

곧 네 명의 사람이 보이지 않을 정도로 빠르게 사라지기 시작했다.

가장 먼저 의현이 길을 뚫었다. 의현이 지나간 곳으로 길이 만들어졌다. 앞을 막은 흑의인은 멀찍이 튕겨져 나갔고, 길을 막는 나무는 부러뜨려 버렸다.

무식하기 짝이 없는 방식으로 약선이 도주하는 것을 확인한 삼기주가 고함을 질렀다.

"쫓아!"

"아니, 쫓지 마라."

삼기주의 명령이 채 끝나기도 전에 누군가가 중얼거렸다. 당황한 삼기주가 분노한 얼굴로 뒤를 돌아보았다.

뒤에는 마영귀가 서 있었다.

"가, 각주! 쫓아야 하옵니다!"

삼기주는 당황하며 머리를 숙여 보였다. 하지만 마영귀는 아무런 반응이 없었다. 마영귀는 기묘한 얼굴로 사라지는 의현과 혜월, 제갈현중과 이시진을 바라보고 있었다.

삼기주가 얼굴을 붉히며 외쳤다.

"약선이 없으면 주군께서는……!"

"저쪽을 보거라."

삼기주의 말을 끊으며 마영귀가 산허리 아래 즈음을 가리켰다. 그곳에서 수십 개의 인기척이 느껴졌다. 자세히 보이지는 않지만 언뜻언뜻 도복이 보였다.

어느새 지근거리까지 청성파가 와 있었던 것이다.

삼기주의 얼굴이 처참하게 일그러졌다.

"저, 저들을… 뚫어서라도……."

"도강을 날리는 고수를 앞에 두고 말이더냐."

마영귀가 고개를 저었다. 삼기주는 원망 가득한 얼굴로 마영귀를 바라보았다.

"저희들이 모두 목숨을 잃는 한이 있더라도 약선을 포획해야 합니다!"

"안다. 하지만 우리들이 목숨을 버린다 해도 약선을 포획하지는 못할 것 같구나."

마영귀가 씁쓸하게 중얼거렸다.

삼기주는 잠시 마영귀를 바라보다가 참담한 얼굴로 자신들을 향해 다가오는 청성파를 바라보았다. 각주께서도 어쩔 수 없으리라. 수하들을 모두 잃고 약선을 포획할 수 있다면 그리하시겠지만 수하들을 잃기만 할 뿐 약선을 포획할 수는 없으리라.

"하늘이… 주군을 버리시려는가. 탈백마제여……."

"아닐지도 모르지."

어딘지 모르게 허탈한, 하지만 평화로운 어조로 마영귀가 중얼거렸다. 삼기주가 당황한 듯 마영귀를 돌아보았다.

"예?"

마영귀는 대답하지 않은 채 조용히 몸을 돌렸다.

"비뢰각을 수습하라."

짧게 말한 마영귀가 정상으로 천천히 걸음을 옮겼다. 어딘가 편안해 보이는 그 모습에 삼기주는 아무 말도 하지 못했다.

"……."

한동안 마영귀의 뒷모습을 바라보기만 하던 삼기주는 잠시 뒤에야 정신을 차린 듯 고개를 저었다.

그리고는 당황한 채로 서 있던 흑의인들에게 명을 내렸다.

"퇴각을… 준비하도록."

청성파의 장문인은 무거운 얼굴로 청성산의 초입을 바라보았다. 멀찍이 떨어진 능선에서 폭음과 동시에 나무들이 무너지는 것을 보았기에 그의 근심은 더더욱 커져만 갔다.

장문인은 뒤를 돌아보았다. 상처투성이의 승려와 도사가 보였다.

장문인은 무거운 어조로 질문했다.

"약선께서 습격당한 위치가 저쪽이 확실한가?"

"그렇습니다, 장문인."

"으음."

장문인은 다시 산을 바라보았다. 저쪽에 남패천의 무인들이 지천으로 깔려 있을 것. 지금부터 전투의 초입이라고 생각하면 된다.

"제자들은 들으라!"

"장문인의 뜻을 받드옵니다!"

우렁찬 청성파 제자들의 목소리가 들려왔다. 장문인은 목청을 돋워 크게 명령을 내렸다.

"도고일척이나 마도일장이라 했다! 과연 그 말이 틀리지 않았는지 당금 남패천의 기세가 하늘을 찌르는구나! 하늘 무서운 줄 모르는 사이한 마도의 무리들이 이제는 백성을 돌보는 신의조차 해하려 하니 청성이 어찌 그를 두고 볼 수 있겠는가! 청성이 비록 속세를 떠났으나 백성을 위하는 마음만큼은 버리지 않았느니! 청성의 제자들은 가서 약선을 뫼셔라!"

"뜻을 받드옵니다!"

장문인이 부언했다.

"청성은 약선의 보호를 최우선으로 하되 사도 척결의 기치를 높이 세우라!"

사도 척결의 기치를 높이 세우라는 것은 남패천의 무인들을 제거하라는 명에 다름없다.

마침내 모든 명령을 마친 장문인이 다시 앞으로 시선을 돌렸다. 그리고는 굳은 각오가 어린 얼굴로 외쳤다.

"출행하……."

"비켜!"

"…라?"

장문인의 목소리를 뚫고 어딘지 건방져 보이는 목소리가 들려왔다. 장문인이 의아한 얼굴로 앞을 돌아볼 때 즈음이었다.

앞쪽에서 먼지구름 비슷한 것이 피어났다.

장문인이 당혹과 긴장이 가득한 얼굴로 외쳤다.

"남패천이다!"

"아니오! 남패천이 아닙니다!"

장문인의 말에 반박한 것은 웬 여협의 어깨에 업힌 청년이었다. 청년은 한 손을 거칠게 흔들며 답했다.

"저희는 남패천이 아닙니다! 저희는 약선을 봉행하는 신황… 우억! 아픕니다, 단주님!"

"시끄러워!"

혜월이 달리며 거칠게 외쳤다. 제갈현중이 무림맹이란 이름 대신 신황문이라 말하긴 했지만, 어느 쪽이든 자신들의 정체를 미리 알려줄 필요는 없다.

제갈현중의 입을 황급히 막은 혜월이 다급히 장문인에게 말하기 시작했다.

"청성파의 장문인이십니까? 저희는 신……."

"비키라니까!"

혜월의 말이 끊겼다. 의현이 걸음을 제어하려 애쓰며 외친 것이다. 마영귀의 목을 쥐었을 때와는 달리 그는 자신의 힘을 다시 제어하지 못했다.

그때는 의식이 자신의 잃어버린 기억을 찾아 헤매고 있었기에 육신의 행신이 자유로웠다. 덕택에 육신은 자신의 힘을 제어할 수 있었다.

하지만 지금은 의식이 다시 육신을 지배하기 시작했다.

조금 더 빠르게 달리고자 하는 유월보의 공력이 그를 거침없이 내몰았다.

의현의 어깨에 업힌 불쌍한 약선이 애처롭게 비명을 질렀다.

"의현아! 야! 야, 이놈아! 앞에 사람들이 있잖아!"

"안다, 시진!"

"그럼 멈춰야지!"

"안다니까!"

아무리 해도 유월보가 제어되지 않는다. 의현은 굳은 각오를 한 얼굴로 발을 확 멈추어 버렸다.

"으아아악!"

의현의 몸이 앞으로 당겨지자 약선이 비명을 질렀다. 약선은 의현의 몸을 꼬옥 부여잡았다.

하지만 반동을 이겨내진 못했다. 의현과 이시진의 몸이 앞으로 날아가기 시작했다. 이시진은 더 이상 의현을 잡을 힘이 없었는지 의현과 떨어져 멀리 날아가 버렸다.

"약선 어르신!"

혜월이 그 모습을 보며 경기를 일으켰다. 그녀는 일단 들쳐 메고 있던 제갈현중을 옆으로 던져 버렸다.

"히에엑!"

제갈현중이 비명을 지르며 볼품없이 땅에 널브러졌다.

혜월은 가진바 내공을 모두 끌어올려 의현에게로 달려갔다. 물론 의현이 아닌 이시진을 잡기 위해서였다.

쿵―!

의현의 몸이 바닥에 처박혔다. 하지만 이시진은 바닥에 처박히지 않았다.

혜월이 공중을 나는 이시진을 잡아채 무사히 착지한 것이다. 혜월이 안도의 한숨을 내쉬며 중얼거렸다.

"휴우― 다친 데는 없으십니까, 어르신?"

"고, 고맙네……."

혜월이 이시진을 내려놓았다. 이시진은 그 상황에서도 단단히 부여잡은―약초가 날아가지 않기 위해 끝을 오므려 잡아야 했다―망태기를 추슬렀다.

저만치서 널브러져 있던 제갈현중이 욱신거리는 몸을 추스르며 일어났다. 그리고 울상을 지으며 털레털레 혜월에게로 걸어왔다.

"저를 고민도 없이 버리시다니……."

제갈현중은 찢어진 어깨 부위의 옷을 추스르며 원망 가득한 얼굴로 혜월을 바라보았다. 만약 혜월이 제갈현중을 생각해 천천히 던지지 않았더라면 제갈현중은 다시 일어나지 못했겠지만 제갈현중은 그것을 몰랐다.

"……."

저만치 서 있던 의현은 아무 말 없이 불쑥 몸을 일으켰다. 그는 아무 이상 없다는 듯 옷을 툭툭 털고는 천천히 이시진에게로 걸어왔다.

그리고는 이시진을 바라보며 질문했다.

"괜찮나, 시진."

"안 괜찮다, 이 망할 놈아."

이시진이 불만 가득한 목소리로 중얼거렸다.

황당하게 착지하는 네 명의 사람을 바라보던 청성파 장문인은 당황한 얼굴로 뒤를 흘끗 돌아보았다. 저 사람이 약선이냐는 시선이었다.

뒤에 서 있던 무당파의 도사 무량검 현천자가 조용히 고개를 끄덕였다.

그가 약선임을 확인받은 청성파 장문인이 당혹한 얼굴로 네 명을 바라보았다.

여기저기 찢어진 추한 몰골의 청년이 울먹거리며 말하는 것이 보였다.

"강호의 도의란 이런 게 아니잖아요. 생사고락을 함께했으니 우리는 결코 남이 아닌데 어떻게 그렇게 참혹하게 버리실 수가 있어요?"

차가운 얼굴 속에 짜증을 품고 징징대는 녀석을 바라보던 여자가 답변했다.

"시끄러워."

그녀는 청년을 무시했고, 청년은 울먹거리며 투덜거리기 시작했다.

"그래도요, 단주님은 너무 냉혹하세요."

투덜거리는 청년 옆에는 불퉁한 얼굴을 한 노인이 서 있었다. 노인은 무덤덤한 얼굴의 사내를 바라보며 얼굴을 붉혔다.

"힘 하나도 제어하지 못하는 놈을 어디다 써먹겠느냐, 이런 망할 놈아!"

무덤덤한 얼굴의 사내는 탐스럽다는 눈으로 노인의 옷을 바라보고 있었다.

"내 옷은 많이 찢어졌다. 바꿔 입는 것은 어떤가, 시진."

노인의 얼굴이 붉으락푸르락해졌다.

그런 그들을 보며 잠시 당황하던 청성파 장문인은 침을 꿀꺽 삼켰다.

그는 일단 인사를 해야겠다고 생각했다.

"저… 약선의제… 되십니까?"

"오, 청성의 장문인이신가 보구려."

의현에게 화를 내던 이시진이 그제야 장문인에게 인사를 했다. 그는 추레한 몰골의 옷에도 부끄럼없이 말했다.

"강호에서는 나를 약선의제라고 부르지요. 사실 별 쓸모 없는 이름이외다만, 그 사람을 찾는 것이라면 내가 맞소."

부끄럼이 없을 뿐만 아니라 시비조의 목소리였다. 그는 강호에 연관되고 싶은 생각이 없으니 척을 만들면 만들었지 화를 만들진 않을 생각이었다.

장문인은 그런 이시진의 의도를 파악해 내고는 쓰게 웃었다. 그리고는 그의 찢어진 옷과 망태기를 바라보며 중얼거렸다.

"과연 약선의제시로군요. 남패천의 사이한 마두들의 위협에 많은 고생을 하신 듯합니다."

"고생이야 심했지만 청성파와 관련된 고생은 아니오이다."

퉁명스런 이시진의 대답에 말이 궁색해진 장문인이 머리를 굴려 대답했다.

"고생이 심하셨다 하니 본 파에서 잠시나마 머무시지요. 남패천의 사악한 손길은 본 파에서 모두 끊어둘 터이니 약선의제께서는 아무 심려 없이 여독을……."

"저들은 모두 돌아갈 것이다. 끼어들지 마라."

장문인의 말을 끊으며 의현이 불쑥 나타나 대답했다. 이시진이 당황한 듯 의현을 돌아보았다. 혜월이나 제갈현중 역시 마찬가지였다. 도대체 무슨 소리인가? 저들이 모두 돌아갈 것이라니?

하지만 장문인의 얼굴이 붉으락푸르락해졌다. 젊은 청년의 예의가 바닥을 기는 것을 확인했기 때문이다.

"뭐라고 했……?"

의현의 말에 당황했던 이시진이 장문인의 얼굴을 확인하고는 황급히 말을 끊었다. 자칫하다가는 여기서 사건 하나 벌어지게 생겼다.

"으하하핫! 장문인의 환대에 감사드리오! 하나 남패천의 일은 본 의원의 일이니 비록 모자라나 본 의원과 함께하는 이 호위가 알아서 처리할 것이오. 청성파의 호의를 내 저버릴 수 없으니 가서 한 끼 식사라도 얻어먹어 보지요!"

"이 청년이 약선의제의 호위… 요?"

이시진은 얼른 고개를 끄덕였다.

"그렇소이다. 무공을 익히다 주화입마에 걸려 뇌에 손상이 간 청년이라오. 아직 기억이 온전치 못해 예의가 부족하니 장문인께서는 아량을 발휘하시어 그를 탓하지 말길 바라오. 외문무공은 아직 남아 있는 듯하여 호위로 두고 있으나 사실 환자나 다름없는 처지라오."

"예의는 내가 아니라 저 영감이 갖춰야 한다, 시……."

"시끄럽다! 으하하핫!"

도무지 도움이 되지 않는 의현을 타박한 이시진이 황급히 제갈현중과 혜월에게 눈짓했다.

제갈현중이 가장 먼저 나섰다.

"의현 소협, 피곤하시지 않습니까? 그동안 여기저기서 힘든 일이 많았으니 쉬는 편이……."

"육포를 드리겠습니다!"

혜월이 다급하게 말했다.

의현은 심각한 갈등을 느꼈다. 시진의 눈치를 보니 자신이 더 이상 여기 있지 않기를 바라는 눈치다. 아마 저 영감에게 예의를 갖추지 않아서 인 것 같다. 하지만 자신은 예의를 갖출 필요가 없다.

이시진과 영감 사이에서 갈등하던 의현은 이시진을 택했다. 시진이 원하는 듯하니 굳이 끼어들 필요가 없을 것이다.

의현은 영감에게서 관심을 떼고는 혜월을 바라보았다.

"내놔라, 여자."

"여기 있습니다."

혜월이 얼른 등에 멘 봇짐에서 육포를 꺼내어주었다. 의현은 만족스러운 얼굴로 육포 주머니를 받아 들고 한 조각을 꺼내어 우물거렸다.

장문인은 웃기지도 않은 행태를 보고는 차갑게 고개를 돌려 버렸다.

"홍!"

"으흠, 험."

이시진은 멋쩍은 듯한 얼굴로 헛기침을 내뱉었다. 장문인은 약선을 보고 억지로 미소를 짓고는 제자들을 돌아보았다.

"제자들은 들으라!"

"예, 장문 진인!"

"약선을 뫼시거라! 예의에 모자람이 없어야 할 것이니라!"

"뜻을 받드옵니다!"

제자들의 우렁찬 목소리를 들은 장문인이 무덤덤한 얼굴로 몸을 돌렸다. 몸을 돌리기 직전, 자신의 대제자인 유운자에게 슬쩍 눈짓한 후였다.

대제자는 그 눈짓을 알아듣고는 작게 고개를 숙여 보였다. 곧 그의 귓가에 전음이 들려왔다.

"일대제자들을 데리고 가서 어찌 된 일인지 알아보고 오거라."

"뜻을 받드옵니다."

장문인은 마지막으로 산의 정상을 흘끗 바라보았다. 산의 정상은 어느새 고요해져 있었다. 조금 전 들리던 폭음이나 굉음이 모두 사라진 산은 평소처럼 고즈넉해 보였다.

하지만 저곳에 남패천이 있을지도 모른다. 아니면 그들의 흔적이라도 남아 있겠지.

장문인은 무덤덤한 얼굴로 고개를 돌려 앞으로 향해 나아갔다.

제자들은 약선에게 너무 가까이 다가가지 않았다. 약선과 그 일행의 대화에 끼어들지 않는 태도였지만 그렇다고 약선에게서 멀리 떨어지지도 않았다.

이시진은 그 태도가 마음에 들었다.

"에휴!"

이시진은 천만다행이라고 생각하며 한숨을 내쉬었다. 그
야말로 하늘이 도왔다. 긴박한 상황을 무사히 돌파했다는 안
도감과 동시에 조금의 두려움도 밀려왔다.

"그야말로 죽다 살아난 기분이로구먼."

이시진이 씁쓸한 얼굴로 중얼거렸다. 혜월은 침묵한 채였
다. 혜월은 아무 말 없이 고개를 끄덕였다. 살아났으니 다행
이긴 하다. 하지만 그녀는 한 가지 의문점을 아직도 풀지 못
했다.

의현은 도대체 누구인가.

"으음."

"근데요, 단주님."

제갈현중이 혜월을 바라보며 질문했다. 혜월은 의아한 얼
굴로 제갈현중을 돌아보았다. 그의 머릿속에 꽉 차 있는 것
은, 어떻게 포위망이 이토록 쉽게 파훼되었느냐는 것이다.

적의 기세는 그야말로 하늘을 찌를 듯 대단했는데 그 포위
망은 싱거우리만치 간단히 풀리고 말았다. 산으로 내려오는
그들을 추적하지 않았다.

"왜 저 사람들이 약선 어르신을 이렇게 쉽게 보내주었을까
요?"

"호오, 그렇구먼."

이시진이 눈을 가늘게 좁히며 대꾸했다. 그러고 보니 포위

망이 왜 풀렸을까?

"뭔가가 있었던 것일까? 의현아, 너 뭐 아는 것이 없느냐?"

"안다."

의현은 무뚝뚝한 어조로 대답했다. 이시진이 무거운 표정으로 의현을 바라보았다.

"아까 저들이 돌아갔다고 했지?"

의현은 무표정한 얼굴로 이시진을 바라보았다. 이시진이 심각한 얼굴로 질문했다.

"그들이 돌아갔다는 것을 어찌 아느냐?"

"내가 시켰다."

"뭐?"

이시진의 얼굴이 황당하다는 듯 물들어갔다. 혜월이 옆에서 대신 질문을 던졌다.

"시킨다고… 말을 듣던가요?"

"안 들으면 맞을 테니까."

의현은 그들이 자신의 말을 듣는 것이 당연하다는 듯한 태도로 고개를 끄덕였다. 혜월은 질린 얼굴로 물러나고 말았다.

그런 그들의 대화를 알게 모르게 훔쳐 듣던 청성파의 문인은 비웃음 가득한 태도로 의현을 돌아보았다. 주화입마에 걸렸다더니 입만 싼 놈인가 보다.

남패천이 어떤 놈들인데 가라고 했다고 간단 말인가!

그는 의현을 무시하듯 슬쩍 웃어 보이고는 이시진을 바라보며 정중하게 머리를 숙였다.

"저곳이 바로 청성파입니다."

"알았네."

청성파 문인을 흘끗 바라본 이시진이 달갑잖다는 듯 고개를 끄덕였다. 청성파고 나발이고 그의 관심사는 아니다. 오히려 무림의 일에 관여하는 것은 그로서는 피하고픈 일이었다.

청성파 문인은 머리를 깊숙이 조아리고는 일행에게서 떨어져 길을 안내하듯 앞서 나갔다.

이시진이 혜월과 제갈현중, 의현을 바라보며 말했다.

"잠시 들어가 보세나. 하나 오래 묵지는 않을 것이니 그리 알아두게."

"하오나 어르신, 남패천에서……."

제갈현중이 더듬더듬 중얼거렸다. 이시진은 고개를 저었다.

"남패천에서 나를 노리는 것쯤은 알고 있네. 하나 그렇다고 청성파에 몸을 의탁할 수는 없는 노릇이야. 만약 묵게 되더라도 어떤 특정한 곳에는 묵지 않을 참이니 그리 알게."

그로서는 한 장소에 오래 묶여 있을 수가 없었다. 만약 무림과 연관된다고 해도 특정한 한곳에 묶여 있을 수는 없다.

'하나, 무림의 일에는 관여하게 되겠지.'

그동안 그가 겪은 위기 중에서 이번의 사건이 가장 컸다고 할 수 있었다. 그동안 그를 노리는 문파는 많았지만 그를 감

시하는 세력 덕에 쉽사리 일을 진행하지 못하거나 건드렸다
고 해도 금세 물러나야 했다.

제갈현중의 얼굴은 팍 굳어졌다. 청성파에서 여유롭게 지
낸다면 안전하기도 할뿐더러 조금 전과 같은 무서운 상황은
더 겪지 않아도 되는 것이다.

"그냥 청성파에 계시지."

"일단은 들어가 보세."

제갈현중을 대충 무시한 이시진이 천천히 청성파 안으로
걸음을 옮겼다. 울상이 된 제갈현중과 혜월이 그 뒤를 따랐
다. 하지만 의현은 움직이지 않았다.

"음? 의현아, 그만 들어가자는데도."

"그러지."

의현이 뭔가 미심쩍은 표정으로 청성산의 아름다운 산사
를 돌아보았다. 그는 청성파라는 소리를 들었을 때부터 뭔가
이상한 기분을 느끼고 있었다. 뭔가가 꺼림칙한 기분이 들었
다. 도대체 무엇이 그를 꺼림칙하게 만드는가!

의현은 그를 짐작하지 못해 골머리를 썩어야 했다.

의현은 하늘을 올려다보았다. 푸르디푸른 하늘이 의현의
눈가를 시리게 만들었다. 의현은 홀린 듯이 하늘을 바라보았
다.

*　　　*　　　*

흰구름으로 얼룩진 파아란 하늘을 날아가는 한 마리 새가 있었다. 흔히 전서응이라 불리는 매였다.

매는 하늘을 노닐 듯 날아갔다. 부드러운 바람이 매의 날개를 어루만졌고, 매의 속도는 점점 더 쾌속해졌다.

전서응이 날아가는 곳은 바로 남패천이었다.

구국, 국—

남패천의 서신구(書信口)에 착지한 매는 부리를 딱딱거리며 위협적으로 매자를 바라보았다. 매자는 커다란 들쥐 몇 마리를 상으로 던져 주었고, 매는 그것을 받아 꿀꺽 삼켰다.

매가 먹이를 먹고 가르릉거리며 만족스럽게 울고 있을 때에야 매자는 그 발목에서 서신을 풀러 들 수 있었다.

"……."

매자는 서신을 펼쳐 보지 않았다. 그는 두 패로 갈라진 남패천 내부에서도 탈백마제 파에 속한 인물, 그 서신 자체를 보고할 생각이 없었다. 슬그머니 소매 품으로 서신을 감춘 매자는 그 자리에서 모습을 감추었다.

매자가 다시 나타난 곳은 모표의 방이었다. 매자는 아무 말 없이 전통을 시비에게 넘겼다.

시비이자 모표의 호위무사인 서경은 무표정한 얼굴로 그것을 받아 들었다. 잠시 서신을 들고 고민하던 그녀는 어떤 형식의 보고가 들어오든 바로 자신에게 알리라는 모표의 명을 기억하고는 그를 찾아 탈백마제의 방으로 걸음을 옮겼다.

탈백마제의 방에는 과연 모표가 앉아 있었다.

천주실 밖에서 가지런히 시립한 서경이 공손한 목소리로 말했다.

"당주."

"주군께서 계신데 무슨 소란이냐."

모표의 차가운 목소리가 들려왔다. 시비는 무표정한 얼굴로 대답했다.

"천녀의 무례를 용서하소서. 하오나 서신이 전해졌기에 무례를 무릅쓰고 당주를 찾았사옵니다."

"……."

모표는 아무런 말도 하지 않았다. 대신 그는 차가운 얼굴로 탈백마제를 주시했다. 탈백마제는 부드러운 미소를 입에 달고는 고개를 끄덕였다.

탈백마제의 허락을 받은 모표가 고개를 돌렸다.

"들라."

드르륵—

고요한 천주실의 문이 열렸다. 그리고 시비가 사뿐사뿐 걸어와 모표의 앞에 소반에 담긴 조그마한 서신을 내려놓았다. 그리고 머리를 숙여 보이는가 싶더니 이내 뒷걸음질쳐 방을 빠져나갔다.

시비가 방에서 사라질 때까지 모표는 움직이지 않았다.

"읽어보아라."

한동안의 정적을 깨며 탈백마제가 말했다.

"존명!"

모표는 탈백마제의 이야기가 있은 후에야 서신을 집어 들었다. 그리고 서신을 펼쳐 들고 잠시 두 눈을 움직였다.

포획에 실패. 사냥감이 청성파에 진입.

제법 긴 문장이었지만 암호문을 해독하고 나니 단 몇 글자만이 적혀 있다. 모표는 차분한, 하지만 참담한 얼굴로 서신을 구겼다.

"으으음."

순간적인 분노로 인해 서신을 구기는 손이 바르르 떨렸다. 그다운 엄격함으로 분노를 참아내기 위해 주먹을 쥔 손이 하얗게 질렸다.

그 모습에 탈백마제는 마영귀의 행사가 어찌 끝났는지 짐작할 수 있었다.

"실패라더냐?"

모표는 떨리는 마음을 진정시켰다. 잠시 목울대를 울렁거리던 모표가 마침내 입술을 달싹였다.

"약선을 포획하지 못하였다 하옵니다. 이차로 비영각을 보내오리다."

탈백마제는 괜찮다는 듯 인자하게 웃었다.

"허헛, 그래. 처음에 실패하면 두 번째에 하면 될 일이지. 약선이 어디에 있다 하였지?"

"청성파로 진입했다 하옵니다."

모표가 대답했다. 그는 눈을 질끈 감은 채 탈백마제의 시선을 피했다. 왜 하필 청성파란 말인가!

탈백마제는 몸을 일으키려다 말고 털썩 침상 위로 몸을 맡겼다.

"청성… 청성이라……."

저도 모르게 육성으로 중얼거린 탈백마제는 침상 천장에 조각된 아름다운 무늬들을 바라보며 한탄했다.

"약선의제라……. 그의 목숨도 끝났구나!"

"……."

모표의 두 눈이 가라앉았다. 탈백마제는 씁쓸한 얼굴로 너털웃음을 터뜨렸다.

"허허헛, 하늘이 이 염 모를 버리시려는가!"

"주군."

모표는 생각을 정리했다. 청성파에서 약선을 빼내와야 한다. 만약 그렇지 않다면 약선은 죽음을 맞게 되리라. 그 홀로의 죽음이면 관계치 않겠으나 그와 동시에 주군의 목숨마저 위험해진다.

"청성파에 급전을 넣겠습니다. 잠시 계획을 유보……."

"모표."

채 전음이 끝나지도 않았는데 탈백마제가 차가운 얼굴로 모표를 바라보았다. 모표는 기세에 눌려 아무 말도 하지 못했다.

"그 계획을 누가 세웠는지 잊었더냐?"

살기까지 어린 듯한 시선이었다. 모표는 주군께서 격동하는 것을 보고는 침을 꿀꺽 삼켰다.

"…소, 속하는……."

"계획대로 실행하라."

탈백마제는 천천히 몸을 뉘었다. 모표는 한숨을 내쉬며 머리를 조아렸다.

"때가 왔습니다, 사부님."

탈백마제는 파천제의 얼굴을 그리며 생각에 빠져들었다. 사부가 자신을 보고 웃어주는 착각 속에서 그는 눈을 감았다.

"사부의 뜻대로 이제 강호에서 청성파라는 이름이 사라질 겝니다."

『자승자박』 2권으로 계속…

무한 상상 · 공상 세계, 청어람 신무협&판타지

설봉 新무협 판타지 소설!
절대로 놓칠 수 없는 2006년 최고의 걸작!!

마야(魔爺) / 설봉 지음

강렬하다……!
절대적 무협 지존!
『마야』
(魔爺)

소사(小事)로 시작되어 천하대란(天下大亂)으로 이어지는 끝없는 피의 역사…

북검문(北劍門)과 남도문(南刀門)의 탄생이었다.

두 세력은 장강을 경계 삼아 전쟁을 방불케 하는 싸움을 벌이고 있다.
삼십 년…… 삼십 년 동안이나…….

그리고 절대 죽을 것 같지 않던 그가 죽었다.

**"나를 죽인 건…… 큰 실수야.
나보다 훨씬 무서운… 곧… 곧 너희를……."**

다세포 소녀 원작 만화 출간!!

초등학생이 반드시 읽어야 할 좋은 책 49권

각 학년별로 초등학생이 반드시 읽어야할 좋은 책을
선정하여 통합논술의 기본이 되는 '올바른 독서법'을
일깨워 줍니다.

교과서와 함께하는
초등학교 통합논술

초등1학년 | 값 12,000원 / 초등2학년 | 값 9,500원 / 초등3학년 | 값 11,000원 / 초등4학년 | 값 9,500원 / 초등5학년 | 값 9,500원 / 초등6학년 | 값 11,000원

♣ 혼자 할 수 있어요.

엄마가 책 읽는 방법을 가르쳐 주어도 좋아요.
독서지도하는 선생님이 가르쳐 주어도 좋답니다.
"초등 교과서와 함께하는 **통합논술 시리즈**"는
아이 스스로 독서할 수 있도록 꾸며진 책이에요.
엄마와 선생님은 요령만 가르쳐 주시면 된답니다.

♣ 교과서의 중요한 내용이 총정리되어 있어요.

각 학년별로 중요한 교과 내용이 함께 수록되어 있어요.
초등학생은 교과서 내용을 충실하게 공부해야합니다.
아울러 그와 병행한 독서가 대단히 중요하지요.
"초등 교과서와 함께하는 **통합논술 시리즈**"는
두가지 방법 모두 알려준답니다.

♣ 이 책은 훌륭하신 선생님들이 함께 쓰신 책이랍니다.

동화작가 선생님들이 쓰셨어요. 소설가 선생님도 쓰셨답니다.
국어 논술독서지도 선생님들도 함께 쓰셨지요.
"초등 교과서와 함께하는 **통합논술 시리즈**"는
엄마의 마음으로 모든 선생님들이 함께 꾸민 책이랍니다.

입소문을 통해 아는 분은 다 알고 계십니다!
올 한해 공인중개사 최고의 화제작!

1~2권 합본 | 이용훈 지음
3~4권 합본 | 이용훈 지음
5~6권 합본 | 이용훈 지음
용 어 해 설 | 이용훈 지음
1~2차 문제풀이집 | 이용훈 지음

수험생 기본 필독서
만화 공인중개사

제목 : 만화공인중개사 쓰신 분에게 감사드립니다.

학원을 두달 다녔어요. 근데 과연 그 숫자 외우기 그런게 몇 문제나 나올까 생각을 했어요.
아니라는 생각이 드네요. 학원강의를 뒤로 하고 서점을 갔어요. 내 머리에 가장 이해될 수 있는
책이 없나 하구요. 거기서 만화를 발견했어요. 무조건 세번 봤어요. 3개월 걸렸어요. 문제집을
보라고 했는데 그건 시행을 못했어요. 근데 합격을 했네요.

어떻게 감사의 말을 해야 될지…

도서관에서 만화책 들고 다니니까 사람들이 비웃더라구요. 만화책으로 공인중개사를 공부한
다고 미친사람처럼 보더라구요. 근데 그거 다 감수하고 했던 내가 자랑스럽습니다.

어떻게 감사의 말을 해야 할지 정말 감사합니다.

부디 행복하세요. 제 나이 41살에 좋은 스승을 만난 거 같습니다.

엎드려 감사드립니다.

–본사 홈페이지에 독자분이 올린 메일 中 에서 발췌–